Kontaktadresse nach EU-Produktsicherheitsverordnung:
produktsicherheit@droemer-knaur.de

*Von Marc Hofmann ist im
Knaur Taschenbuch Verlag bereits erschienen:*
Der Mathelehrer und der Tod

Über den Autor:
Marc Hofmann, Jahrgang 1972, ist Gymnasiallehrer für Deutsch und Englisch in Freiburg. Von diesem Halbtagsjob nicht ganz ausgelastet, hat er bereits zwei Romane veröffentlicht und tritt regelmäßig mit seiner Band »Die Ständige Vertretung« sowie seinem Kabarettprogramm »Der Klassenfeind« auf, das sich rund um das Thema Schule dreht. Mit »Horvath und die verschwundenen Schüler« geht seine Lehrer-Krimireihe in die zweite Runde.

MARC HOFMANN

HORVATH UND DIE VERSCHWUNDENEN SCHÜLER

DES LEHRERS
ZWEITER FALL

Besuchen Sie uns im Internet:
www.knaur.de

Originalausgabe August 2021
Knaur TB
© 2021 Knaur Taschenbuch
Ein Imprint der Verlagsgruppe
Droemer Knaur GmbH & Co. KG, München
Alle Rechte vorbehalten. Das Werk darf – auch teilweise –
nur mit Genehmigung des Verlags wiedergegeben werden.
Die Nutzung unserer Werke für Text- und Data-Mining
im Sinne von § 44b UrhG behalten wir uns explizit vor.
Redaktion: Regine Weisbrod
Covergestaltung: Carolin Liepins
Coverabbildung: Carolin Liepins
Satz: Adobe InDesign im Verlag
Printed in Germany
ISBN 978-3-426-52548-7

2 4 5 3

Für Zoë, Silas und Greta

Jede Zeit ist ein Rätsel, das nicht sie selber,
sondern erst die Zukunft löst.

Rudolf von Jhering

In the pines in the pines where the sun don't
ever shine I would shiver the whole night through

Folksong / Leadbelly

Prolog

Vertrauen Sie auf Gott. Und halten Sie Ihr Pulver trocken.
Ein Rat des großen Hercule Poirot.

Ich bin draußen.

Habe die Hütte verlassen, die erst ein Schutzraum und dann ein Gefängnis war.

Der Wind peitscht mir den Schneeregen so heftig ins Gesicht, dass es wehtut. Was hat Martin gemeint? *Sometimes it snows in April.* Damit hat er wieder einmal recht behalten.

Was ich hier tue, ist dumm, unvernünftig, riskant und fahrlässig.

Und genau richtig.

Denn wenn wir noch länger warten, wird das hier in einem Desaster enden. Das tut es vielleicht ohnehin, aber so gibt es zumindest eine winzige Möglichkeit, wie sich alles noch zum Guten wenden kann. Außerdem konnte ich gar nicht mehr länger drinbleiben. Es war dieses Gefühl, gleich zu ersticken.

Ich lasse sie alle zurück. Niemand folgt mir. Nur Betty weiß Bescheid. Aber jetzt bin ich alleine, und alles hängt von mir ab.

Ein bleicher Mond scheint durch ein Loch in der ansonsten dicht und tief hängenden Wolkendecke und taucht die vom Schneeregen weiß überzogene Landschaft in ein gespenstisches Licht.

Ich laufe los.

Mit einem genauen Plan. Er kann nicht funktionieren, aber aus irgendeinem Grund bin ich überzeugt, dass er es genau deshalb tun wird.

Ich will meine Schüler hier vollzählig rausholen. *Leave no child behind,* sagen die Angelsachsen, auch wenn sie es anders meinen als ich gerade. Das ist momentan ein schwer zu realisierender Wunsch, aber solange es eine Möglichkeit gibt, werde ich nicht aufgeben. Und wenn es – im wahrsten Sinne des Wortes – das Letzte ist, was ich tue.

Ich gehe auf den Schuppen zu. Sie sehen mich kommen und leuchten in meine Richtung. Sie rufen mir etwas zu in einer Sprache, die ich nicht verstehe.

Ich gehe weiter.

Der Anfang vom Ende.

Es geht los.

Tag 1

Kapitel 1

Die Schüler saßen bereits im Bus, während ich noch mit einigen Eltern davor stand. Ein Vater klopfte mir auf die Schulter. »Na, wieder drei Tage bezahlten Urlaub, was?«

Ich lächelte ihn gequält an, nicht sicher, ob er einen Witz gemacht hatte oder es ernst meinte. Ich befürchtete Letzteres.

Dr. Kroll, der Schulleiter, parkte seinen SUV auf dem Lehrerparkplatz, sah uns und eilte in unsere Richtung. Mein Verhältnis zu ihm war zwiespältig. Er hatte nicht viel an meiner Arbeit zu beanstanden, mochte mich aber persönlich nicht über die Maßen. Auch meine Einmischung in den Todesfall Menzel vor einigen Monaten sah er nicht uneingeschränkt positiv. Ich war sicher, es wäre ihm lieber gewesen, man hätte es bei der Selbstmordtheorie belassen, statt das Kollegium und die ganze Schule einer solchen medialen Aufmerksamkeit auszusetzen.

»Horvath, Sie fahren also tatsächlich mit?«

Ich zuckte die Schultern. »Es war sonst niemand mehr übrig, und ich habe nicht schnell genug *Nein* gerufen.«

Ersteres bezog sich auf diverse Krankheitsfälle im Kollegium und einen kurzfristig genehmigten Kuraufenthalt des eigentlichen Klassenlehrers der 11c, Letzteres auf das ungeschriebene Schulgesetz, wonach nur ein reflexhaft herausgeschleudertes »Nein, das mach ich auf keinen Fall, was soll ich denn noch alles machen?« einen davor bewahrte, unliebsamen Tätigkeiten nachkommen zu müssen. Jedes Zögern oder Formulierungen wie »Wenn es niemand sonst macht« oder »Wir können ja mal schauen« wurden in der Regel als unmissverständliches »Ja« interpretiert und mit einer verbindlichen Zusage gleichgesetzt.

»Gut, gut«, sagte er, »wer kommt noch mit?«

»Maria Götz.«

Er nickte wissend und seufzte leicht. »Na dann, viel Glück.« Er wandte sich zum Gehen, drehte sich doch noch einmal um. »Und«, er machte eine Pause, »kein Drama diesmal, Horvath, verstanden?«

Ich sah ihn verblüfft an. War *ich* jetzt hier das Problem?

Kommentarlos wandte ich mich um und betrat als Letzter den Bus.

Ich unterrichtete die 11c erst seit diesem Schuljahr.

Wie mir zugetragen worden war, hatte es in der Vergangenheit eine Menge Grabenkämpfe und Konflikte gegeben, die immer noch schwelten, auch wenn einige schwierige Schüler mittlerweile andere Wege gegangen waren. Die Klassenfahrt zu diesem Zeitpunkt war vor einigen Jahren nach der Umstellung zurück auf G9 als Abschluss für jede Klasse beschlossen worden, bevor es in die Kursstufe ging, in der der alte Klassenverbund aufgelöst wurde.

Ich ließ meinen Blick durch die Reihen schweifen. Da saß sie also, die Jugend von heute in ihrer kompletten Widersprüchlichkeit. Überheblich und naiv, voller Chuzpe und ohne jede Orientierung. Verletzlich, unsicher und doch gleichzeitig die Damen und Herren des Universums. Hormonell und zerebral malträtiert und nach außen so cool wie ihre medialen Helden.

»Herr Horvath, heute wieder ganz lässig?«, rief Max, von vielen Klassenkameraden und auch Lehrern nur *Mad Max* genannt. Ich vermutete, er bezog sich auf meinen Kleidungsstil, den ich sicher nicht änderte, nur weil es auf Klassenfahrt ging. Davon abgesehen, hatte ich nichts anderes. Ich trug eine dunkelbraune Drillich-Hose, darüber einen eng taillierten schwarzen Mantel mit silbernen Knöpfen. Dazu schwarze Halbschuhe. Ich sah meine Kollegin Maria Götz dem Anlass angemessen mit teuren Wanderschuhen und grün-orangefarbener Funktionskleidung angetan und fragte mich, ob es irgendwo eine Verordnung gab, die es Lehrern vorschrieb, wie man auf Klassenfahrt angezogen zu sein hatte. Bei schulischen Unternehmungen aller Art, Kollegenausflügen oder Klassenfahrten holten sie ihre bunten Outdoorjacken und Trekkingschuhe hervor – für eine seriöse Bergbesteigung gäbe es keinen Spielraum mehr nach oben, sie wären bereits voll ausgerüstet.

Die Schüler allerdings waren beim Thema Kleidung, wie man deutlich sehen konnte, völlig schmerzfrei. Faktoren wie Wetter oder Temperatur spielten bei der morgendlichen Auswahl kaum noch eine Rolle. Dass es Anfang April war, der Himmel dunkelgrau und für die nächsten Tage Temperaturen um den Gefrierpunkt, Regen, Schnee und Starkwind angekündigt wurden, war kein Grund für sie gewesen, etwas am bewährten Ornat zu ändern. Die Mädchen trugen Sneaker, unsichtbare Sneakersocken, zu kurze Jeans mit Löchern und Rissen. Die Jungs hatten sich nicht die derzeit obligatorischen Trainingshosen nehmen lassen, ein Kleidungsstück, das man seit einiger Zeit nicht mehr zum Trainieren oder Joggen verwendete, sondern als völlig legitime Alltagshose.

»Ihr wisst, was Karl Lagerfeld gesagt hat?«, begann ich meinen Standardspruch. »Wer eine Jogginghose trägt ...«

»... hat die Kontrolle über sein Leben verloren«, rief Max und drehte sich nach hinten um, ob den Dialog auch ja alle mitbekamen. »Das wissen wir, Herr Horvath. Aber wissen Sie was?«

Ich sah ihn schmunzelnd an. Offenbar hatte ich meinen Lagerfeld-Satz schon öfter fallen lassen. Eine Lehrerkrankheit. Wenn sich ein Ausspruch einmal bewährt hatte, wiederholte man ihn über Jahre hinaus immer wieder.

»Lagerfeld ist tot, und wir leben«, beantwortete Max seine Frage selbst. »Deshalb ist uns das total egal, was der gesagt hat. Wir haben trotzdem alles im Griff! Stabil, Herr Horvath.« Einige Schüler lachten.

»He, Ehre, Bruder«, rief sein Sitznachbar, und sie stießen die Fäuste aneinander.

Es war fast schon wieder interessant, welche Renaissance der Begriff *Ehre* in letzter Zeit erfahren hatte, fehlte nur, dass sie irgendwann begannen, sich wieder zu duellieren.

Die Schüler zu duzen fiel mir nicht ganz leicht, denn eigentlich galt für mich ab der elften Klasse, also der Oberstufe, das *Sie*, aber die Schüler hatten inständig darum ersucht, nicht gesiezt zu werden, sie kämen sich sonst vor wie jemand anders, und das würde sie in ihrer sowieso noch instabilen adoleszenten Identität noch mehr desorientieren, als das ohnehin schon der Fall war. Zugegebenermaßen hatten sie es etwas anders ausgedrückt.

Ich ließ mich in der vordersten Busreihe neben Maria Götz nieder. Auch dass die Lehrer vorne zu sitzen hatten, war seit Menschengedenken ein ungeschriebenes Gesetz bei Busfahrten mit Schulklassen. Die Sitzordnung der Schüler entsprach der Hackordnung in der Klasse. Die hinterste Bank, den *Fünfer*, hatte sich die Gruppe um Korbinian Herrwagen gesichert, der mit seinem weißen, viel zu großen Anorak mit der überdimensionalen Fellkapuze optisch besonders hervorstach. In der Nähe der Bustoilette saß das Dreigestirn Mira, Isa und Kristina, die sich lautstark amüsierten. Die jungen Mädchen und ihr rätselhaftes Kichern. Worüber, war für Außenstehende unmöglich zu sagen, ich vermutete manchmal, sie wussten es selbst nicht. Kristina war deutlich zu stark geschminkt. Es kam beim Thema Make-up immer wieder zu Fällen, bei denen man sich als Außenstehender ein gewisses elterliches Korrektiv wünschen würde, aber vielleicht mussten die Eltern morgens früh raus, sodass ihnen entging, wie ihre adoleszenten Kinder das Haus verließen.

Auf der anderen Seite des Gangs saßen Lukas und Neno. Lukas galt als gut aussehend, man schwärmte in den unteren

Klassen sehr für ihn, wie ich wusste, und offenbar nicht nur dort, wenn ich Miras Blicke richtig deutete. Hinter uns, und damit auf den Plätzen, die von den coolen Schülern niemand wollte, saßen die Klassenbesten. Emma und Sophia auf der einen und Paul und Ali auf der anderen Seite. Emma und Sophia lasen in Büchern, Emma hatte die Nase in *Sturmhöhe* gesteckt, wie ich erfreut und verblüfft feststellte, Paul und Ali waren bereits jetzt tief in ein Fantasy-Kartenspiel versunken.

Im Niemandsland hinter den Außenseitern und vor den Coolen saß Vida, ein Mädchen, das dadurch auffiel, dass sie immer schwarz gekleidet war, nie lachte, von ihren Klassenkameraden und der Schule insgesamt offensichtlich gelangweilt war. Ich vermutete, sie saß hier einfach ihre Zeit ab, bis sie wirklich so alt war wie ihre Seele. Ohne dass sie mir dies je signalisiert hätte, vermutete ich, dass sie mich schätzte, ihre Aufsätze – mündlich beteiligte sie sich prinzipiell nicht – ließen erahnen, was für ein Diamant unter der schwarzen Hülle verborgen war. Sie trug außerhalb des Unterrichts immer Kopfhörer, vor einiger Zeit hatte ich sie aus schierem Interesse gefragt, was sie für Musik höre. Wortlos hatte sie mir ihren Kopfhörer hingehalten. Es lief Tom Waits. Einer meiner wenigen Helden aus der populären Musik. Kein Wunder hatte sie keine Freunde.

Der Busfahrer schloss die Türen und fuhr los.

Maria Götz versuchte, mit den Augen zu rollen, aber ihr Zwinkern kam ihr dazwischen. »Darauf freu ich mich wie auf eine Wurzelbehandlung. Und das ein Jahr vor meiner

Pensionierung. Ich dachte, ich käme ohne weitere Klassenfahrt da durch. Aber nix. Murphys Gesetz. Was Schlimmes passieren kann, passiert auch.«

Sie wusste in diesem Moment noch nicht, wie recht sie mit diesem Satz behalten sollte.

Maria Götz hatte einen Tick, der es nicht ganz leicht machte, ihr ins Gesicht zu schauen. Etwa alle zehn Sekunden musste sie ausgiebig zwinkern, und zwar auf eine Weise, die weit über ein einfaches Blinzeln hinausging. Es handelte sich vielmehr um eine Art Zucken, das mitunter auch untere Gesichtspartien bis zum Mund beeinflussen konnte. Es machte einen auf irritierende Art nervös, sich länger mit ihr zu unterhalten, weil man immer auf die nächste Zuckung wartete und gleichzeitig das Bedürfnis verspürte, das eigene Blinzeln zu unterdrücken, vielleicht aus Angst, man sähe dann aus wie Maria Götz.

Ich nickte ihr zustimmend zu, wandte den Blick ab, sah zum Fenster hinaus und bemerkte ungewöhnlich viel Polizeipräsenz auf den Straßen. Dann öffnete ich meine eben noch am Bahnhof erworbene *Badische Zeitung*. Auf den ersten Seiten die üblichen Meldungen aus einer Welt, in der allem Fortschritt zum Trotz die Mächte der Dummheit und des Hasses gegen die Vernunft anschrien.

Ansonsten wurde, laut Zeitung, die Stadt weiter durch eine Einbruchsserie von bisher unbekanntem Ausmaß in Atem gehalten. Mein Zwillingsbruder Martin, Hauptkommissar bei der Freiburger Kriminalpolizei, hatte mir davon schon erzählt. Wie bei der Geschichte vom Hasen und dem Igel waren die Einbrecher der Polizei immer einen Schritt voraus. Auch eine Aufstockung des Polizeipersonals hatte bisher keine nennenswerten Erfolge gebracht, die Täter wechselten die Stadtteile, als wüssten sie im Voraus, wo verstärkte Präsenz zu erwarten war. Dabei wurden sie von Mal zu Mal dreister, unlängst waren sie im Stadtteil Betzenhausen sogar vor Einbruch der Dunkelheit in ein Haus eingestiegen, und das, während sich die ahnungslosen Bewohner im ersten Stock aufhielten.

Wie immer in der Nacht vor einer Klassenfahrt hatte ich schlecht geschlafen, und meine Augenlider wurden schwer. Ich legte die Zeitung weg, um zu dösen, als es hinter mir zu einem aufgeregten Wortwechsel kam.

»Zwei Banküberfälle heute in der Stadt, direkt nacheinander, erst eine Filiale, dann sind die direkt über die Straße und haben gleich noch eine überfallen«, hörte ich einen Schüler rufen, ein anderer wusste von einem sechsstelligen Betrag zu berichten, einige weitere fanden das »krass« oder »cool«. Seit der Serie *Haus des Geldes* waren Bankräuber als popkulturelles Phänomen wieder hoch im Kurs. *Was ist ein Einbruch in eine Bank gegen die Gründung einer Bank,* dachte ich. Bertolt Brecht.

Ich wunderte mich ein wenig, dass Banküberfälle immer noch möglich waren, es kam mir vor wie ein Relikt aus früheren Zeiten, etwas, das man mit dem Wilden Westen assoziierte und nicht so sehr mit dem einundzwanzigsten Jahrhundert mit all seinen modernen Möglichkeiten, um Menschen ihr Geld abzunehmen. Für einen Banküberfall muss man schon ganz schön verzweifelt sein, dachte ich, ansonsten benötigt man dafür wohl keine besonderen Fähigkeiten.

Ich lehnte den Kopf gegen die Scheibe und schloss die Augen. Die nächsten Tage würden nicht viele Momente der Ruhe bereithalten.

Klassenfahrt war nichts, was einen Lehrer in Euphorie versetzte, für die meisten war es ein notwendiges Übel, das man regelmäßig über sich ergehen lassen musste, etwa wie die alljährliche Vorsorgeuntersuchung. Manche Kollegen zählten die verbleibenden Jahre bis zur Pensionierung in potenziell zu absolvierenden Klassenfahrten. Aber mir machte das wenig aus, zumindest dieses Mal. Die Fahrt riss mich aus meiner Routine, die mein Leben nach den Ereignissen vom letzten Herbst schon wieder schneller bestimmte, als mir lieb war. Die Wochentage ähnelten sich, die Wochenenden auch.

Die Ermittlungen um den Tod meines Kollegen Menzel hatten mich aufgerüttelt wie lange nichts. Und dann war da Betty gewesen. Betty DeVille, die Assistentin meines Bruders Martin, in deren Augen man ertrinken konnte und die mir nicht nur das Leben rettete, sondern plötzlich und unerwartet in selbiges getreten war, für kurze Zeit ganz nah bei mir blieb und dann wieder verschwand und mich mit mehr Fragen als Antworten zurückließ. Eine Zeit lang hatte ich wenigstens noch Albträume gehabt von den dramatischen Ereignissen, doch irgendwann waren sogar die ausgeblieben, und nun war nichts mehr übrig außer verblassenden Erinnerungen und einem sich wiederholenden Alltag, bestehend aus Unterricht, Korrekturen, Tai-Chi und der wöchentlichen Absinthrunde am Sonntagnachmittag.

Ein besonders scheußlicher Deutschrap, der hinter mir aus einem Lautsprecher dröhnte, riss mich aus meiner Ruhe. Ich seufzte, hin- und hergerissen, ob ich Milde walten oder dem Blödsinn ein Ende bereiten sollte. Mad Max, sein Kumpel David und einige andere posierten zu dem Musikunfug vor ihren Handys, machten Kussmünder und alberne Posen.

Ich mach dich mit meiner Uzi platt, ich bin der König von dieser Stadt, meine Straftaten sind meine Texte, wo ich aufschlag, gibt es Tote und Verletzte.

Es hatte Zeiten gegeben, da hatte ich keine Gelegenheit ausgelassen, den Schülern, die so etwas hörten, die Unsäglichkeit dieser Texte vor Augen zu führen, aber mittlerweile hatte ich begriffen, dass es das nur schlimmer machte. Es war ihr zaghafter Versuch der Rebellion, je mehr Erwachsene sich echauffierten, desto besser. Sonst konnte man als Jugendlicher ja nichts mehr tun, um sich aufzulehnen, wenn Eltern und Lehrer liberaler waren als man selbst.

Ich war lange genug Lehrer, um zu wissen: Die Zeit würde das Problem lösen. Oder auch nicht. Tun konnte man nichts dagegen.

Ich sah, wie Maria Götz hektisch aufsprang, den Schülern etwas zurief, was aber niemand verstand – auch, weil fast alle Kopfhörer in den Ohren hatten –, und sich wieder setzte. Die

Kollegin war seit Jahren ein Grenzfall, nervlich überstrapaziert, chronisch überfordert und ohne jede Autorität bei den Schülerinnen und Schülern. Sie hatte natürlich versucht, die Klassenfahrt abzugeben, doch eine weibliche Begleitperson war Pflicht, und es gab nur noch zwei weitere Frauen, die in der Klasse unterrichteten, beides junge Mütter mit halbem Deputat, die unmöglich drei Tage von zu Hause wegkonnten.

»He, macht mal den Scheiß aus, Digger«, rief Isa den Deutschrap-Jungs zu, woraufhin sich ein Tumult erhob, dem der Busfahrer, bevor ich eingreifen konnte, mit einem deutlichen »Entweder es ist hier gleich Ruhe, oder ihr steigt alle aus!« Einhalt gebot.

Denn aussteigen wollte hier niemand.

Ich sah hinaus in die graugrüne Landschaft. Wir fuhren gerade durch das *Höllental* den Schwarzwald hinauf. Der Name passte, zumal bei den Bedingungen, die da draußen herrschten. Zu beiden Seiten der nadelöhrengen Straße erhoben sich schroffe Felsen. Wir passierten den *Hirschsprung*: linker Hand dieser eigentümlich geformte, einzeln stehende Felsen mit dem Kreuz darauf, rechts der Felsen mit der Hirschstatue, jener Ort, an dem, der Legende nach, sich einst ein Hirsch durch einen beherzten Sprung über das Tal, durch das wir gerade fuhren, von einer Seite zur gegenüberliegenden gerettet hatte.

Die Welt wurde eng an dieser Stelle, man fühlte sich klein und unbedeutend angesichts der steilen Felswände zu beiden Seiten.

Oberhalb verliefen die Gleise der Höllentalbahn, vor langer Zeit mit übermenschlicher Anstrengung in den Felsen geschlagen. Nach dem alten Bahnhof *Hirschsprung* hatte man kurz den Eindruck, eine imposante Steilwand aus graugrünen Tannen käme direkt auf den Reisenden zu, doch dann bog die Straße scharf nach links ab, und die Welt öffnete sich ein wenig, wobei die regennasse Fahrbahn, gesäumt von Eichen, Buchen und vor allem Kiefern, die wie stumme Wächter auf uns herabblickten, mit Felsen und Himmel eine graue, undurchdringliche Einheit bildete.

Die Wolken hingen tief hinab ins Tal, durch einzelne Löcher konnte man einen dunkelgrauen Himmel erahnen, aus dem sich ein schwerer Schneeregen auf die Landschaft und die Scheiben unseres Busses ergoss. Nach einer Weile stieg die Straße noch einmal deutlich an und wand sich in Serpentinen immer höher hinauf.

Noch ein paar Zeilen von Brecht fielen mir ein: *Ich bin aus den schwarzen Wäldern. Meine Mutter trug mich in die Städte hinein, als ich in ihrem Leib lag. Und die Kälte der Wälder wird in mir bis zu meinem Absterben sein.*

Starke Worte, auch wenn er in Wirklichkeit aus Augsburg kam.

Kapitel 2

Der Bus hielt auf einem nicht asphaltierten Parkplatz neben der Straße.

»So, Herrschaften«, rief der Fahrer. »Alles aussteigen, weiter kann ich bei dem Wetter nicht fahren. Den Rest müsst ihr laufen.«

Die Schüler verfielen in allgemeines Gezeter.

»What, laufen?«, rief ein Mädchen. Bei dem Wort »what« war es wichtig, dass man es in die Höhe und in die Länge gleichzeitig zog. »Wie weit denn?«

»Ist nicht weit«, sagte der Busfahrer grinsend. »Zwanzig Minütchen. Immer den Feldweg lang.«

Unter Jammern und Wehklagen holten die Schüler ihre Taschen aus dem Stauraum des Busses. In der Tat lud das Wetter nicht zu einem längeren Fußmarsch ein, aber Laufen stand generell nicht sonderlich hoch im Kurs bei den jungen Menschen, vor allem nicht das Schleppen von für drei Nächte erstaunlich großen und schweren Taschen, ganz zu schweigen von den Rollkoffern, mit denen einige angereist waren.

»Alter, das mach ich nicht!«, bestimmte Isa und blieb trotzig stehen.

»Was genau ist die Alternative?«, fragte ich sie und zeigte auf den Bus, der in dem Moment losfuhr.

Wütend blickte sie vom Bus zu mir und wieder zurück, bevor sie sich maulend in Bewegung setzte.

Hinter dem Bus, der gerade wendete, fuhr ein schwarzes Auto auffällig langsam die Straße entlang. Es handelte sich um einen tiefergelegten Sportwagen, dessen Fabrikat ich nicht erkennen konnte. Darin saßen drei oder vier schwarz gekleidete Männer mit kurzen schwarzen Haaren und arabischem Aussehen, die uns mit düsteren Mienen merkwürdig interessiert ansahen. Niemand außer mir schien das Auto zu bemerken, das auf den Parkplatz rollte und an dessen hinterem Ende zum Stehen kam.

»Gregor, kommst du?«, hörte ich Maria Götz rufen. Ich blickte noch einmal zu dem schwarzen Wagen, in dem sich nichts regte, riss mich los und folgte der Gruppe hinein in den graugrünen Wald.

Die ersten Jugendlichen standen bereits nach wenigen Minuten kurz vor dem Kollaps. Offenbar am Ende ihrer Kräfte angelangt, schleppten sie sich durch die düstere Landschaft. »Alter, meine Füße sind nass«, rief Kristina, und ein Blick auf ihre weißen Sneaker ließ erahnen, dass sie damit nicht unrecht hatte. Allerdings ging es mir mit meinen Lederschuhen nicht besser, was ich aber für mich behielt. Die Einzigen, die trockenen Fußes an der Hütte ankommen würden, waren Maria Götz und drei Schüler, die ordnungsgemäß gekleidet waren, allesamt eher Außenseiter und naturwissenschaftlich begabte junge Menschen, die immun gegen das herrschende Modediktat schienen, womit sie sich jetzt schon für ein Lehramtsstudium empfahlen, wie ich leise lächelnd dachte.

Achmed, ein schwerfälliger und untersetzter Schüler, der sich prinzipiell nicht körperlich bewegte, blieb nach einer Weile einfach stehen und verlangte nach seiner Mutter, die ihn normalerweise jeden Morgen mit dem Familienmercedes zur Schule brachte.

Der kleine Paul lief plötzlich neben mir. Paul war ein Schüler an der Schwelle zur Hochbegabung oder sogar darüber hinaus. Hochbegabung war in den letzten Jahren so eine Art Trend an Gymnasien geworden, in der Regel bedeutete es zumindest bei den Jungs, dass der Schüler nicht still sitzen konnte, sozial inkompatibel war, schlechte Noten hatte und sich sehr für Vulkane oder das Weltall interessierte. Und weil sie sich mit Erwachsenen besser unterhalten konnten als mit Gleichaltrigen, lief nun der kleine Paul neben mir und fragte mich, ob ich diese neue Serie aus dem Star-Wars-Kosmos schon gesehen habe.

Ehe ich ihn fragen konnte, ob er eigentlich glaube, dass ich eine Art Vampir sei, der ewig lebe und dem es deshalb gleichgültig sei, wie viele Stunden seiner unendlichen Zeit er mit so einem Unfug verbringe, musste ich lautstark den irren Max ermahnen, auf dem Weg zu bleiben, da dieser aus unerfindlichen Gründen ständig das Bedürfnis hatte, ins Unterholz zu rennen. Prompt sprang er, meine Mahnung ignorierend, auf mehrere große Steine abseits des Weges, gefolgt von seinem Kumpan David, der auf einem glitschigen Wackerstein ausrutschte und unter dem Gejohle seiner Mitschüler der Länge nach hinschlug. Ich half ihm auf und sah ihm an, dass der Sturz alles andere als harmlos gewesen war, auch wenn er versuchte, sich seine Schmerzen nicht anmerken zu lassen. Ich setzte ihn auf eine Bank, die vor einem umzäunten Grundstück mit einer Art Gartenhaus darauf stand. Etliche Schüler nutzten die kurze Pause, um Fotos von sich und ihren Freunden zu machen. Als David nach einer Weile wieder in der Lage war aufzustehen, machte er ein paar Witze, konnte aber ein Humpeln nicht ganz unterdrücken.

Der Weg war weit und nass, und es wurde zu einem dieser Momente, in denen man sich ganz weit weg wünscht von dem Ort, an dem man sich befindet. Ich hatte nie eingestimmt in das Jammern über Klassenfahrten, denn ich sah sie als pädagogisch notwendig, im günstigsten Fall sogar bereichernd an. Aber in diesem Moment hatte ich keine Lust. Die Fahrt war von Anfang an unter keinem günstigen Stern gestanden. Der eigentliche Klassenlehrer hatte der Klasse zu Beginn des Schuljahrs verkündet, er fahre überall mit ihnen hin, solange die Schüler die Planung selbst übernähmen. Er stelle sich gerne formal für alles Notwendige zur Verfügung, aber ein Reiseziel zu finden, Angebote einzuholen, das Budget zu ermitteln, Anreise- und Übernachtungsmöglichkeiten zu sondieren, für all das seien die Schüler zuständig. *Große Pädagogik* hatte er es im Lehrerzimmer noch genannt, *Erziehung zur Selbstständigkeit,* und wenn sie es nicht hinbekämen mit Paris, London oder Rom, »können wir ja immer noch in den Schwarzwald fahren«, so seine Worte. Das war, bevor er sich *in den Burn-out geflüchtet* hatte, wie es ein Kollege mitfühlend formulierte.

Natürlich war die 11c nicht sonderlich erfolgreich bei der Planung gewesen. Das Vorhaben des Klassenlehrers war in einer Klasse, die sich grundsätzlich von mehr als zwei Klassenarbeiten pro Woche überfordert fühlte, woraufhin bei der dritten mitunter ein Drittel Schüler fehlte – wenn auch immer sauber von zu Hause entschuldigt –, vielleicht arg optimistisch gewesen. Es sei denn, man wollte dem Kollegen unterstellen, dass sein Kuraufenthalt möglicherweise schon von langer Hand geplant gewesen war, was ich zu vermeiden versuchte. Und nachdem wir ja, da alle Stricke gerissen waren, immer noch *in den Schwarzwald* hatten fahren können, waren wir nun genau hier.

Das auf Selbstversorgung ausgerichtete Haus war laut Maria Götz eines der wenigen, das so kurzfristig überhaupt noch zu haben gewesen war. Ich selbst kam so knapp hinzu, dass ich mich lediglich noch in die Verpflegungsvorbereitungen hatte einbringen können; das allerdings aus ganz konkretem persönlichen Interesse, denn auch in diesem Teenager-Gulag wollte ich gut essen. Ich hatte Kochteams eingeteilt, den Einkauf der Lebensmittel persönlich überwacht und gedachte auch beim Zubereiten der Speisen eher nichts dem Zufall zu überlassen. Nachdem das Busunternehmen uns am Vortag mitgeteilt hatte, dass der Bus bei den derzeitigen Witterungsbedingungen nicht bis zur Hütte würde fahren können, hatten Maria Götz, die nicht nur über Allwetterkleidung, sondern auch den dazugehörigen obligatorischen Lehrer-VW-Bus verfügte, und ich bereits tags zuvor die Verpflegung hier hinauftransportiert.

Ich sah mich um und nahm erstaunt zur Kenntnis, dass unser Weg bereits mit fallen gelassenen Plastikverpackungen und Stanniolpapieren gesäumt war, sogar die unvermeidlichen Chipstüten waren dabei, eine Tüte Chips ging offenbar auch in widrigen Lebenslagen. So viel zur *Bildung für nachhaltige Entwicklung,* wie unser Bildungsplan es so schön ausdrückt.

Etwa zehn Minuten später kamen wir an unserem Haus an, und es dauerte nicht lange, da hob ein allgemeines Lamento an. Es gab kein Handynetz.

Groß war die Verzweiflung unter den Jugendlichen.

»Kein Insta«, jammerten die einen. »Kein Snapchat«, war von anderen zu hören. Manche wanderten wie Wünschelrutengänger die Gegend ab, auf der Suche nach dem ersehnten Signal, andere hielten ihre Gerätschaften wie Fluglotsen in die Höhe.

Bei unserer Herberge handelte es sich um ein typisches traditionelles Schwarzwaldhaus, mit weit heruntergezogenem grauen Schindeldach und mit braunen Schindeln bestückten Außenwänden. Um das gesamte obere Stockwerk zog sich ein überdachter Holzbalkon mit Brüstung. Eine Treppe führte auf eine schmale, fast völlig überdachte hölzerne Veranda, von der aus man die Haustür erreichte. Einige Hundert Meter gegenüber der Eingangstür erhob sich ein Hügel, den einige Schüler, der irre Max allen voran, nun emporstürmten, worauf kurze Zeit später euphorische Jubelrufe folgen. Offenbar hatte man von dort oben Empfang.

Stand man mit dem Rücken zur Eingangstür, erstreckte sich linker Hand, unterhalb des Feldwegs, auf dem wir gekommen waren, ein kleines, düster wirkendes Kiefernwäldchen. Schräg rechts gleich neben dem Haus befand sich ein Verschlag mit Feuerholz, verschiedenen landwirtschaftlichen Werkzeugen und zwei schweren Motorrädern.

Letzteres ließ mich stutzen.

Wieso standen hier zwei Motorräder?

Ich holte den Schlüssel heraus und wollte die Eingangstür aufschließen. Überraschenderweise war sie offen. Ich betrat das Haus. Die niedrige Tür führte in einen dunklen Flur, von wo aus man gleich links in den Gemeinschaftsraum kam. Geradeaus folgte eine Reihe von Schlafzimmern, die für die Mädchen vorgesehen waren. Die Jungs sollten im ersten Stock nächtigen. Die Schüler folgten mir unter lautem Plappern und Johlen und belegten ihre Zimmer. Die Zimmereinteilung hatte ich schon vor einigen Tagen in der Schule festgelegt, nur ein Anfänger ließ sich vor Ort diesbezüglich auf Diskussionen und Verhandlungen ein.

»Boah, voll alt«, stellte eine Schülerin beim Betreten des Hauses fest, und ich hoffte, sie meinte das Haus, nicht mich. Eine enge, steile Stiege führte aus dem Flur nach oben, von wo man schon bald ein heftiges Poltern mit anschließendem Gebrüll und Gelächter hören konnte. Wahrscheinlich ein Schüler, der aus einem der Stockbetten geplumpst war, kein Grund zur Sorge also.

»Herr Horvath?«, rief Max von oben. »Ich weiß ja auch nicht, aber irgendwie gibt es hier gar nichts.«

»Wie meinst du das?«

»Na ja, irgendwie nur Zimmer und Betten und Tische und so. Kein Fernseher, Konsole, irgendwas halt. Was sollen wir denn hier die ganze Zeit machen? Und das auch noch ohne Internet?«

Ich musste lachen. »Max, wir werden gemeinsam den Sinn des Lebens ergründen, das ist der Plan, nicht mehr und nicht weniger.«

Max sah mich vom Kopf der Treppe ratlos an, offenbar unschlüssig, ob ich scherzte oder nicht. Dann kratzte er sich an der Stirn, murmelte »Krass, Digger« und rannte »He Jungs, wir suchen den Sinn des Lebens« schreiend in sein Zimmer zurück. Ich betrat den Gemeinschaftsraum, der gleichzeitig der Speisesaal war und an dessen hinterem Ende sich die Küche anschloss. Blickte man von da aus weiter an dem Holzschuppen vorbei, konnte man in einiger Entfernung auf einer kleinen Anhöhe eine Hütte ausmachen, deutlich kleiner als die unsere, die verlassen wirkte.

Wenn man nicht ganz so weit blickte, sah man hier an einem Tisch einen Mann und eine Frau, die sich mit dampfendem Kaffee gegenübersaßen und uns anstarrten.

Maria Götz, die mir gefolgt war, und ich blickten uns verwundert an. Sie zwinkerte. Ich widerstand dem Impuls, es ihr nachzutun. Wir waren davon ausgegangen, dass die Hütte leer war. Über weitere Mieter waren wir nicht informiert worden. Die beiden waren in typischer Rockerkluft gekleidet, mit schweren Stiefeln, Lederhosen und Lederwesten. Er war außerdem mit einem buschigen Schnauzbart, der zu beiden Seiten des Mundes bis zum Kinn reichte, ausgestattet. Als ich mich ihm näherte, konnte ich sehen, dass er den Aufnäher eines Motorradclubs auf dem Rücken trug. *Caballeros* stand da in geschwungenen Lettern, das Symbol in der Mitte schien eine Art Kaktus zu sein, um den sich eine Klapperschlange wand.

»Oh, wir wussten nicht … Also wir dachten …«, sagte die Frau.

Er starrte mich wortlos aus dunklen Augen an.

»Nun ja«, sagte ich, »Sie sehen ja.« Ich deutete aus dem Gemeinschaftsraum hinaus, von wo man das Poltern, Trampeln, Schreien und Johlen der Schülerinnen und Schüler hörte. Türen wurden geschlagen, Schranktüren und Schubladen knallten.

Die beiden blickten einander ernst an, dann erhob sich die Frau und ging auf mich zu.

Sie reichte mir die Hand und sah mich fest an. »Ich bin Tatjana, das ist Dirk.«

Er nickte mir leicht zu, blieb aber sitzen.

»Wir sind leider in einer Notlage«, fuhr sie fort, »und können hier nicht weg. Eine unserer Maschinen ist kaputt. Glauben Sie, wir könnten ein oder zwei Nächte hierbleiben, bis wir unser Problem gelöst haben? Wir werden Sie auch nicht stören.«

Ich sah von ihr zu ihm und wieder zurück. Sie sah mich durchdringend an. Er wandte seinen Blick ab und trank von seinem Kaffee, als ging ihn das Ganze nichts an.

Das Erste, was ich dachte, war: Wieso fährt hier jemand bei diesem Wetter mit Motorrädern hoch? Und ausgerechnet in der Nähe dieser abgelegenen Hütte geht eines davon kaputt?

»Ja, also das, ich weiß nicht, das ist doch ungeheuerlich, Gregor, oder, sag doch mal«, entfuhr es Maria Götz, und dabei wedelte sie mit den Händen, zwinkerte heftig, lief auf und ab und dann einfach aus dem Raum.

Da stand ich nun.

»Wie sind Sie denn hier hereingekommen?«, fragte ich.

Dirk stellte seine Tasse ab und brummte: »So ein Schloss ist jetzt nicht gerade ein Riesenproblem.«

Die beiden Fremden wirkten nicht unbedingt Furcht einflößend, aber sie strahlten etwas Lauerndes aus, das mir einflüsterte, sie auf keinen Fall zu unterschätzen. Zufällig landete man hier nicht. Vielleicht hatten sie sich diese Hütte als Versteck ausgesucht. Vor wem oder was auch immer.

Horvath, reiß dich zusammen, sagte da eine Stimme in meinem Kopf. Nur weil du jetzt einmal in einen Kriminalfall verwickelt warst, musst du nicht überall gleich Verdacht schöpfen. Die beiden sind ein ganz normales Pärchen, Touristen vielleicht, das sich hier vor dem Wetter in Sicherheit gebracht hat. Wir waren hier ja schließlich im Schwarzwald und nicht in Los Angeles.

Ich brachte es nicht über mich, sie nach draußen in dieses Wetter zu schicken, und entschied, dass sie bleiben durften.

Kapitel 3

Ich saß in meinem Zimmer auf dem Bett und sah auf die Uhr.
Nachdem die Schüler die Anwesenheit der Rocker durchaus als Attraktion eingestuft hatten – die Jungs klärten mich darüber auf, dass ihnen das Thema aus der Serie *Sons of Anarchy* durchaus geläufig war und sie im Grunde alles darüber wüssten, »*Waffenhandel, Glücksspiel, illegale Boxkämpfe, Ehrenkodex und so, alles stabil, Herr Horvath*« –, war der Rest des Tages ohne außergewöhnliche Ereignisse verlaufen. Wir hatten den Nachmittag mit einer kleinen Besinnungsrunde verbracht und versucht, die Schüler mit Fragen wie: *Wer bin ich?, Wie sehen mich andere?, Wie sehe ich mich selbst?, Welche Werte sind mir wichtig?, Wo sehe ich mich in zwanzig Jahren?*, zur Auseinandersetzung mit sich selbst anzuregen, was von den Schülern um für sie dringlichere Fragen ergänzt wurde, wie: *Was machen wir wegen des fehlenden Handysignals?, Dürfen wir mit Kopfhörern Musik hören?* und *Dürfen wir den ganzen Nachmittag unsere mitgebrachten Chipstüten und Eisteeflaschen leeren?* Nach dem Essen, einer durchaus gelungenen Paella mit Hühnchen und Gambas, hatten wir eine recht erfolgreiche Runde Improvisationstheater auf die Beine gestellt, ehe die Schüler sich nach und nach in ihre Zimmer zurückzogen.

Es war zwanzig nach elf. Ab dreiundzwanzig Uhr sollten alle mehr oder weniger in ihren Zimmern sein, so die Vereinbarung. Solange sie sich einigermaßen ruhig verhielten, war ich durchaus bereit, bei dieser Regel das eine oder andere Auge zuzudrücken, denn hätte man das strikt durchsetzen wollen, hätte man sie die ganze Nacht beaufsichtigen müssen. Aber man musste schon ein paar Regeln aufstellen, um zumindest ein Bewusstsein dafür zu erzeugen, wogegen man verstieß. Sonst öffnete man dem Chaos Tür und Tor.

Jetzt war jedenfalls das Ende des obligatorischen Türenknallens, Brüllens und Kreischens, Polterns und Rennens gekommen. Zeit für einen letzten Rundgang, wie ich hoffte. Es regnete immer noch. Die Landschaft war in absolute Schwärze gehüllt, kein Lichtstrahl erhellte die Gegend. Draußen war es so ungemütlich, dass selbst der *Handysignal-Hügel* nur noch einige ganz Hartgesottene nach draußen gelockt hatte, um nächtliche Nachrichten zu prüfen oder zu versenden, aber die waren mittlerweile, wie ich annahm, alle zurückgekehrt, zumal – wie lautstark lamentiert wurde – das Signal wohl eher unstet war. Die wenigsten waren für die Wetterbedingungen hier oben ausgestattet, mein Verweis auf die Mitbringliste, die ich Schülern und Eltern hatte zukommen lassen, war von etlichen verblüfft mit der Frage »Herr Horvath, ich habe solche Kleider nicht, soll ich etwa wegen Klassenfahrt noch neue Klamotten kaufen?« gekontert worden. Der Vorteil einer solchen Hütte war, dass die Schüler nirgends hinkonnten. Der Nachteil war, man bekam oft kein Auge zu, weil es die ganze Nacht irgendwo rumorte.

In einem Zimmer hatte sich eine Pokerrunde von acht Schülern zusammengefunden. Es lief typische Jugendmusik, die sich momentan dadurch auszeichnete, dass die Gesangsstimmen mittels eines in meinen Ohren eher bizarren Klangeffekts namens *Autotunes* möglichst unnatürlich und weinerlich klangen. Dass im Zimmer laute Musik lief, hinderte manche nicht daran, trotzdem noch eigene Musik über Kopfhörer zu hören. Als ich eintrat, gab es ein paar hektische Bewegungen, mit denen die Schüler Becher verschwinden ließen, die sie hinter sich, zwischen Rücken und Stuhlkante oder unter den Tisch stellten. Ich war zu lange Lehrer, um nicht zu wissen, was hier neben Poker gespielt wurde.

Natürlich hatten sie Alkohol auf die Hütte geschmuggelt. Es war immer ein Drahtseilakt für die begleitenden Lehrer. Verbot man den Alkohol ganz, war man rechtlich abgesichert, hatte aber die ganze Nacht nichts anderes zu tun, als das zu überwachen, und am Ende war es sowieso unmöglich, den Gehorsam der Schüler zu garantieren. Ließ man sie an der lockeren Leine, funktionierte das bei den Besonnenen und Vernünftigen, gab anderen aber eine Freiheit, mit der sie schlecht umgehen konnten. Im Grunde musste man sie vor sich selbst schützen. Und sich selbst natürlich auch.

»Die Herren, wenn ihr einmal kurz eure Ohrstöpsel herausnehmen würdet?«, sagte ich. »Ich weiß, dass hier Alkohol konsumiert wird.«

Sie grinsten ertappt, und einige holten ihre Becher hervor, um nun zögerlich daraus zu trinken, als trauten sie dem Frieden noch nicht so ganz.

»Ich vertraue fürs Erste darauf, dass ihr in Maßen trinkt und es zu keinen Vorfällen kommt. Wenn ihr dieses Vertrauen missbraucht, werde ich diejenigen, die das betrifft, umgehend, also stante pede für die Lateiner unter euch, nach Hause schicken.«

»Das wird schwer«, rief Max. »Meine Eltern haben gleich ihren Urlaub gebucht, als sie den Termin von der Klassenfahrt erfahren haben.«

»Dann, lieber Max, werde ich dich persönlich zum nächsten Bahnhof geleiten, unterwegs erwerben wir ein paar Dosen Ravioli, und dann schreibe ich dir noch auf, wie man die auf mittlerer Flamme erhitzt, damit du alleine zu Hause nicht verhungerst.«

Max grinste schief, die anderen lachten.

»Die Schulleitung wird natürlich auch informiert«, baute ich weiter an meiner Drohkulisse, »und ihr müsst mit jeglicher Art von weiterer Konsequenz rechnen.«

»Herr Horvath«, sagte ein Schüler, »Sie wissen doch, Sie können sich auf jeden Fall auf uns verlassen. Stabil!«

»Das ist es, was mir Sorgen bereitet«, sagte ich und wandte mich zum Gehen.

Mein Blick fiel erst auf David, der immer noch aussah, als

hätte er Schmerzen, und dann auf den Müll, der auf dem Boden verstreut lag. Plastikverpackungen, Dosen, Papiere. Wir waren erst ein paar Stunden hier, aber was die Vermüllung ihrer Umgebung anging, war auf die Schüler Verlass.

»Herr Horvath«, rief Max, »steigen Sie ein?«

»Heute nicht«, antwortete ich.

Ein paar Jungs nickten, als wären sie erleichtert. Ich selbst war es auch. Davon abgesehen, dass Kartenspielen mich noch nie sonderlich interessiert hatte, durfte man sich bei Schülern niemals anbiedern. Es war ein Irrtum zu glauben, man würde in ihrer Achtung steigen, wenn man sich zu nächtlichen Gelagen mit ihnen hinreißen ließ und am Ende noch mit ihnen anstieß und trank.

Ich verließ das Zimmer und begegnete weiteren Schülern auf dem Gang.

Korbinian Herrwagen und seine beiden Untergebenen Marlon und Jako waren offenbar gerade – und damit verspätet – von draußen hereingekommen. Ihre Schuhe waren schlammig, und ihre Kleidung war nass und teilweise verschmutzt. Marlon und Jako sahen zu Boden, Korbinians Blick war für einen fast unmerklich kurzen Moment kalt und abweisend, doch unmittelbar darauf setzte er sein typisches, betont freundliches Gesicht auf und sah mich mit offenem und einnehmendem Blick an.

Ich mag Ihr Gesicht nicht, Mr. Ratchett, sagte mein Lieblingsbelgier Hercule Poirot im Orientexpress zu einem Verdächtigen. Nun, mir ging es ähnlich mit Korbinian Herrwagen. Dass man Schüler nicht mochte, kam eher selten vor. Natürlich gab es solche, die man eher schätzte als andere, aber viele Urteile über Schüler fanden doch innerhalb des Schulkontextes statt; es ging um Disziplin oder Arbeitshaltung, oft taten sie einem auch leid, weil sie sich durch ihr auffälliges Verhalten selbst im Weg standen, teilweise war die Situation in den Elternhäusern eine Erklärung für Probleme, aber im Grunde hatten diese Urteile in aller Regel nichts mit der eigentlichen Persönlichkeit zu tun, sondern mit ihrem Verhalten als Schüler.

Bei Korbinian war das anders. Er war mir durch und durch unsympathisch. Und der Apfel fiel bei ihm nicht weit vom Stamm. Sein Vater war Anwalt, der sich durch sein forderndes Auftreten einen Namen gemacht hatte, doch das war nicht das Problem. Korbinian war einer dieser Schüler, die Lehrern im Besonderen und Erwachsenen im Allgemeinen immer mit ausgesuchter Höflichkeit begegneten. Er war scheinbar die wandelnde Ausnahme zur oft unhöflichen und selbstbezogenen Jugend von heute. Die meisten Kollegen ließen sich von dieser Masche blenden, waren beeindruckt von seinen Manieren, seiner offenen Art, das Ganze schlug sich auch positiv in seinen Noten nieder. Ich aber traute ihm nicht. Seine Augen verrieten ihn, sie waren leer und kalt.

»Guten Abend, Herr Horvath.«

»Na, woher zu so später Stunde?«, fragte ich betont beiläufig.

»Von draußen«, antwortete Korbinian und sah mich unverwandt an.

Sie waren zu spät und hatten die Abmachung nicht eingehalten. Andererseits konnten sie nicht viel angestellt haben und waren jetzt da. Wieder einmal fochten in mir Prinzipientreue und Bequemlichkeit ihren ewigen pädagogischen Kampf aus, den dieses Mal die Bequemlichkeit gewann. Mir fiel auf die Schnelle keine geeignete Maßnahme ein. »Morgen bitte pünktlich. Für heute lassen wir es gut sein. Gute Nacht, die Herren«, sagte ich.

»Gute Nacht, Herr Horvath«, sagte Korbinian, und ich schloss die Tür.

Ich passierte das Zimmer von Dirk und Tatjana, die ich gebeten hatte, oben bei den Jungs zu nächtigen, weil ich dachte, lieber Tatjana bei den Jungs als jemand wie Dirk auf dem Mädchenstockwerk. Wohl war mir mit ihrer Anwesenheit immer noch nicht, aber sie hatten beim Abendessen die neugierigen Fragen, vor allem der Jungs, zur Mitgliedschaft in einem Bikerclub bereitwillig und leicht amüsiert beantwortet und waren insgesamt nicht unangenehm aufgefallen.

Danach ging ich zum nächsten Zimmer, das leer war bis auf Nedjelko, genannt Neno.

»Na, alleine?«, fragte ich. »Wo sind die anderen?«

Ich meinte damit vor allem seinen besten Freund Lukas, denn die drei anderen Zimmerbewohner – Max, David und Amir – hatte ich bei der Pokerrunde ausgemacht.

»Karten spielen«, sagte Neno, »Lukas ist auf dem Klo.«

Neno wirkte seltsam fahrig. Normalerweise war er durch nichts aus der Ruhe zu bringen. Auch hatte ich ihn als aufrichtig kennengelernt, hatte nie den Verdacht gehabt, dass er log. Er gab zu, wenn er seine Hausaufgaben nicht gemacht hatte, und wartete nicht mit Ausflüchten auf, dass er sie gemacht, dummerweise aber sein Heft zu Hause liegen gelassen habe. Wenn er zu spät kam, entschuldigte er sich und gab zu, die Zeit vergessen zu haben, und schob nicht andere Lehrer vor, mit denen er unbedingt noch ein Referat habe besprechen müssen, oder Busse, die Verspätung hatten.

Jetzt wirkte er nervös. Mein Blick fiel auf Nenos Schuhe, und mir fiel auf, dass auch sie voller Schlamm waren. Er wird ebenfalls noch auf dem Hügel gewesen sein, dachte ich. Den Boden hatte er offenbar versucht mit einem Handtuch, das zusammengeknüllt in einer Ecke auf dem Boden lag, mehr schlecht als recht sauber zu wischen.

Ich schloss die Tür und trat auf den Gang.

Zurück in meinem Zimmer, stellte ich mich auf für mein abendliches Tai-Chi-Ritual. Die ruhigen, weichen Bewegungen befriedeten verlässlich meinen Geist und ordneten die Gedanken.

Mein Unbehagen darüber, hier an so einem abgelegenen Ort die Nacht zu verbringen, an dem ich, wenn ich mein Fenster öffnete, nichts als den unablässigen Regen und das Rauschen des nahen Waldes vernahm, wurde durch die Geräusche der Schüler überdeckt, den Trubel auf den Gängen, das viel zu laute Flüstern, das oft genug in ein lärmendes Lachen überging, das Türenschlagen.

Ich sah hinaus in eine diffus beleuchtete Landschaft wie von Caspar David Friedrich.

Natur. So viel Natur. Ich mochte sie nicht besonders. Aus der Ferne durchaus, auch in literarischen Naturbeschreibungen oder Gedichten, aber nicht, wenn ich mich ihr so ausgeliefert fühlte wie jetzt.

Oder wie mein Lieblingsdetektiv an einer Stelle sagt: *Diese Sorte Luft ist gut für Vögel und kleine pelzige Tiere. Die Lungen von Hercule Poirot benötigen etwas Gehaltvolleres. Sie brauchen die gute Luft der Stadt.*

Dass ich auf dem Land aufgewachsen war, hatte ich schon früh als Irrtum der Natur erkannt. Schon als Kind hatte ich es gehasst, barfuß zu gehen, wegen der kleinen Steinchen oder, schlimmer noch, Dornen, die sich in die Fußsohle bohrten. Ich hasste den Sommer, der bei allen außer mir diesen seltsamen Drang auslöste, nach draußen zu gehen, ins Schwimmbad, an den See, zur Eisdiele, zum Grillen, an all diese schrecklichen Orte, die ich meist mied und doch zumindest als Kind und Jugendlicher hin und wieder aufgesucht hatte, um dazuzugehören, was ich dann aber doch nicht tat. Natur war im Sommer Hitze, Sonnenbrand, Kratzer, Stiche, Hautjucken, Schweiß, im Winter Kälte, Nässe, abgefrorene Finger.

Ich bevorzugte die behagliche Kühle oder Wärme meines Zimmers, je nach Jahreszeit. Die Idee, Natur schön oder sogar romantisch zu finden, erschien mir weltfremd. Die Menschen hatten vergessen, dass die Natur zunächst einmal voller Gefahren war und erst gebändigt zu etwas wurde, was man genießen konnte. Schon als Kind hatte ich instinktiv gefühlt, dass man sich vor der Natur schützen musste.

Dunkelheit und Stille hatten mir früher nie etwas ausgemacht. Die Nacht war mir lieber gewesen als der Tag, und bei aller Liebe zur Musik hatte ich es genossen, wenn die Welt um mich herum schwieg. Seit meinem Aufenthalt in dem Erdloch jedoch, das als mein Grab gedacht gewesen war, hatte sich etwas geändert. Die Stille der Nacht und das Alleinsein waren mir fremd geworden. Ich fühlte mich nicht mehr zu Hause in diesen Momenten.

Ich dachte an Betty. Und an das Handy in meiner Tasche. Das Handy, das sie mir gegeben hatte und dessen Ortung damals zu meiner Rettung geführt hatte. Nur zwei Nummern waren darin gespeichert, ihre und die meines Bruders Martin. Aber selbst wenn ich sie hätte anrufen wollen, hier im Haus ging es sowieso nicht. »Gregor, vielleicht brauche ich etwas Abstand«, hatte sie gesagt.

Den hatte sie jetzt. Ich kam mir vor, als wäre ich hier am Ende der Welt.

In immer weitere Ferne rückten die Schritte und Stimmen der Schüler vor meiner Tür. Ich beendete meine Übungen und legte mich aufs Bett.

Mein Körper wurde im Nu schwerer, und eine samtene Dunkelheit rief mich leise, aber eindringlich zu sich.

Wie magisch angezogen glitt ich hinüber.

Tag 2

Kapitel 4

Es war noch dunkel, als ich aus unruhigem Schlaf mit wirren Träumen erwachte. Auf dem Gang knallten schon wieder die Türen. Die Uhr zeigte kurz nach sieben. Draußen kämpfte sich die Dämmerung durch eine pechschwarze Nacht.

Für heute war eine Wanderung mit ein paar erlebnispädagogischen Gruppenübungen geplant. Bei dem Wetter eine Herausforderung an sich. Vor allem für mich. Seufzend erhob ich mich und zog mich an.

In der Hütte herrschte bereits reges Treiben. Egal, wie spät sie ins Bett gingen, auszuschlafen war an einem solchen Ort nicht möglich. Die fiebrige Gruppenenergie weckte sie zeitig.

Fürs Frühstück war beschlossen worden, dass sich einfach jeder selbst nehmen sollte, was er wollte, es gab Cornflakes, verschiedene Sorten Marmelade, Nutella, Wurst und Käse und Toastbrot, was ein Kompromiss war, aber zwei oder mehr Tage altes Brot war das auch. Um kurz nach acht Uhr saßen die Schülerinnen und Schüler auf ihren Stühlen und frühstückten. Vom Rockerpaar war noch nichts zu sehen.

Maria Götz und ich wollten gerade den Tagesplan durchgeben, als jemand fragte: »Wo ist eigentlich Lukas?«

Wir sahen uns um, und nachdem deutlich wurde, dass Lukas tatsächlich noch nicht eingetroffen war, wandten sich alle Augenpaare Richtung Neno, der gerade Milch in eine Schale Cornflakes schüttete, und sahen ihn fragend an. Der blickte kurz erschrocken zurück und zuckte dann die Schultern. »Keine Ahnung, wo er ist. Bin ich seine Mutter, oder was?«, entgegnete er pampig.

»Liegt er noch in seinem Bett?«, fragte ich ihn.

»Weiß nicht, glaub nicht«, murmelte Neno kaum verständlich.

Ich stand auf und ging in das betreffende Zimmer. Lukas' Bett sah nicht so aus, als hätte er darin gelegen. Ich dachte an Nenos schmutzige Schuhe und seine seltsame Nervosität letzte Nacht, ging zurück in den Gemeinschaftsraum und forderte Neno auf, mir zu folgen.

Widerwillig erhob er sich und schlurfte mit mir hinaus auf den Gang.

»Neno«, fragte ich ihn, »wann hast du Lukas denn das letzte Mal gesehen?«

Er kratzte sich am Kopf. »Ich weiß auch nicht, gestern Abend oder so.«

»Was heißt das genau?«, hakte ich nach. »Um acht oder um Mitternacht oder wann? Du meintest doch, er sei auf dem Klo, als ich das letzte Mal in eurem Zimmer war. Kam er von da jemals zurück?«

Neno zuckte wieder die Schultern. »Ja, also nein, also, weiß nicht, bin eingeschlafen.«

Neno war nicht ehrlich, das war offensichtlich. So herumzudrucksen war nicht seine Art. Ich sah ihn eindringlich an, doch er wich meinem Blick aus.

Ich ging zurück in den Gemeinschaftsraum. »Herrschaften, mal zugehört. Hat irgendjemand eine Ahnung, wo Lukas sein könnte?«

Kopfschütteln, Achselzucken, ratlose Gesichter. Mir fiel auf, dass am Tisch von Mira, Isa und Kristina eine Mischung aus Bestürzung und aufgeregtem Flüstern herrschte, maß dem aber in dem Moment keine Bedeutung bei.

Ich eilte durch den Gang und öffnete jede Zimmertür, erst im Erdgeschoss, dann im ersten Stock. Außer dass Lukas sich in keinem der Zimmer befand, gab es auch olfaktorische Gemeinsamkeiten zwischen den Zimmern. Es erstaunte mich immer wieder, mit wie wenig Sauerstoff Teenager auskommen konnten. Im Grunde ein biologisches Phänomen. Man weiß ja mittlerweile einiges über die Gehirnumstrukturierungen während der Adoleszenz. Wenig erforscht scheint mir die anatomische Ähnlichkeit von Jugendlichen und Grottenolmen. Es war natürlich auch zu kalt, um zu lüften. In einigen Jungszimmern hatte man offenbar versucht, den üblen Nachtgeruch durch den besonders exzessiven Einsatz penetrant süßlichen Parfüms zu kompensieren.

Aber dies war natürlich nicht das eigentliche Problem. Das Problem war, dass Lukas verschwunden war. Wo war er? Wo um alles in der Welt konnte er sein?

Der Hügel fiel mir ein. Ein wichtiges Telefonat, ein Instagram-Post, der nicht warten konnte. Das musste es sein.

Max und Amir kamen mir entgegen.

»Jungs, zieht euch schnell Schuhe und Jacke an und schaut bitte nach, ob er auf dem Hügel ist, ja?«

»Och, Herr Horvath, wir wollten gerade …«, begann Max.

»Machen wir, Herr Horvath«, unterbrach ihn Amir. Amir war erst vor einigen Jahren aus Syrien nach Deutschland gekommen, musste erst Deutsch lernen und war deshalb zwei Jahre älter als die anderen in der Klasse. Wenn es zwischen ihm und den meisten seiner Klassenkameraden einen deutlichen kulturellen Unterschied gab, dann, wie ausgesucht zuvorkommend, gut erzogen und höflich er war. Er brachte allen Lehrerinnen und Lehrern eine Art von Respekt entgegen, der einen erst so richtig erkennen ließ, wie sehr das bei vielen anderen fehlte.

Die beiden zogen los. Wieder zurück im Gemeinschaftsraum, kam Maria Götz hektisch zwinkernd und kopfschüttelnd auf mich zu. »Ich hab noch mal mit den Schülern geredet. Die wissen nichts. Wo kann der denn sein? Was bedeutet das denn? Gregor?«, zischte sie aufgebracht. Ihr wurde das alles schon wieder zu viel. Ich konnte es ihr nicht verdenken.

»Jetzt warten wir erst einmal ab, was die Expedition da draußen ergibt«, versuchte ich sie zu beruhigen, nahm mir einen Kaffee und ein Brot. Der Kaffee schmeckte furchtbar.

Ein verschwundener Schüler war schlimm. Ich hatte schon alles Mögliche auf Klassenfahrten erlebt. Heimweh, Fieber, Jugendliche nahe an der Alkoholvergiftung, Keilereien, Drogen. Aber ein verschwundener Schüler, das war neu. Und es war natürlich ein riesengroßes Problem. Eigentlich fuhr man genau aus diesem Grund mit einer Klasse auf eine abgelegene Hütte. Damit man sich keine Sorgen machen musste, dass jemand abhandenkam. Und jetzt passierte das ausgerechnet in der abgelegensten Schwarzwaldhütte, weitab von jeglicher Zivilisation. Und das mir, dem Helden vom Clara-Schumann-Gymnasium. Dem Hobbyermittler, der erst vor Kurzem einen Mordfall gelöst hatte, der offiziell gar keiner gewesen war. Den die BILD-Zeitung, RTL und *Spiegel* TV interviewen und porträtieren wollten, was ich natürlich abgelehnt hatte. Aber noch war ich beinahe sicher, alles würde sich bald aufklären und als harmlos erweisen.

Max und Amir polterten zur Tür herein.

»Voll hochgespurtet, Digger«, keuchte Max.

»Keine Spur von Lukas«, ergänzte Amir außer Atem. »Haben ihn auch versucht zu erreichen, aber gleich Mailbox.«

Ich überlegte, was nun zu tun war. Zunächst brauchte ich die gesamte Belegschaft von Lukas' Zimmer für eine Befragung. Danach würden wir Lukas weiträumig suchen müssen.

»Jungs«, forderte ich die Schüler auf, »kommt mit in euer Zimmer. Ich habe Fragen.«

Maria Götz flüsterte ich zu, sie solle bis auf Weiteres die Ruhe bewahren und die Schüler frühstücken lassen. Sie zwinkerte bestätigend.

Auf dem Weg zum Zimmer der Jungs fiel mir auf, dass es noch ein Problem gab, das ich aus den Augen verloren hatte. David hatte sich bei seinem Sturz gestern auf dem Weg zur

Hütte offenbar massiv den Fuß verstaucht, der Knöchel war angeschwollen. Er konnte nicht auftreten und hüpfte auf einem Bein herum, wobei er sich immer an irgendetwas festhalten musste.

»David, wieso hast du denn nicht gesagt, was mit deinem Bein los ist?«

Er zuckte die Schultern.

»Hör zu. Du musst nach Hause, wir sind hier Kilometer vom nächsten Krankenhaus entfernt, du brauchst medizinische Versorgung. Ich rufe nachher deinen Vater an.«

David blickte betreten zu Boden. »Okay«, sagte er.

»Also«, ich kam gleich zur Sache, »wir haben hier noch ein akutes Problem. Ich brauche eure Hilfe. Lukas war bis zehn Uhr beim Improtheater, und heute Morgen war er nicht in seinem Zimmer. Was ist in der Zwischenzeit passiert?«

Die Jungs starrten in verschiedene Ecken des Zimmers.

»Also, ich hab ihn nicht mehr gesehen«, sagte Mad Max. »Wir waren ja beim Poker, und da war er nicht.«

»Das stimmt«, sagte David.

Ich sah Neno an, der nichts sagte.

»Ich, also, ich war bei den Mädchen«, sagte Amir grinsend. »Ich weiß, das sollten wir nicht, aber ich geb's zu.« Er hob schuldbewusst und beschwichtigend zugleich die Hände. Amir hatte eine entwaffnende Art, die die meisten sofort für ihn einnahm.

»Ich weiß, dass du bei den Mädchen warst«, sagte ich.

»Aber wieso«, erschrak Amir fast ein wenig, zumindest tat er so, »also, echt?«

»Ja natürlich«, antwortete ich lächelnd, »dies ist ja nun nicht meine erste Klassenfahrt, mein Lieber. Außerdem hätte mich alles andere enttäuscht, Amir.«

Er lächelte erleichtert. »Echt? Also, das, also, cool, Herr Horvath.«

»Sag mir der Vollständigkeit halber kurz, bei wem genau.«

»Im Zimmer von Krissie und Isa. Leila war auch da.«

»Mira nicht?«, fragte ich, weil das Trio sich normalerweise grundlos nicht trennte.

Amir schüttelte den Kopf. »Die war irgendwie erst weg, dann noch duschen, dann schlecht gelaunt und ist danach ins Bett.«

»Neno!« Ich wandte mich ernst an Lukas' besten Freund und legte etwas mehr Schärfe in meine Stimme. »Jetzt erzähl mir mal etwas! Du warst letzte Nacht noch draußen, deine Schuhe waren schmutzig. Mit wem warst du da? Was hast du gemacht? Wann hast du Lukas das letzte Mal gesehen? Jetzt muss mal etwas kommen von dir! Wir haben hier ein Problem, verstehst du?«

Neno blickte zu Boden. »Wir waren nur kurz draußen«, sagte er nach einer Weile so leise, dass man ihn fast nicht verstand. »Dann sind wir wieder rein. Lukas wollte aufs Klo. Ich war im Zimmer. Und dann kam er nicht mehr.«

»Ist er mit seinen Schuhen aufs Klo?«, fragte ich. »Die waren doch sicher auch schmutzig. Da waren nämlich keine Schlammspuren auf dem Gang.« Ich sah vielsagend in die Runde. »Wie mir natürlich nicht entgangen ist«, fügte ich noch ein wenig stolz hinzu.

Er zuckte die Schultern. »Keine Ahnung. Vielleicht hat er sie vorher abgeputzt.«

Ich starrte ihn an in der Hoffnung, es käme noch etwas, aber er sagte nichts mehr. Irgendetwas stimmte hier ganz und gar nicht. Hatte Neno Angst?

Es sah Lukas nicht ähnlich, einfach zu verschwinden. Er war offener als sein Kumpel Neno, und er war Klassensprecher. Außerdem war er ein Jahr älter als die anderen, warum, wusste ich nicht, denn sitzen geblieben war er meines Wissens nie. Ich hatte ihn nie verantwortungslos erlebt. Er engagierte sich für die Schulgemeinschaft und war treibende Kraft hinter sozialen Projekten, die die Klasse durchführte.

Ich blickte entschlossen von einem zum anderen. Es hatte den Anschein, als hätten sie den Ernst der Lage erkannt. Aber sie schwiegen.

»Also gut«, sagte ich. »Wir suchen den jetzt. Kommt mit!«

Sie folgten mir schweigend.

Zurück im Gemeinschaftsraum, sahen mich alle an.

»Frühstückt schnell fertig, wir müssen Lukas suchen«, sagte ich.

»Alter, ist er echt nicht da?«, fragte jemand.

Ich schüttelte den Kopf.

»Krass.«

Die Schüler sahen einander beunruhigt an. Manche nahmen sogar ihre Kopfhörer raus. Für einen Moment war es völlig still im Raum.

»Morgen«, brummte eine tiefe Stimme hinter mir, »was ist denn hier los? Jemand gestorben?«

Im Türrahmen standen Dirk und Tatjana, das Rockerpaar.

Kapitel 5

Natürlich war ich kein Freund vorschneller Schlüsse, aber eines war doch auffällig. Ich hatte zugelassen, dass diese beiden Fremden die Nacht in der Hütte verbringen durften, und nun fehlte ein Schüler. Sollte sich herausstellen, dass es hier einen Zusammenhang gab, hatte ich persönlich ein ganz beträchtliches Problem. *Fahrlässig* nannte man es wohl, dass ich hier nicht vehementer eingeschritten war und die beiden zum Verlassen der Hütte gedrängt hatte.

Hatte Lukas vielleicht etwas gesehen oder gehört, was nicht für ihn bestimmt war, möglicherweise über den wahren Grund ihres Hierseins? Und dann hatten die beiden Rocker ihn beseitigt? Geschah so etwas wirklich, oder kannte man das nur aus Krimis?

Wieder ertappte ich mich ein wenig irritiert dabei, Mord und Totschlag als Möglichkeit in Betracht zu ziehen. Offenbar hatte der Fall Menzel und die Tatsache, dass man versucht hatte, mich zu ermorden, doch seine Spuren hinterlassen.

Jedenfalls beschloss ich, Dirk und Tatjana keinesfalls mit meinen Überlegungen zu konfrontieren, denn vielleicht waren sie wirklich nicht so harmlos, wie sie taten. Und angenommen, sie hätten tatsächlich einen unliebsamen Zeugen verschwinden lassen, würden sie wohl mit allen Mitteln verhindern, dass das ans Licht kam. Ich musste mich arglos geben und sie im Blick behalten.

Also würde ich sie in die Suche nach Lukas einbinden. Heikel, aber so hatte ich sie in meiner Nähe. Vielleicht ergab sich etwas Aufschlussreiches.

Auch im Fall Menzel vor einigen Monaten hatte ich die Erfahrung gemacht, dass es nicht immer hilfreich war, zu lange über eine Sache nachzudenken, sondern ruhig auch einmal zu improvisieren. Der Rest ergab sich dann oft zufällig.

»Ein Schüler ist verschwunden«, erklärte ich den beiden Rockern, »Sie haben nicht zufällig etwas gesehen, was uns weiterhelfen könnte?«

Tatjana schüttelte den Kopf, Dirk sah mich ernst an.

»Wir machen uns auf die Suche. Sie dürfen gerne mithelfen«, sagte ich.

»Ich brauch erst mal Kaffee«, murmelte Dirk hinter seinem Schnauzbart und ging zur Kaffeemaschine. Tatjana folgte ihm und flüsterte ihm etwas zu.

»Maria«, bestimmte ich das weitere Vorgehen, »nimmst du dir bitte eine Gruppe und suchst draußen um die Hütte herum und dort im Schuppen? Und wir«, ich zeigte auf eine Gruppe Jungs, »nehmen uns die weitere Umgebung vor.«

Ich wandte mich noch einmal an die Rocker. »Kommen Sie mit?«

Dirk hob die Hände. »Sorry, Mann«, knurrte er. »Muss die Möhre im Schuppen unbedingt zum Laufen bringen.«

»Ich suche mit«, antwortete Tatjana hingegen ohne Umschweife.

»Gregor?« Maria Götz stand zwinkernd vor mir. »Sollten wir nicht die Eltern anrufen? Wir müssen die Eltern anrufen, oder? Gregor, sag doch mal!«

Die Arme war völlig aufgelöst. Ihre ohnehin schon strapazierten Nerven glühten nun förmlich.

»Jetzt schauen wir erst einmal, vielleicht löst sich das Problem ja ganz schnell.«

Die Eltern konnte man später immer noch verrückt machen, dachte ich, auch wenn mir völlig unklar war, was ich glaubte, dort draußen zu finden. Lukas, wie er auf einer Bank saß und den Sonnenaufgang betrachtete?

Wir traten hinaus ins Freie. Es war mittlerweile hell geworden, sofern man das so nennen konnte. Der Tag wühlte sich mühsam durch Wolken und Nebel. Eine Zeile aus einem Lied schoss mir durch den Kopf: »*Ich hab das Loch in der Welt gesehen, ich hab reingeschaut, jetzt weiß ich, wo sie den Tag andrehen.*« Mein Gehirn produzierte schon wieder Assoziationen. Ein Zeichen von Nervosität.

Vor uns lag eine neblige, grüngraue Landschaft.

Ich bedeutete Tatjana und mehreren Schülern, mir zu folgen. Mein Ziel war das Waldstück links vor dem Haus. Die anderen wandten sich nach rechts Richtung Schuppen, wo die Motorräder standen.

Immer wieder riefen wir Lukas' Namen, als wir uns den

ersten Bäumen näherten. Das Wäldchen wirkte düster und abweisend.

»Was machen Sie denn so?«, fragte ich Tatjana betont beiläufig. »Außer Motorradfahren?«

»Ich bin eigentlich Krankenschwester«, sagte sie.

Das war etwas überraschend, man wäre ihrem Äußeren nach nicht unbedingt auf diese Idee gekommen.

»Und jetzt nicht mehr?«, fragte ich. »Wieso?«

»Zu wenig Geld, zu viel Arbeit.«

»Und was machen Sie jetzt?«

Sie schwieg ein paar Schritte. »Dies und das.«

Das war nicht sehr befriedigend. Sie wich mir aus.

»Haben Sie wirklich nichts mitbekommen letzte Nacht?« Ich blickte sie von der Seite an, um ihre Gesichtszüge zu studieren.

»Wir waren noch etwa bis halb elf im Gemeinschaftsraum«, sagte sie, »da sind immer mal Schüler rein und raus, aber ich weiß ja nicht einmal, wie Lukas aussieht. Dann sind wir bis zum Morgen in unser Zimmer.«

Ich nickte. Das Rockerpärchen war gestern Abend irgendwann noch aus seinem Zimmer gekommen, um etwas zu essen, ich hatte ihnen das angeboten. Max und ein paar andere hatten es in der ihnen eigenen überzeugenden Art, mit der sie sonst durchaus auch einmal Lehrer zum Verschieben von Klassenarbeiten oder zum Streichen von Hausaufgaben brachten, geschafft, dass die beiden für eine Szene auf die Bühne kamen, was einen jähen Wechsel der Handlung von einem Streit einer pubertierenden Tochter mit ihren Eltern über deren Handynutzung zu einer Auseinandersetzung zweier verfeindeter Drogenkartelle zur Folge gehabt hatte. Max und Lukas waren darauf etwas die Gäule durchgegangen, auf Netflix wurden diese Konflikte wohl stets gewaltsam gelöst, worauf ich hatte intervenieren müssen, um die Handlung wieder in pädagogisch vertretbare Bahnen zu lenken.

Was Tatjana anging, gab es momentan keine Hinweise darauf, dass sie mehr wusste, als sie sagte.

Ich versuchte fieberhaft, eine Idee zu entwickeln, was mit Lukas passiert sein konnte. War er einfach alleine fortgegangen? Hatte sich irgendwie nach Hause durchgeschlagen? Das sah ihm überhaupt nicht ähnlich. Und wenn doch, warum? Oder ein Unfall? Aber warum verhielt sich Neno dann so merkwürdig? Vielleicht hatte Neno etwas mit dem Unfall zu tun? Oder ein anderer Schüler? Hatte Lukas Feinde in der Klasse? Falls Dirk und Tatjana dahintersteckten, bedrohten sie Neno? Reagierte der deshalb so seltsam? Ich spürte, wie mein Kopf arbeitete, das Karussell sich drehte, auch wenn die Gedanken hauptsächlich aus Fragen bestanden. Ich nahm mir vor, Neno sofort nach unserer Rückkehr noch einmal zu befragen. Es konnte doch nicht sein, dass dieser Junge, der sich so auffällig verhielt, mir nicht sagte, was hier gespielt wurde. Es sei denn, er war für Lukas' Verschwinden verantwortlich.

»Wenn wir ihn jetzt nicht finden, rufe ich die Polizei«, sagte ich zu Tatjana.

»Echt?«, antwortete sie schnell. »Meinen Sie, das ist nötig?«

Ich nickte. Ja, das war wohl nötig. Und ihrer Reaktion nach sah Tatjana das ein wenig anders. Sie kaute auf ihrer Unterlippe, unterließ aber jeden weiteren Kommentar.

Wir betraten den Wald. Er wirkte von außen nicht sonderlich groß, wurde aber mit jedem Schritt dunkler und dichter. Schon nach wenigen Metern hatte man das Gefühl, abgeschnitten vom Rest der Welt zu sein.

In the pines, in the pines, where the sun don't ever shine, fiel mir eine Zeile aus einem alten Blues ein. *I will shiver the whole night through.* Ja, mich schauderte auch. Es war, als hätte sich zwischen den Bäumen ein unwirklicher Nebel verfangen. Wind pfiff durch die Äste über mir. Mein Namensvetter *Ödön von* war von einem Ast erschlagen worden. Das könnte mir hier auch passieren, dachte ich. Ein unbefriedigender Tod. So willkürlich und unnötig.

Ich drehte mich um und blickte in die Gesichter der Schüler. Sie wirkten besorgt und konzentriert.

Aus irgendeinem Grund hatte ich kurz das Gefühl, dass uns jemand beobachtete. Ich versuchte, im dunkler werdenden Dickicht etwas zu erkennen.

Der Schrei eines Raben durchschnitt die Luft, sodass ich zusammenfuhr. Er saß auf einem Ast direkt neben meinem Kopf und machte keine Anstalten wegzufliegen. Im Gegenteil, er sah mich direkt aus schwarzen, abgrundtiefen Augen an. Er hatte einen weißen Fleck seitlich am Kopf. Die Tiere galten als intelligent, das wusste man, aber konnten sie auch böse sein? Dieser Vogel war mir unheimlich. Ich klatschte in die Hände, worauf der Rabe mich kalt ansah, sich dann träge erhob und durch die Äste davonflatterte. Ich sah mich um. Ich war nicht der Einzige, dem der Schreck in die Glieder gefahren war.

Vor uns knackte etwas.

Ich blieb stehen und zeigte den hinter mir laufenden Schülern und Tatjana an, es mir gleichzutun.

Lauschend starrte ich in die Dunkelheit vor mir.

Einige Meter entfernt stand jemand. Ein Ast streifte mein Auge, ich duckte mich, und als ich wieder hinsah, war niemand mehr da.

Hatte ich mich geirrt?

»Hallo?«, rief ich.

»Herr Horvath, wer ist da?«, fragte ein Schüler.

Ich drehte mich um und hielt die Finger an die Lippen.

Es schien, als hätte ich mich getäuscht. Vielleicht hatte ich einen Baumstumpf für einen Menschen gehalten.

Doch im nächsten Moment löste sich etwas vor uns. Da rannte jemand durchs Unterholz.

War das Lukas? Ohne nachzudenken, rannte ich hinterher.

»Stehen bleiben!«, rief ich, was natürlich ohne Wirkung blieb. Dumpf nahm ich die Schritte und Stimmen der anderen hinter mir wahr.

Äste schnitten mir ins Gesicht, und ich stolperte nahezu im Blindflug vorwärts. Meine Schulter schlug hart gegen einen abgebrochenen, armdicken Ast. Ein stechender Schmerz. Ich rang nach Luft und eilte weiter.

Den Abgrund vor mir spürte ich, bevor ich ihn sah.

Unmittelbar nach der letzten Baumreihe ging es steil hinunter. Bis ich begriff, was vor sich ging, kippte ich bereits vornüber. Ich ruderte mit den Armen, versuchte, etwas zu greifen, während die Schwerkraft mich unerbittlich nach unten zog. Kleine Tannenäste rutschten mir durch die Finger. Im letzten Moment gelang es mir, meinen Oberkörper nach oben zu drehen, wodurch ich eine Wurzel zu fassen bekam, die ein Stück aus dem Waldboden herausragte. Mein Körper schlug gegen die Felswand. Ich sah nach unten. Drei oder vier Meter, schätzte ich, tief genug, sich mindestens ernsthaft zu verletzen. Ich hing an einer Hand, meine Beine suchten vergeblich Halt an dem glatten Stein, meine andere Hand war zu weit weg von der Kante des Felsens, um dort etwas greifen zu können. Lange würde ich mich nicht halten können. Der Boden unter mir war teilweise steinig, aber es gab auch ein paar grüne Stellen. Wenn es mir gelang, auf einer von ihnen zu landen, käme ich vielleicht mit einem verstauchten Knöchel davon. Auf einem Stein aufzuschlagen, würde schlimmer ausgehen.

Die Wurzel entglitt meinen Fingern, die vor Schmerz brannten. Ich machte mich bereit.

»Herr Horvath, Ihre Hand! Schnell!«

Ich blickte hinauf und sah Amirs Gesicht über mir. Ich nahm meine letzte Kraft zusammen, zog mich ein Stück hinauf und schleuderte den freien Arm nach oben, wo Amir auf dem Waldboden liegend mir seinen Oberkörper entgegenschob. Er packte mein Handgelenk.

Ich lockerte den Griff an der Wurzel und hing nun nur noch an Amirs Hand.

»Haltet mich fest!«, rief er nach oben. »Und jetzt zieht uns hoch.«

Er ergriff meine andere Hand und ließ mich nicht mehr los, bis ich schwitzend und schwer atmend neben ihm auf dem nassen Untergrund lag.

Meine Lunge brannte, mein Mund war trocken, und meine Hände zitterten.

Das war knapp gewesen.

Die Schüler halfen mir auf, ich klopfte den Dreck von meinen klammen Kleidern.

»Danke dir, Amir«, sagte ich.

»Aber immer, Herr Horvath.«

Ich wandte mich an die Gruppe. »Hat jemand etwas gesehen? War da jemand? Wo ist der hin?«

Niemand reagierte.

»Und?«, hakte ich nach.

»Wir haben nichts gesehen«, sagte Amir. »Als Sie losgerannt sind, sind wir Ihnen einfach hinterher.«

Ich starrte sie bestürzt an. Hatte mir meine Fantasie in dem dunklen Wald einen Streich gespielt?

»Ich versuche doch jetzt wirklich schon seit geraumer Zeit«, sagte ich, »euch beizubringen, dass ihr nicht einfach irgendwelchen vermeintlichen Anführern hinterherlaufen und alles unhinterfragt glauben sollt, was die erzählen.« Ich sah ernst in die Runde. »Nicht einmal mir.«

Mira ging bis an den Rand des Abgrunds, beugte sich nach vorne und spähte hinunter.

»Herr Horvath, wo sind Sie? Kommen Sie schnell!«, rief es plötzlich vom Haus her.

Wir sahen uns an und eilten zurück.

Kapitel 6

Max und Amir kamen uns aufgeregt entgegengerannt. »Wir haben versucht, Lukas' Handy zu tracken«, rief Max.

»Mit der *Find-me*-Funktion«, ergänzte Amir.

Das waren gute Nachrichten, dachte ich, hatte es also doch etwas für sich, dass sie sogenannte *Digital Natives* waren. Oft verzweifelte man als Lehrer ja nahezu daran, dass man davon ausging, sie kannten sich mit digitalen Endgeräten aus, und dann aber immer wieder sehen musste, wie sie im Computerraum auf den PC-Bildschirmen herumwischten und sich aufregten, weil sich dort nichts tat, oder wie sie sich an der Hochstelltaste abarbeiteten, die einfach nicht so stehen blieb, nachdem sie den Finger weggenommen haben, vom Umwandeln einer Word- in eine PDF-Datei ganz zu schweigen, E-Mails schienen etwas von früher, in ihrer Antiquiertheit vielleicht vergleichbar mit einem Zweispänner.

Aber manchmal, so wie jetzt, kamen sie auf ausgezeichnete Ideen.

»Das ist ja wunderbar, ihr zwei«, freute ich mich. »Und?«

Max' Lächeln erstarb. »Leider nix«, sagte er geknickt.

Ich starrte sie fassungslos an. »Und wieso habt ihr uns dann so alarmiert?«

Max' Miene hellte sich wieder auf. »Wir wollten Ihnen bloß zeigen, wie engagiert wir bei der Sache sind.«

»Prima«, sagte ich etwas sarkastisch und sah mich um.

»Außerdem waren wir sogar bei der Hütte dort hinten.« Max zeigte auf das kleine Häuschen mehrere Hundert Meter entfernt auf einer Anhöhe gelegen, das mir nach unserer Ankunft beim Blick aus dem Fenster des Gemeinschaftsraums aufgefallen war.

»Gut«, sagte ich, »und was war da?«

»Tür verschlossen, Fensterläden auch. Nix zu sehen.«

Die Gruppe um Maria Götz kam in diesem Moment von ihrer Suche zurück. Einige Schüler sahen besorgt aus, andere fotografierten sich selbst und gegenseitig.

»Soll ich ein Selfie von euch machen?«, fragte ich zwei Schülerinnen. Ihrem Blick nach zu schließen trauten sie mir zu, dass das kein Scherz gewesen war.

»Gregor, alles in Ordnung?«, fragte Maria Götz heftig zwinkernd und mit Blick auf meine schmutzige Kleidung.

»Ja, geht schon.« Maria Götz musste nichts von meinem Beinaheabsturz erfahren, sie war schon aufgeregt genug. »Keine Spur von Lukas. Habt ihr etwas herausfinden können?«

Sie schüttelte den Kopf. »Wie vom Erdboden verschluckt. Wir haben alles abgesucht. Ein paar Schüler waren noch mal auf dem Hügel und haben versucht, ihn anzurufen. Nichts. Was machen wir denn jetzt bloß? Das ist doch furchtbar, ich zittere total, schau mal.« Sie zeigte mir ihre zitternde Hand.

Der normale Schulalltag war ihr schon zu viel. Das hier sprengte jeden Rahmen.

Im Grunde müsste man jetzt bei Lukas zu Hause anrufen, dachte ich. Aber was, wenn er dort nicht war? Was sollte ich den Eltern sagen? Ich war noch nicht bereit dazu. So schnell gab ich nicht auf.

Vorher musste ich jemand anderen kontaktieren und um Rat fragen: meinen zwei Minuten älteren Bruder Martin.

»Geht in die Hütte«, sagte ich zu Maria, »ich versuche, meinen Bruder zu erreichen. Der ist bei der Kripo.«

Maria Götz nickte und scheuchte die Schülerinnen und Schüler ins Haus.

Dann kam mir noch eine Idee. Ich bat Vida, ihre Kopfhörer abzunehmen, und fragte sie, ob sie mir einen Gefallen tun würde. Sie sah mich eine Weile ausdruckslos an, dann nickte sie.

Vida eignete sich bestens dafür, weil bei ihr nicht damit zu rechnen war, dass andere Schüler von dieser nicht ganz leicht zu erklärenden Idee erfuhren. Dazu müsste sie mit jemandem sprechen.

Wenige Minuten später standen Vida und ich auf dem Hügel vor unserer Hütte, die unter mir im Nebel lag. Der Regen war stärker geworden. Hier oben wehte außerdem ein schneidend kalter Wind.

Ich wählte die Nummer von Lukas' Eltern und reichte Vida das Telefon. Ich hatte sie gebeten, sich als jemand auszugeben, der nicht in Lukas' Klasse war, um arglos zu fragen, ob er zu Hause sei. Auf diese Weise versprach ich mir Gewissheit darüber, ob er vielleicht irgendwie nach Freiburg zurückgekehrt sein konnte.

Nach einer Weile reichte sie mir das Telefon. »Keiner da.« Ich hatte es immerhin versucht.

»Und jetzt?«, fragte Vida.

Auf den Handys der Eltern konnte ich sie schlecht nach Lukas fragen lassen, also bedankte ich mich bei ihr. Sie zog achselzuckend ihre Kopfhörer auf und stieg den Hügel hinab.

Dann wählte ich Martins Nummer.

Martin war ein fanatischer Anhänger von Popmusik der Achtzigerjahre, allen voran von Prince. Ein Gespräch war für ihn nicht vollständig, wenn er nicht mindestens einen Liedtitel von ihm oder einem anderen Künstler, den er verehrte, darin untergebracht hatte. Ich stellte mir vor, wie sein Handy gerade statt eines Klingelns ein Lied von Prince abspielte.

»Hallo?«

»Martin, ich bin's.«

»Bruder? Wenn du mich auf meinem Handy anrufst, muss etwas passiert sein.«

Martin kannte mich wie niemand sonst. Ich erzählte ihm alles.

»Hör zu«, sagte er, nachdem ich geendet hatte, »ich kann hier gerade nicht weg. Ruf Betty an.«

»Aber …«, stotterte ich. Die Erwähnung ihres Namens löste eine Reihe von Gefühlen in mir aus. Freude war dabei.

Aber auch Skepsis. Misstrauen. Verletzung. Abwehr. Mein Herz klopfte nun noch mehr.

Ich hatte Betty seit Wochen nicht gesehen. Es war alles sehr diffus, ich wusste nicht, wo das Problem lag, glaubte aber, diesmal hatte es weniger mit mir zu tun als mit Betty selbst. In meinen bisherigen Beziehungen – nicht, dass es allzu viele gewesen wären – waren mir gerne Gefühlskälte oder Distanziertheit vorgeworfen worden. Ich fand allerdings, im Vergleich zu Betty war ich geradezu emotional überbordend.

Zunächst war zwischen ihr und mir alles ganz einfach gewesen. Als sie an jenem Abend vor einigen Monaten in meine Wohnung gekommen war, hatte sie meinen Kopf in die Hände genommen, mich so lange auf ihre typische Art angesehen, bis mir schwindlig wurde, und dann küsste sie mich. Sie blieb die ganze Nacht, und es war atemberaubend und im wahrsten Sinne des Wortes unvergesslich. Am nächsten Morgen holte sie Frühstück, während ich noch schlief. Dann entschied sie, den Tag freizunehmen. Wir redeten und redeten. Sie nahm mir die Furcht vor den dramatischen Ereignissen, mit denen der Fall Menzel geendet hatte. Ich war froh, nicht alleine zu sein und Betty besser kennenzulernen. Sie war offen wie nie zuvor und auch seither nicht mehr. Irgendwann am Nachmittag schlief ich wieder ein. Als ich die Augen aufschlug, überkam mich panische Angst, sie sei gegangen, aber sie saß mit Kopfhörer auf dem Sofa und hörte über ihr Handy Musik. Ich nahm ihr den

Kopfhörer ab, interessiert, was für Musik sie mochte. Was ich vernahm, klang, als gäbe es eine Hölle für stählerne, wütende Maschinen, die nun auf die Erde drängten. Es war schrecklich. Ich sah sie entgeistert an. Sie zuckte die Schultern. »Beruhigt mich.«

»Jeder Mensch ist ein Abgrund«, zitierte ich Büchner, »und es schwindelt einen, wenn man hinabsieht.«

Sie sah mich regungslos an und war mir in dem Moment ein völliges Rätsel.

Wir kochten noch gemeinsam, doch nach dem Essen verabschiedete sie sich, meinte, sie habe die ganze Nacht wach gelegen und wolle lieber alleine schlafen.

Alles in mir wollte sie zum Bleiben überreden, ich wollte nicht alleine sein, fürchtete mich vor den Albträumen, mit denen ich rechnete, doch ich schwieg. Ich wollte nicht darum betteln, dass sie bei mir blieb.

In den folgenden Wochen besuchte mich Betty immer wieder, aber weder war sie jemals wieder so offen wie in jener Nacht, noch berührten wir uns. Ich vermisste sie, selbst wenn sie da war. Wenn sie nicht da war, war es noch schlimmer. Mein ganzes Leben war ich es gewohnt gewesen, alleine zu sein. Es hatte mir nie etwas ausgemacht. Im Gegenteil, in aller Regel hatte ich es genossen. Jetzt hingegen war das Alleinsein zur Qual geworden. Ich mochte ein etwas sonderbarer Mensch sein, aber eines hatte ich begriffen: Betty war eine Frau mit Problemen, und in ihr trieben einige Dämonen ihr Unwesen.

»Gregor, ruf sie einfach an«, sagte Martin, als hätte er meine Gedanken erraten. Was vermutlich auch so war. »Halt mich dann auf dem Laufenden. Und noch was: Denk immer daran: *Sometimes it snows in April.*«

Er legte auf. Ich musste lächeln. Auch wenn mir der Titel nichts sagte, auf Martin war Verlass. Allerdings hatte ich keine Ahnung, was er damit andeuten wollte.

Ich hatte keine Wahl. Mit vor Kälte zitternden Fingern und klopfendem Herzen wählte ich Bettys Nummer.

Sie nahm gleich ab.

Ich schilderte ihr die Situation.

»Wo seid ihr?«, fragte sie.

Ich beschrieb es ihr.

»In zwei Stunden bin ich da. Und, Gregor?«

»Ja?«

»Informier mal die Eltern noch nicht. Irgendjemand von den Schülern weiß mehr, als er sagt. Wir müssen das Ganze bei euch oben aufklären. Zu Hause mit Eltern und vielleicht sogar Anwälten kommen wir nicht mehr so leicht an die Schüler ran, hier haben wir sie versammelt.«

»In Ordnung.«

Sie legte auf.

Hin und wieder hatte ich mir schon gewünscht, Betty wäre nicht ganz so rational und weniger introvertiert, aber eines musste man ihr lassen: Sie redete nicht lange herum, sondern machte einfach. *An ihren Taten sollst du sie erkennen.*

Ich blickte auf die Hütte hinunter. Nebelschwaden zogen über das Dach hinweg.

Ich fror. Die Welt, die ich sah, war grau und düster.

Während ich zurück zur Hütte lief, spielte ich wieder die Möglichkeiten durch, was mit Lukas geschehen sein konnte. Doch ich kam nicht weiter. Bettys Anwesenheit würde zumindest den Druck auf Neno erhöhen, der sicher mehr wusste, als er sagte. Eigentlich müsste ich spätestens jetzt Lukas' Eltern anrufen. Aber Bettys Ansage war unmissverständlich gewesen. Keine Anrufe bei den Eltern. Das hieß, auch nicht bei Davids Vater, damit er den Jungen zu einem Arzt brachte. Wenigstens hatten wir mit Tatjana eine Fachkraft im Haus. Was für ein schicker Zufall.

Als ich aufblickte, erstarrte ich vor Schreck.

Der Mann, der vor mir unterhalb der Holztreppe stand, die zur Veranda führte, war um die sechzig, er trug Gummistiefel, eine grobe Arbeitshose, einen blauen Kittel und einen Hut mit Krempe. Er stand reglos da und musterte mich aus zerfurchtem Gesicht mit zusammengekniffenen Augen. Das Wetter und die Kälte schienen an ihm abzuperlen. Schräg hinter ihm stand ein Jugendlicher, der einen Arbeitskittel mit Kapuze trug. Er blickte zu Boden, wich meinem Blick aus und trat von einem Bein aufs andere.

»Sind Sie hier der Lehrer?«, fragte der Mann eher unfreundlich.

Ich streckte ihm die Hand entgegen. »Horvath«, sagte ich. »Was kann ich für Sie tun?«

Er musterte mich von oben bis unten, ignorierte meine Hand und hielt es auch nicht für nötig, sich vorzustellen. Vermutlich eine kulturell bedingte Unart. Im Schwarzwald kannte man sich entweder, oder man war ein Fremder, und daher lohnten sich Förmlichkeiten dieser Art nicht, höchstens man verdiente Geld an ihm.

»Fastnacht ist schon vorbei«, sagte er, während er mich abschätzig musterte.

Der Satz war offenbar eine Mischung zwischen einer Beleidigung ob meines für ihn ungewöhnlichen Aufzugs und einem Scherz. Letzteres war nur schwer zu erkennen, weil sein Gesicht völlig ausdruckslos blieb.

»Ja«, bestätigte ich unschlüssig.

Ihm schien dazu auch nichts weiter einzufallen, daher nickte er ein paarmal leicht. Es war, als wartete er darauf, dass ich erriet, was er von mir wollte.

Schließlich fragte er: »Sie sind seit gestern hier, oder?«

Er sprach mit starkem Dialekt, den ich aber als gebürtiger Südbadener nicht nur verstand, sondern auch sprechen konnte. Eines war mir als Kind schon aufgefallen: Die Einheimischen in so einer Gegend waren in der Regel Handwerker oder Bauern. Sie hegten ein tiefes Misstrauen gegen alle anderen, vor allem Akademiker, die sie mit der Kraft jahrzehntelang kultivierter Vorurteile ablehnten und belächelten, weil sie deren unkörperliche Arbeit weder verstanden noch ernst nahmen. Die zweite Gruppe Menschen, die sie ablehnten, waren Hochdeutschsprecher.

Ich verkörperte für ihn schon optisch beides.

Die Haltung der Einheimischen speiste sich natürlich aus einem massiven Minderwertigkeitskomplex, der sich interessanterweise häufig als unangenehme Überheblichkeit und Unfreundlichkeit offenbarte.

»Ja, wir sind gestern angekommen«, bestätigte ich in tiefstem Südbadisch. Überrascht sah er mich an. Dann nickte er wieder. Ich nickte zurück. Die Feuchtigkeit durchdrang meine Kleider, und ich fror.

»Also, ich habe da unten«, er zeigte in die Richtung, aus der wir gestern mit dem Bus gekommen waren, »so einen Schuppen.« Er machte eine Pause und besah sich mit zusammengekniffenen Augen den Himmel.

»Mit Werkzeugen, Maschinen und Ding«, sprach er irgendwann weiter. Er atmete schwer ein und aus, drehte sich zu dem Jungen um, in dem ich seinen Sohn vermutete, und dann wieder zu mir.

Der Junge, er war etwa im selben Alter wie meine Schüler, starrte apathisch zu Boden und hielt sich die ganze Zeit schräg hinter seinem Vater.

Ich sah die Gartenlaube vor mir, die wir gestern passiert hatten, als David gestürzt war.

»Möbel sind auch drin«, ergänzte der Mann.

Kurz hatte ich den Impuls, auf all das mit einem lang gezogenen, fragenden »Okay?« zu reagieren, wie es heute Unsitte war, aber das tat ich natürlich nicht.

»Jetzt ist er kaputt«, sagte der Bauer.

Ich machte ein fragendes Gesicht.

»Der Schuppen. Zerstört. Tür aufgebrochen, Sachen kaputt, Scheiben eingeschlagen«, kam er endlich zur Sache.

Was wollte er mir sagen? Dass meine Schüler im Schuppen randaliert hatten?

»Das ist mein Sohn.« Er zeigte, ohne ihn anzuschauen, auf den Jugendlichen, der hinter ihm stand. Der sah mich kurz an und blickte gleich wieder zu Boden. Ich überlegte, ob er einfach nur sehr schüchtern oder gar autistisch war oder ob er vielleicht Angst hatte.

»Er war gestern am späten Abend mit zwei Kumpels hier oben«, fuhr der Mann fort, der nun in Fahrt zu kommen schien. Seine Sätze wurden immer länger. »Wir haben auf dem Grundstück Feuerholz gelagert. Die wollten noch einen Hänger voll ins Dorf bringen. Ein paar Schüler von Ihnen waren auch da. Sie haben miteinander gestritten. Ihre Schüler haben angefangen. Heute ist die Hütte kaputt.« Mein Herz schlug schneller. Eine Begegnung zwischen Schülern aus der Stadt und Jugendlichen aus der Gegend. Wer konnte das gewesen sein? Ich dachte an die schmutzigen Schuhe der Jungs. Korbinian und seine beiden Befehlsempfänger. Neno.

Lag hier der Schlüssel zu Lukas' Verschwinden?

»Um wie viel Uhr war das?«, fragte ich den Jungen.

Der sah mich kurz an und dann wieder weg. Er flüsterte seinem Vater etwas ins Ohr, der mich nicht aus dem Blick ließ.

»So zwischen zehn und halb elf.«

Nach dem Improtheater. Das passte. »Und dann?«, fragte ich.

»Nach dem Streit sind mein Sohn und seine Kumpels wieder ins Dorf zurück.«

»Das heißt, die Hütte wurde anschließend zerstört?«

Der Mann nickte. »Haben wir erst heute Morgen entdeckt. Als mein Sohn fort ist, war sie noch ganz.«

Meine Gedanken schossen hin und her. Wieso hatten die Schüler die Hütte zerstört? Und wann? Wer war bei dem Streit zwischen den Schülern und den Einheimischen dabei gewesen? Lukas? War ihm dort etwas zugestoßen?

»Wie viele Schüler waren das?«

Wieder flüsterte der Sohn dem Vater etwas ins Ohr. Wieso konnte er nicht mit mir reden?

»Fünf«, sagte der Bauer.

»Wie sahen die aus, kann er sie beschreiben?«

Der Mann beugte sich ein wenig zu seinem Sohn herunter, der ihm etwas zuflüsterte, während sein Vater mich nicht aus den Augen ließ.

»Einer hatte einen weißen Anorak mit Fellkapuze …«

Korbinian und sein absurder Anorak, der auf mich wirkte wie ein SUV als Jacke, eine Art Rüstung. Die Beschreibungen der anderen waren sehr allgemein, die Jacken und Frisuren passten auf fast alle, was zum einen sicher an der Dunkelheit lag, zum anderen aber auch daran, dass junge Männer derzeit alle gleich aussahen. Dieselben engen Hosen, Anoraks und dieselben Frisuren.

Aber wenn die einheimischen Jugendlichen für Lukas' Verschwinden verantwortlich waren, wieso redeten meine Schüler nicht darüber, und wieso verhielt sich Neno so, als ob er etwas verschwieg?

Ich musste noch einmal mit den Schülern reden, aber erst musste ich den Mann besänftigen.

»Hören Sie, das ist schlimm. Wenn das meine Schüler waren, werde ich es herausfinden. Ich kümmere mich sofort darum.«

Er sah mich eine Weile prüfend an, dann nickte er.

»Es kommt immer wieder vor, wenn ihr aus der Stadt hochkommt«, sagte er. »Ihr könnt nicht hierherkommen, Ärger anfangen und alles kaputt machen.«

»Auf keinen Fall, das sehe ich genauso.«

»Das hier ist unsere Heimat. Der Fremde muss sich an die Regeln halten.«

»Unbedingt.« Prinzipiell sah ich das auch so. Aber was genau passiert war, musste ich erst herausfinden. Ich sah noch einmal den Jungen hinter dem Mann an, der meinem Blick sofort auswich. Ich hätte gerne mit ihm alleine gesprochen.

»Sagen Sie mir bitte Ihren Namen und Ihre Adresse, dann melde ich mich, wenn ich mehr weiß.« Ich hatte keinen Stift bei mir, und er sah auch nicht so aus, als hätte er eine Visitenkarte bei sich.

»Löffler«, sagte er, »hier im Ort. Steht im Telefonbuch. Alfons. Der Vorname ist wichtig, weil hier oben hinten alle gleich heißen.«

Er sah mich an, ohne eine Miene zu verziehen. Erneut war ich nicht sicher, ob er einen Scherz gemacht hatte. Noch mehr süddeutsche Eigenarten. Sprechen in Andeutungen und trockener Humor an der Schwelle zur Unkenntlichkeit.

Ich reichte ihm noch einmal meine Hand, die er abermals ignorierte.

Frierend sah ich den beiden nach, wie sie zu einem alten Traktor liefen, den sie ein Stück weiter unten geparkt hatten.

War das der Grund für Lukas' Verschwinden? Ein Streit zwischen Fremden und Einheimischen wie in dem Film *Beim Sterben ist jeder der Erste*? Dort legte sich eine Gruppe Männer aus der Stadt bei einer Kanutour mit Hinterwäldlern an. Und diese rächten sich bitter.

Kapitel 7

Ich spürte, wie mich trotz aller Dramatik der Situation die Aussagen des Landwirts und die Ereignisse dieses Vormittags überhaupt elektrisierten. Alle meine Sinne waren geschärft und in Alarmbereitschaft. Die Lethargie, die der Alltagstrott nach den abgeschlossenen Ermittlungen um Menzels Tod in mir ausgelöst hatte, war verschwunden. Ich fühlte mich ausgezeichnet. Lebendig und hellwach.

Der große Hercule Poirot würde nicht untätig herumsitzen. Er würde die Verdächtigen sezieren. So wie ich jetzt.

Die Zeit drängte. Lukas lag vielleicht irgendwo da draußen hilflos in der Kälte, die Schüler würden zunehmend unruhig werden, von Maria Götz ganz zu schweigen. Außerdem würde ich es nicht mehr viel länger rechtfertigen können, zwar die Polizei, aber nicht die Eltern und die Schulleitung alarmiert zu haben.

Und deshalb würde ich nicht auf Betty warten.

Laut Agatha Christie ist das wichtigste Rezept für einen Krimi, dass der Detektiv nicht mehr wissen darf als der Leser. Davon war hier auszugehen, denn ich hatte nicht den geringsten Schimmer, was vor sich ging. Aber das würde sich ändern. Jetzt würde Tacheles geredet – und zwar mit den Herren mit den schmutzigen Schuhen.

Ich betrat den Gemeinschaftsraum.

»Das ist so krass scheiße, dass wir keine Insta-Storys posten können«, rief eine Schülerin an einem der Tische.

»Und Snapchat auch nicht«, ergänzte eine andere. »Ich würd so gern mal wieder die Snapmap checken, was so abgeht.«

»Du kannst die Bilder ja machen und posten, wenn wir wieder zurück sind«, sagte eine dritte.

»Aber man kann auch voll keine neuen Flammen machen«, meinte ein Junge.

»Ich hab schon ewig nicht mehr auf meine For-you-Page geschaut, ich verpass voll viel, Digger«, klagte ein Mädchen.

»Ja, das fuckt mich voll ab, Alter, wir sind so was von lost hier«, gestand ein weiterer.

Ich verstand nur wenig von dem, was sie da besprachen. Natürlich versuchte ich, trotz meiner persönlichen Distanz zum Internet allgemein und zu sozialen Netzwerken im Speziellen einigermaßen auf dem Laufenden zu bleiben, um gesellschaftliche Entwicklungen und Modetrends junger Menschen nachzuverfolgen. Tim, ein mir nahestehender Schüler, hatte vor einiger Zeit versucht, mir das Phänomen Instagram zu erklären. Als ich mir ansah, was meine Schüler da so alles hochluden, kam ich zu dem Schluss, dass sich prinzipiell jedes Erlebnis und jede Beobachtung, und seien sie noch so banal, dafür eignete. Es war ein merkwürdiges und faszinierendes Phänomen, dass diese Generation jeden Augenblick festhalten musste. Im Erleben wurde bereits konserviert, man hatte sogar den Eindruck, das Erleben wurde in dem

Moment schon der Konservierung geopfert, ja, bisweilen schien es, das Erleben diente eigentlich nur dem Bewahren für die Zukunft. Das Ganze ging womöglich noch einen Schritt weiter: Ohne Dokumentation auf Instagram hatte man es gar nicht erlebt.

Ich machte mich auf den Weg zum Zimmer von Korbinian und Konsorten und sammelte unterwegs noch Tatjana ein, die Motorrad fahrende Krankenschwester.

»Wir haben einen verletzten Schüler«, sagte ich zu ihr. »David. Liegt da hinten. Würden Sie mal nach ihm sehen?«

»Was ist passiert?« Sie schien ernsthaft besorgt.

Ich winkte ab. »Wie soll man das erklären? Baustelle Gehirn während der Pubertät vielleicht.«

Sie grinste. »Alles klar, mach ich.« Tatjana war wirklich ausgesprochen hilfsbereit. Fast ein wenig zu beflissen.

»Ist Dirk noch im Schuppen?«, fragte ich beiläufig.

»Ja, wir wollen so schnell wie möglich hier weg. Euch nicht länger zur Last fallen.«

»Gregor?« Maria Götz stand am Fuß der Treppe, weiß wie die Wand.

»Maria, alles in Ordnung?«

Sie zwinkerte heftig und hielt sich dann die Hand vor die Stirn. »Migräne. Ganz schlimm.« Mit der freien Hand stützte sie sich an der Wand ab. »Ich seh kaum noch was, und meine Finger sind ganz taub.«

Ich seufzte innerlich. Auch das noch. »Leg dich hin, ich komme klar.«

»Ganz ehrlich?«, flüsterte sie.

»Mach dir keine Sorgen.«

Sie drehte sich um und wankte zu ihrem Zimmer. Tatjana und ich sahen ihr nach. Für mich änderte sich dadurch nichts. Maria Götz war so oder so keine große Hilfe. Wir drehten uns um und gingen weiter. Tatjana zu Davids Zimmer, ich zu dem von Korbinian.

Ich klopfte an die Tür und trat ein, ohne eine Antwort abzuwarten.

Korbinian stand im Zimmer und lächelte mich an. Dieses Lächeln hatte das Potenzial, einen in den tiefsten Schlaf zu verfolgen.

Marlon und Jako lagen mit undurchdringlichen Maskengesichtern auf ihren Betten.

Mein Blick fiel auf die nun sauber geputzten Schuhe neben der Zimmertür.

Marlon war ein dünner, groß gewachsener Junge, der mit beträchtlicher Akne zu kämpfen hatte. Er meldete sich so gut wie nie im Unterricht, wenn man ihn drannahm, gab er sich mit rudimentären Antworten zufrieden. Seine Mimik schien nur zwei Ausdrucksweisen zu kennen: stoische Maskenhaftigkeit und hämisches Grinsen. Wenn er einen ansah, glaubte man, er sähe einfach durch einen hindurch.

Jako war klein für sein Alter und erinnerte mich immer an ein Nagetier, ein Wiesel vielleicht. Seine Augen huschten oft hektisch hin und her, was zur Folge hatte, dass er einen nicht ansehen konnte. Beide, Marlon und Jako, gehörten zu den

Schülern, mit denen man nie ein persönliches Wort wechselte, weil sie alle derartigen Versuche mit maximaler Einsilbigkeit abprallen ließen. Bislang hatte ich lediglich in Erfahrung bringen können, dass sie brutalen Computerspielen zugetan waren sowie deutschem Gangsta-Rap, Texten also, die jedem Lehrer den Glauben an die Jugend von heute verlieren ließen, was natürlich genau die Absicht war, die dahintersteckte. Mein Versuch, einige der Texte im Deutschunterricht zu besprechen, war grandios gescheitert, weil die Schüler entweder überhaupt kein Interesse an einer Diskussion oder schlichtweg nichts dazu zu sagen hatten, außer »ist halt irgendwie geil«. Das hatte mich in meiner Haltung bestätigt, dass diese Anbiederung an den Zeitgeist Zeitverschwendung war und der Deutschunterricht sich eher dem Wahren und dem Schönen zuzuwenden hatte und den Schülern eine Gelegenheit bieten sollte, sich über die Gosse, die Kurznachricht und den Stammtisch zu erheben.

»So, ihr drei, hört zu«, begann ich. »Hier in der Nähe ist es gestern Abend zu einer Auseinandersetzung mit drei Jugendlichen aus der Gegend gekommen, dabei wurde ein Gartenhäuschen zerstört. Mir ist nicht entgangen, dass ihr alle letzte Nacht noch für längere Zeit draußen wart. Daher nun meine Frage, und es handelt sich dabei um eine sogenannte geschlossene Frage, also eine, die im Grunde nur eine begrenzte Auswahl an kurzen Antworten zulässt. Seid ihr bereit?«

Korbinian lächelte weiter unverbindlich, die anderen beiden glotzten mich ausdruckslos an.

»Wisst ihr etwas darüber?« Ich wollte sie nicht direkt mit meiner Vermutung über ihre Beteiligung konfrontieren, vielleicht ging es auch sanfter. Außerdem standen im schlimmsten Fall die Aussagen der Jungs gegen die des Bauernsohns.

Korbinians freundlicher Gesichtsausdruck änderte sich kein bisschen. »Herr Horvath, wenn wir etwas Derartiges wüssten, hätten wir es Ihnen doch längst gesagt, glauben Sie nicht?«

»Korbinian«, sagte ich scharf, »ein Mitschüler ist spurlos verschwunden. Ich habe keine Ahnung, wo er ist, er könnte tot sein. Wenn das der Fall wäre, dann kommt sowieso alles ans Licht, begreifst du das? Alles! Jede Sekunde der letzten Nacht wird rekonstruiert werden. Und ich weiß, dass du im Speziellen bei der Begegnung mit den Einheimischen dabei warst. Dies wäre jetzt eure letzte Chance …«

»Sonst was?«, fragte Korbinian sanft. »Mein Vater ist Anwalt …« Den Rest seines Satzes bekam ich nicht mit, weil mir in dem Moment mehrere Dinge klar wurden.

Ich würde Korbinian nicht dazu bringen, dass er irgendetwas zugab. So einfach würde er es mir nicht machen. Und offenbar hatte ich mittlerweile eine ausgeprägte Abneigung gegen die Söhne von Anwälten entwickelt. Ich hatte schon gedacht, Dennis Mölders wäre mir unsympathisch gewesen, aber Korbinian übertraf ihn tatsächlich bei Weitem. Wie gut, dass Betty bald kam.

Ich musste Korbinian von den anderen trennen und meine Befragung dann fortsetzen. Er war zu dominant und hielt dadurch zumindest seine Untergebenen womöglich vom Reden ab. Aber ich beschloss, dies nicht direkt zu tun. Ich wollte einen Moment wählen, in dem Korbinian es nicht unbedingt gleich mitbekam, was vielleicht vor allem von Marlon und Jako etwas Druck nahm.

»Fragen Sie doch mal Mira. Die weiß sicher mehr.«

Wieso Mira?, sollte ich wohl fragen, doch den Gefallen tat ich ihm nicht.

Kapitel 8

Ich trat erst einmal auf den Gang hinaus und überlegte, wie nun zu verfahren sei. In dem Moment kam Tatjana aus dem Nebenzimmer auf den Flur.

»Hab David mal fürs Erste versorgt. Ich glaube nicht, dass etwas gebrochen ist. Ich hab ihm was gegen die Schmerzen gegeben.«

Ich nickte und fragte nicht weiter nach.

»Herr Horvath«, rief David durch die noch geöffnete Tür seines Zimmers. »Haben Sie meinen Vater erreicht?«

»Nun, gute Frage, David«, wich ich aus. »Werd ich gleich noch tun.«

»Ich hab echt voll die Schmerzen.«

»Ich glaube dir das, David. Ich kümmere mich darum«, versuchte ich ihn zu vertrösten.

»Wirkt sicher bald«, sagte Tatjana.

Wir gingen weiter ins Erdgeschoss, wo Mira gerade aus Nenos und Lukas' Zimmer kam und meinem Blick auswich. Musste nichts zu bedeuten haben. Nicht alle Schüler konnten dem Blick eines Lehrers standhalten, vieles war oft und schnell unangenehm und peinlich.

Tatjana biss sich gedankenversunken auf die Unterlippe. »Gleich wieder da«, murmelte sie und ging den Gang nach hinten zu ihrem Zimmer.

Dirk, der Rocker, stand im Gemeinschaftsraum bei der Kaffeemaschine.

»Und?«, fragte er. »Was Neues?«

»Nein.«

Er nickte. Warum auch immer.

Ich nahm mir auch einen Kaffee, der durch das stundenlange Stehen auf der warmen Platte nicht besser geworden war.

»Und wie geht es mit dem Motorrad voran?«, fragte ich ihn. Wenn Dirk schon neben mir stand, konnte ich ihm auch gleich ein wenig auf den Zahn fühlen.

Er hielt die ölverschmierten Hände hoch. »Geht schon. Fehler gefunden. Kennst du dich aus?«

Ich verneinte, und er nickte.

»Wohin sind Sie denn unterwegs?«, fragte ich.

Er sah eine Weile zum Fenster hinaus. »Wollen weg von hier. Scheißwetter. Scheißleute.«

»Und wohin?«

Er sah mich durchdringend an.

»Sagt dir der Name Sonny Barger was?«, fragte er.

Ich verneinte.

»Eine absolute Legende. Hat die Hell's Angels gegründet. Hat sie zumindest zu dem Club gemacht, der sie heute sind. Will ihn treffen und ihm die Hand schütteln. Danach einmal den Highway 1 entlangfahren ohne Helm, mein Baby auf dem Rücksitz.« Er nahm einen Schluck schwarzen Kaffee. »Dann kann ich beruhigt sterben. Danach kann nichts mehr kommen.« Er lachte heiser.

Dirk konnte also doch in zusammenhängenden Sätzen sprechen. Was er sagte, hatte allerdings eine gewisse Tragik. Die beiden wollten nach Kalifornien und blieben gleich ein paar Kilometer hinter Freiburg im Schwarzwald liegen.

»Nur interessehalber, ich will nicht neugierig wirken«, sagte ich. »Sie wollten also über den Schwarzwald mit dem Motorrad nach Kalifornien?«

Er sah mich eine Weile ausdruckslos an. »Wir fliegen ab Stuttgart. Zwischenlandung in Amsterdam, dann weiter nach L.A.«

»Und die Motorräder?«, hakte ich nach in der Hoffnung, nicht allzu interrogativ zu klingen.

»Verkaufen wir in Stuttgart, ist alles schon eingetütet.«

Das klang in der Tat plausibel. Wollte man die A5 vermeiden, was bei diesem Wetter auf dem Motorrad erklärbar war, fuhr man über den Schwarzwald nach Stuttgart.

»Was ist schon eingetütet, Schatz?«, fragte eine Stimme hinter uns. Tatjana.

Dirk sah für einen kurzen Moment aus wie jemand, der bei etwas Verbotenem ertappt worden war.

»Hab ihm gerade von Sonny erzählt«, knurrte er leise.

Tatjana nickte, als hätte sie diese Antwort schon geahnt. »Ah ja, Sonny.« Es wirkte wenig enthusiastisch.

Dirk trank seinen Kaffee aus.

»Wieso ist Sonny Barger so wichtig?«, fragte ich ihn.

Wieder blickte er aus dem Fenster. »Sonny Barger steht für Rebellion«, antwortete er, und seine Stimme wurde etwas lauter, sodass einige Schüler den Kopf zu uns drehten. »Für den Kampf gegen Konformismus und den Ausverkauf aller Ideale.«

Dirk überraschte mich. Er hatte sich offenbar mit Theorien der Gegenkultur befasst.

»Was ist Konformismus?«, fragte eine Schülerin.

»Du gehst in die elfte Klasse eines Gymnasiums«, sagte ich, »das musst du nicht wissen.«

»Echt?«, fragte die Schülerin und klang erleichtert.

Nein, das war Sarkasmus, dachte ich, sagte es aber nicht, weil mir nicht danach war, zu erklären, was Sarkasmus war.

»Konformismus ist«, führte ich schließlich doch aus, weil ich als Lehrer natürlich nicht anders konnte, »wenn Jungs, die alle gleich aussehen, jeden Tag stundenlang Montana-Black beim Fortnite-Spielen zuschauen und die Mädchen sich bei Lisa und Lena alle dieselben Fashion- und Outfit-Tipps holen und dann die Schule abbrechen wollen, weil sie glauben, Influencer sei eine realistische Karrieremöglichkeit.«

Ich ließ diese Worte kurz auf sie wirken. Ja, ich war gerne informiert über den Zeitgeist, auch wenn ich ihn oft ablehnte. Aber ich fand, man konnte nur auf Augenhöhe mit ihnen disputieren, wenn man ihre Welt kannte. Außerdem genoss ich ihre überraschten Blicke, wenn der alte Kauz sich als gar nicht so alt erwies.

»Immerhin tun wir etwas gegen den Klimawandel«, sagte Emma, die Klassenklügste, und darauf fiel dann auch mir nichts mehr ein.

»Fuck Greta«, knurrte Dirk neben mir, stellte seine Tasse ab und wandte sich zum Gehen.

»Ich habe meine Bekannte von der Kripo angerufen. Sie ist bald hier«, fügte ich noch rasch an, um zu sehen, wie er reagierte.

Dirk machte ein Geräusch, als würde er sich verschlucken und räuspern gleichzeitig. Tatjana und er wechselten einen Blick.

Meine Erwähnung der Polizei brachte sie nicht gerade aus der Fassung, aber ein wenig Nervosität glaubte ich zu spüren.

»Tatjana, kommen Sie mit?«, fragte ich, denn ich wollte sie für die weiteren Gespräche in meiner Nähe wissen.

Dirk hielt wie zum Gruß den Schraubenschlüssel in die Höhe, den er aus seiner Hosentasche gezogen hatte, und verließ den Raum. Kurz darauf hörte man seine schweren Stiefelschritte die Holzstufen vor der Hüttentür hinuntersteigen.

»Bereit für ein Interview?«, fragte ich Tatjana.

»Klar«, sagte sie, und wir machten uns auf zu den Mädchen.

Kurz darauf saßen wir in einem der Mädchenzimmer, Mira und ihre Zimmergenossinnen Isa und Kristina auf ihren Betten, Tatjana und ich auf zwei Stühlen. Kristina wieder zu stark geschminkt, was auf dieser Schwarzwaldhütte noch mehr hervorstach.

»Das hier ist Tatjana«, begann ich, »sie ist zufällig ausgebildete Psychologin.«

Eine Rockerin als Psychologin zu verkaufen war natürlich

gewagt. Glücklicherweise zeichnete sich die Jugend von heute nicht durch ausgeprägtes kritisches Bewusstsein aus. Sie nahmen meine hanebüchene Erklärung unhinterfragt hin.

»Mira«, sagte ich und sah das Mädchen an, »erzähl mir etwas. Wo ist Lukas gestern Abend hin?« Ich pokerte in der Hoffnung, Korbinian hatte einen Grund für seinen Hinweis.

Mira war ein nettes, freundliches, etwas schüchternes Mädchen mit blonden Haaren und ordentlichen Noten. Viel mehr wusste ich nicht über sie.

»Ich wollte mich gestern Abend noch mit Lukas treffen«, begann sie und wirkte dabei, als müsste sie sich sehr überwinden, mir das zu sagen.

Ich wurde hellwach. Endlich. Endlich redete jemand über den gestrigen Abend.

»Wo?«, fragte ich.

»Auf so einer Bank.«

»Wo steht diese Bank?«

»Gleich da unten neben dem Weg, auf dem wir gestern hergekommen sind. Bei dem Wäldchen, wo Sie fast abgestürzt wären.«

Ich erinnerte mich an die Bank und nickte. Das waren nur etwa zweihundert Meter von hier.

»Und was dann?«, fragte Tatjana.

»Na ja, ich hab eine Weile gewartet. Er kam aber nicht. Dann bin ich zurück.«

Miras Ton war ins Schnippische umgeschlagen, als fühlte sie sich verletzt durch Lukas' Nichterscheinen. Ich erinnerte mich, dass Amir Miras schlechte Laune erwähnt hatte. Dies war wohl die Erklärung dafür. Aber warum verhielt sie sich nun, da Lukas vom Erdboden verschluckt war, ein wenig so, als habe Lukas sie versetzt?

»Und das geht schon länger mit dir und Lukas?«, fragte Tatjana.

»Ja, schon. Drei Wochen oder so.«

»Niemand weiß davon?«

»Weiß nicht«, schniefte Mira. »Isa und Krissie halt, sonst keine Ahnung. Neno vielleicht noch.«

Ich selbst hatte davon auch noch nichts bemerkt. Manchmal war es nicht zu übersehen, wenn sich Paare bildeten, sie saßen sich dann plötzlich in den Pausen gegenseitig auf dem Schoß, manchmal versuchten sie das sogar in Gruppenarbeiten, aber in dem Fall war das offenbar anders.

»Gut, dann jetzt noch einmal ganz genau. Wann bist du hier los? Wann wolltet ihr euch treffen? Wann bist du wieder zurück? Warst du alleine oder war noch jemand dabei? Hast du auf dem Weg jemanden gesehen? Korbinian vielleicht oder Neno? Oder andere Jugendliche, die nicht in der Klasse sind?«

»Nein, was, äh, also«, sagte Mira, und mir wurde klar, dass das vielleicht ein paar Fragen zu viel gewesen waren. Ich spürte das Adrenalin in meinem Körper, das mich vorantpeitschte.

»Also, treffen wollten wir uns um halb elf«, sagte Mira. »Ich bin hier um Viertel nach zehn los, das weiß ich noch.«

»Wann hast du Lukas zum letzten Mal gesehen?«

»Keine Ahnung. Im Speiseraum am Ende vom Theater.«

Des Theaters wollte ich sie verbessern, konnte mich aber gerade noch zügeln. Ich wollte Miras Redefluss nun nicht durch grammatische Feinheiten unterbrechen.

»Und wann warst du am Treffpunkt? Wie lange hast du gewartet?«

Sie zuckte die Schultern. »Keine Ahnung, hatte kein Handy. Gibt eh kein Netz, deshalb hab ich's hiergelassen.«

Nun, das war logisch, dachte ich bitter. Wenn es kein Handynetz gibt, dann weiß man natürlich auch nicht, wie viel Uhr es ist.

»Ungefähr?«

»Keine Ahnung. Ich hab ne ganze Weile gewartet.«

Ich dachte, dass ein Verbot der Wortkombination *keine Ahnung* vielen jungen Menschen sicher vorkommen würde wie eine Amputation. Ohne *keine Ahnung* war im Grunde kein Gespräch mehr möglich.

»Und ihr?«, fragte ich Krissie und Isa, die dem Gespräch gebannt gelauscht hatten.

»Wir waren hier«, sagte Isa. »Mit noch ein paar.«

»Mit wem?«

»Leila war da, Amir. Erst noch Max und ein paar andere, aber die sind dann zum Kartenspielen.«

Das passte so weit, dachte ich. Dennoch blieb vieles unklar. Lukas war um zehn das letzte Mal von mehreren Personen im Gemeinschaftsraum gesehen worden. Der Bauernsohn meinte, die Begegnung mit den Schülern hätte zwischen zehn und halb elf stattgefunden. Die zerstörte Hütte war etwa zehn Minuten von hier. Lukas hätte also rein zeitlich bei der Begegnung mit den Einheimischen mit von der Partie sein können. War ihm dabei etwas zugestoßen, weshalb er nie bei Mira ankam? Aber würde der Bauernsohn seinen Vater um Hilfe bitten, wenn er etwas mit Lukas' Verschwinden zu tun hatte? Und auch hier wieder stellte sich die Frage, wieso Neno sich so auffällig verhielt. Oder war Lukas bei dem Streit gar nicht dabei gewesen, und es war ihm etwas anderes auf dem Weg vom Haus zum Treffen mit Mira passiert? Aber was konnte das auf dem recht kurzen Weg gewesen sein? Und wieso, dachte ich mit wachsender Verzweiflung, tauchten mit jeder neuen Information noch mehr Fragen auf?

»Mira, wieso um alles in der Welt erfahre ich all das erst jetzt? Das hättest du mir doch auch schon vor zwei Stunden sagen können.«

Sie zuckte die Achseln und sah mit leerem Blick an mir vorbei. »Lukas ... ich ... also, keine Ahnung, ich weiß nicht.«

»Gibt es noch etwas, was uns hier weiterhelfen könnte?«, drängte ich. »Ich weiß nicht, ob du mehr weißt, aber ich halte es für möglich, dass Lukas irgendwo da draußen gerade erfriert.«

Sie zischte verächtlich.

Was wusste sie? Wieso sagte sie es nicht? Ich wurde langsam ungehalten.

Sie schien beschlossen zu haben, darauf nicht weiter einzugehen. Ich überlegte fieberhaft. »Gibt es vielleicht noch jemanden, der ein Auge auf dich geworfen hat?«, übernahm Tatjana die nächste Frage. »Hat Lukas vielleicht einen Rivalen, der ihm etwas getan haben könnte?«

Mira starrte sie an und kaute auf ihrer Unterlippe. »Ich glaube, es gibt jemanden, der Lukas hasst«, sagte Kristina plötzlich. »Der kleine Paul.«

Ich kam mir vor wie ein Esel, dem man eine Karotte nach der anderen vors Gesicht hielt und der jeder einzelnen nachrannte, ohne zu merken, dass man ihn zum Narren hielt. Jedes Gespräch schien mit einem Hinweis auf weitere potenzielle Verdächtige zu enden. Jagte ich hier einem Phantom hinterher in meinem Irrglauben, so etwas wie ein gewiefter Ermittler zu sein?

Als ich Richtung Gemeinschaftsraum ging, sah ich, wie Dirk gerade das Haus verließ, in der Hand eine schwarze Tasche. Er war doch vorhin schon rausgegangen, dachte ich kurz irritiert. Wieso geht er ständig rein und raus, wenn er so schnell wie möglich von hier fort will?

Ich betrat den Gemeinschaftsraum. Die Kochgruppe um die zuverlässige Emma hatte selbstständig begonnen, das Mittagessen zuzubereiten. Vida schnitt mit aufgezogenen Kopfhörern Zwiebeln, ohne dass ihr die Augen tränten.

War es denn schon Mittag? Überrascht und erfreut über die Selbstständigkeit der Schüler, an der man ja sonst so oft zweifelte, lobte ich sie ausgiebig. Die meisten Schüler waren anwesend und saßen in Gruppen um die Tische herum. Ich vermochte nicht einzuschätzen, wie sehr sie Lukas' Verschwinden beschäftigte. Vordergründig gaben sie sich unbeeindruckt. Ich beobachtete sie, wie sie sich unterhielten, auf ihre Handys starrten in der Hoffnung auf eine WhatsApp-Nachricht, die durch das Funkloch geschlüpft war, oder schweigend an der Kante zur Apathie, also in dem Zustand, den sie *chillen* nannten, an ihren Tischen saßen.

Vielleicht war das, was man sah, ja nur die Spitze des Eisbergs, und unter der Oberfläche herrschten Sorge, Aufregung und Angst wegen des Verschwindens eines Klassenkameraden. Nach außen war davon nicht viel zu sehen. Wie überhaupt Hysterie ihre Sache nicht war, zumindest nicht, wenn es existenziell wurde, eher bei vermeintlich ungerechten Noten oder Bestrafungen.

Ich vermutete, es hing damit zusammen, dass sie in einer vollkommen irren Welt aufwuchsen, in der jedes T-Shirt, das sie sich kauften, eine Näherin in Bangladesch weiter ins Elend stürzte; in der ein emotional reifeverzögerter alter Mann mit ADHS und der Mentalität eines Viertklässlers im Weißen Haus sitzen konnte und ein Plastikmüllstrudel dreimal so groß wie Frankreich im Pazifischen Ozean schwamm. Eine Welt, auf der immer mehr Menschen glaubten, das Internet sei eine solide Informationsquelle, in der Afroamerikaner vor laufender Kamera ermordet und Journalisten von Geheimdienstmitarbeitern für alle Welt hörbar zerstückelt wurden und in der Menschen sich strafbar machten, wenn sie andere vor dem Ertrinken retteten. Vom Klimawandel ganz zu schweigen. Der Kapitalismus war am Ende, die Umwelt auch, die Demokratie in höchster Gefahr. Der Weltuntergang stand täglich auf dem Lehrplan. Und es wurde ihnen ständig überdeutlich klargemacht, dass sie es sein würden, die entweder die Suppe ihrer Vorväter auslöffeln oder das Ruder im letzten Moment herumreißen mussten. Dazu kam noch der Dauerstress, hervorgerufen durch chronischen hormonellen Aufruhr. Worüber sollten sie sich also noch allen Ernstes aufregen angesichts dieser Aussichten, außer vielleicht über fehlendes WLAN?

Mein Blick fiel aus dem Fenster, wo ich etwas sah, das mir das Blut in den Adern gefrieren ließ.

Kapitel 9

Durch das Fenster starrte mich jemand an.
Da stand ein Mann, sein Blick fest auf mich gerichtet. Er kam mir bekannt vor, ohne dass ich wusste, woher.

Sekundenlang war ich wie gelähmt. Dann rannte ich aus dem Raum, den Flur entlang Richtung Eingangstür, riss sie auf, sprang die Stufen hinunter. Ich sah, wie Dirk mit seiner Tasche den Schuppen betreten wollte.

»Sehen Sie da hinten einen Mann?«, rief ich ihm zu.

Er schien mich nicht zu hören und ging weiter, während ich an ihm vorbei ums Haus eilte.

Die Stelle, wo der Mann eben gestanden haben musste, war leer. Niemand da.

Ich drehte mich zum Schuppen um, wo Dirk wieder im Eingang erschienen war und sich eine Zigarette anzündete.

»Haben Sie hier eben jemanden gesehen?«, fragte ich noch einmal.

Er schüttelte den Kopf. »Wieso, wen meinst du?« Ich glaubte, aus seiner Stimme ein lauerndes Misstrauen herauszuhören.

»Ich dachte, da wäre jemand gewesen.«

»Mir ist nichts aufgefallen.«

Ich drehte mich noch einmal in alle Richtungen um. Wo konnte er hin sein? Wenn da jemand war und Dirk ihn nicht gesehen hatte, konnte er nur den Felshang hinter der Hütte hochgeklettert sein. Oder waren Dirk und Tatjana gar nicht alleine, hatten sie noch einen Verbündeten hier oben, der sich womöglich in diesem Moment in dem Schuppen hinter mir versteckte? Für einen Dorfjugendlichen war der Mann am Fenster mir zu alt erschienen. Es war weit und breit niemand zu sehen. Sehr rätselhaft.

Unauffällig spähte ich ins Dunkel des Schuppens, doch ich sah nur die beiden Motorräder.

Dirk versperrte mir den Rest der Sicht.

»Kann ich die Maschinen mal sehen?«, fragte ich.

Er sah mich an. »Ich dachte, du kennst dich nicht aus.«

»Tu ich auch nicht. Einfach so, aus Interesse.«

Er trat einen kleinen Schritt zur Seite, gerade so weit, dass ich hindurchpasste.

Ich ging hinein. Da standen die beiden Motorräder, eine Harley-Davidson und eine Yamaha. Interessanterweise war die kleinere, also Tatjanas Maschine, die Harley und die größere die Yamaha. Ich sah aufgestapeltes Holz, ein paar Kisten, mehrere Traktorreifen aufeinander. Von der schwarzen Tasche, die Dirk eben noch in der Hand gehalten hatte, war nichts zu sehen. Und definitiv versteckte sich hier niemand. Sah ich Gespenster, wie schon am Morgen im Wald?

Mich überkam das starke Bedürfnis nach einer meiner drei wöchentlichen Zigaretten und ich fragte Dirk nach einer.

Wir standen im Eingang des Schuppens und blickten rauchend in die gespenstische Landschaft. Mein Herzschlag beruhigte sich. Es regnete leicht. Dichte Wolkenfetzen hingen bis knapp über der Hütte.

Ich zeigte auf seine Kutte. »Was sind die Caballeros?«

Er atmete Rauch aus, als müsste er nachdenken. »Der größte Motorradclub Freiburgs.« Dirks Mimik war weitgehend hinter seinem Schnauzbart versteckt, und da er mit monotoner, heiserer Stimme sprach, wirkte er jetzt wieder stoisch und introvertiert wie ein alter Westernheld. Lediglich seine Augen wanderten ein wenig hektisch hin und her.

»Bei Motorradrockern denkt man an Kriminalität und Schießereien, Bandenkriege und Gerichtsverhandlungen«, kam es, ohne nachzudenken, aus mir heraus.

Er sah mich ernst an. »So, so, denkt man das?«

»Na ja«, versuchte ich mich herauszureden, ich wollte ihn natürlich nicht beleidigen, andererseits war das kein Small Talk. Ich ermittelte hier. »Das fiel mir eben spontan ein, ich weiß, das sind die Hell's Angels und was es da noch gibt.«

Er schwieg eine Weile und rauchte. »Das gibt es schon, klar, Bandidos und so.« Er nahm einen weiteren tiefen Zug und sprach weiter. »Aber nicht in Freiburg und nicht bei … den Caballeros.«

Hatte er erst *uns* sagen wollen und es sich dann aber anders überlegt? Warum?

Die Zigaretten, die er rauchte, waren lächerlich schwach. Seinem Äußeren nach hatte ich mit etwas anderem gerechnet.

»So ein Club ist wie eine Familie«, sagte er. »Da geht es um Kameradschaft und Zusammenhalt. Mitglieder nennen sich gegenseitig *Brother*. Es ist schwer, Vollmitglied zu werden, aber wenn man es erst einmal ist, dann für immer.«

Ich schnippte meine Zigarette in die Luft. Außer dem leisen Knistern des Regens war nichts zu hören.

Die Ruhe vor dem Sturm, dachte ich aus irgendeinem Grund.

»Biker wird man, weil man kein Nine-to-five-Spießer sein will, der am Samstag seinen Rasen mäht, verstehst du, Pauker?«, sagte er, beendete seine Zigarette und ließ sie einfach fallen.

Er ging in den Schuppen.

»Was arbeiten Sie eigentlich?«

Er bückte sich, um ein Werkzeug vom Boden aufzuheben. »Mal dies, mal das.«

Ich sah ihn fragend an.

Er hatte offenbar beschlossen, dass das Gespräch zu Ende war, und begann, an seinem Motorrad herumzuhantieren.

»Ich muss weiter«, sagte ich. Im Gehen drehte ich mich noch einmal um und sah, dass Dirk mir hinterherblickte.

Ich musste nachdenken und beschloss, dafür auf den Hügel vor dem Haus zu marschieren. Nur ein paar Minuten. Neno und die anderen, die ich befragen wollte, mussten kurz warten. Mein Kopf schwirrte. Vielleicht ergab die Vogelperspektive neue Erkenntnisse.

Auf dem Weg nach oben passierte ich eine Kuhtränke. Es

handelte sich um einen Anhänger mit vier Rädern, darauf ein zylinderförmiger Tank aus Metall, an dessen Ende sich eine Öffnung mit einem Stutzen befand, aus dem die Kühe in trockeneren Jahreszeiten Wasser trinken konnten. Der Regen wurde stärker. Die Wolken schienen immer dichter zu werden, einzelne Teile der Landschaft wirkten wie ausgelöscht.

Bald würde Betty hier sein. Meine Vorfreude wurde dadurch getrübt, dass sie sich ohne weitere Begründung wieder aus meinem Leben entfernt hatte. Ich hätte sie sehr gerne drin behalten, in meinem Leben.

Ich spürte, wie die Nässe durch das Leder meiner Schuhe drang. *Es gibt kein schlechtes Wetter, nur schlechte Kleidung*, sagten gewisse Zeitgenossen gerne, eine, so hatte ich es immer gesehen, eher absonderliche Sentenz, vor allem was die Ästhetik der Kleidung anging, die sie demnach als *gut* ansahen. Jetzt hatte ich zum ersten Mal das Gefühl, dass der Satz nicht ganz so falsch war wie immer gedacht. Ich war eindeutig nicht für dieses Wetter gekleidet. Aber, um die Schüler zu zitieren: Soll ich mir etwa wegen einer Klassenfahrt neue Kleider kaufen? Wenigstens war ich dank meiner körperlichen Übungen konditionell einigermaßen auf der Höhe, auch wenn die kalte Luft unangenehm in den Lungen brannte.

Ist der Körper gerade, ist der Geist gerade, sagen die Chinesen. Das entsprach mir mehr als diese Jack-Wolfskin-Apologien.

Endlich war ich oben und sah hinunter auf unser Haus, das sich vor mir in der Senke regelrecht zusammenzukauern schien. Von hier aus gesehen linker Hand stand der kleine Schuppen mit den Motorrädern, von da ging es in sanft geschwungenem Auf und Ab in Richtung der kleineren Hütte, die man von unserem Gemeinschaftsraum aus sehen konnte und die sich unterhalb eines Waldwegs befand. Rechts von unserem Haus war der kleine Wald mit der Felswand, die ich beinahe hinabgestürzt wäre und die sich, wie ich nun sah, weit Richtung Parkplatz und Straße erstreckte. Vor dem Wäldchen die Bank, bei der Mira Lukas hatte treffen wollen.

Der Wald steht schwarz und schweiget.

Was wusste ich denn überhaupt momentan?

Lukas hatte Mira um halb elf treffen wollen. Bis zehn Uhr war er im Haus gewesen. Ob er es verlassen hatte, war nicht bewiesen. Definitiv draußen gewesen waren Korbinian samt seinen Mitläufern und Neno. Neno musste ich unbedingt noch wegen des zerstörten Schuppens und des Streits mit den Jugendlichen aus dem Dorf befragen. Mira verhielt sich seltsam diffus, auch sie schien etwas zu verbergen. Das Rockerpärchen war natürlich schon aus Prinzip weiterhin höchst verdächtig. Und jetzt kam noch der kleine Paul ins Spiel. Was hatte der für ein Problem mit Lukas? Der grenzhochbegabte Paul war, das wusste ich aus Erzählungen des damaligen Klassenlehrers, vor zwei Jahren Opfer einer üblen Mobbingattacke gewesen, die aber ausgeräumt schien. Marlon und Jako waren als Schuldige entlarvt worden. Ich war mir fast sicher, dass ihr Herr und Meister Korbinian auch an der Sache beteiligt gewesen war, vermutlich sogar als Rädelsführer. Ans Licht war nie etwas gekommen, weil Korbinian sich nie bei etwas Verbotenem erwischen ließ.

Gedankenverloren stieg ich den Berg hinab. Der Nebel wurde mit jedem Schritt dichter. Ich lief an der Kuhtränke vorbei, als ich direkt vor der Hütte eine schwarz gekleidete Gestalt entdeckte. Schon wieder. Nun war es genug!

»Hey«, rief ich und spannte die Muskeln an.

Die Gestalt blieb stehen. Noch einmal würde ich sie nicht entwischen lassen.

Ich rannte los.

Ich würde sie aus dem Lauf mit einem gesprungenen Tritt gegen die Brust überraschen.

Nur noch ein paar Meter. Ich machte mich zum Sprung bereit.

»Gregor«, sagte eine vertraute Stimme. Ich hielt inne.

Betty.

Kapitel 10

Im Schwarzwald schöne Mädchen, fiel mir eine Zeile aus dem Badnerlied ein, und trotz meiner Anspannung konnte ich mir meinerseits ein Grinsen nicht verkneifen.

»Schön, dass du da bist«, sagte ich und hörte meine eigene Stimme wie ein viel zu lautes Echo nachklingen. Betty nickte und verzog das Gesicht zu etwas, das für Außenstehende eine nicht zu deutende Grimasse sein mochte, was ich aber mittlerweile als Lächeln zu interpretieren gelernt hatte.

Das Erstaunliche war, dass Bettys Mimik, wenn man sie nicht kannte, kaum Variationen aufzuweisen schien. Ich selbst mochte nicht behaupten, sie wirklich gut zu kennen, aber mir war klar geworden, dass man, je mehr Zeit man mit ihr verbrachte, desto mehr Nuancen um die Mundwinkel oder die Augen zu registrieren begann, mit denen sie ihre Stimmung und ihre Gefühle zum Ausdruck brachte.

»Wolltest du mich angreifen?«, fragte sie, und ihre Augen leuchteten ein wenig spöttisch.

»Ich dachte, du wärst … also, ich weiß auch nicht«, stammelte ich. »Irgendetwas stimmt hier nicht.«

»Was meinst du?«

»Ich sehe dauernd Menschen, die dann nicht da sind, wenn ich noch mal schaue.« Besser konnte ich es nicht beschreiben.

»Ich habe auf dem Parkplatz oben an der Landstraße ein Auto gesehen«, sagte Betty. »Aber niemanden, der dazugehören könnte.«

»Einen schwarzen Sportwagen?«

»Ja.« Betty sah mich gespannt an.

Ich dachte an das schwarze Auto, das bei unserer Ankunft auf dem Parkplatz gehalten hatte.

»Komm, wir gehen hinein«, sagte ich, »ich erzähl dir alles.«

Bei den Mädchen im Gang war noch ein Zimmer frei, in das Betty ihren Rucksack brachte.

Ein paar Minuten später saßen sie und ich mit dampfenden Teetassen in meinem Zimmer.

Das Mittagessen hatten wir verpasst, aber ich hatte sowieso keinen Hunger.

Sie sah wunderschön aus mit ihren pechschwarzen Haaren und ihrem sehr roten Mund. Es tat kurz weh, als ich an unsere paar Tage und Nächte vor einiger Zeit dachte.

Ich brauche etwas Abstand.

Nun, ich würde nicht auf Knien vor ihr rutschen und gab mich daher distanziert und professionell. Sie war hier als Kripobeamtin, mehr nicht.

Ich berichtete Betty alles, was sich zugetragen hatte, vom Theater am Abend zuvor, den Gesprächen heute, von dem zerstörten Schuppen, den Jugendlichen aus der Gegend, meinen bisherigen Theorien und dem Rockerpärchen. Betty hörte aufmerksam zu, stellte hin und wieder einige Rückfragen – vor allem zu Dirk und Tatjana wollte sie alles ganz genau wissen – und sagte schließlich: »Im Grunde gibt es zwei Möglichkeiten: Wir informieren jetzt Lukas' Eltern und machen danach das ganz große Fass auf: Hubschrauber, Hundestaffeln, alles, was dazugehört. Das heißt aber auch Presse, Rummel, der Ruf der Schule und all das. Und Oberstudienrat Horvath wieder mittendrin.«

Ich versuchte, mir das alles vorzustellen. *Kein Drama diesmal, Horvath!* Krolls Worte.

»Und die andere Möglichkeit?«, fragte ich.

»Wir halten das noch bis morgen unter Verschluss, verschaffen uns Zeit und bekommen selbst raus, was passiert ist. Rechtlich heikel. Wenn alles gut ausgeht, sicher lösbar, wenn nicht, hast du ein Problem. Und ich natürlich auch, jetzt, wo ich hier vor Ort bin und die Umstände kenne. Allerdings gibt es ja immer noch die theoretische Möglichkeit, dass ihm gar nichts Schlimmes passiert ist. Vielleicht ist er wirklich aus irgendwelchen Gründen nach Freiburg zurück, per Anhalter oder mit dem Zug aus Neustadt, ist aber gerade nicht zu Hause oder geht nicht ans Telefon.«

Ich nickte und dachte nach. *Mütter sind besonders unbarmherzig, wenn ihre Kinder in Gefahr sind,* sagte Poirot in *Tod auf dem Nil*. Natürlich musste ich anrufen. Denn wenn sich herausstellte, dass Lukas verletzt da draußen lag und hätte gefunden werden können, würde ich meines Lebens nicht mehr froh werden. Dennoch wägte ich noch einmal ab.

Ja, das Jagdfieber hatte mich wieder gepackt. Ich wollte das nicht aus der Hand geben. Ich wollte das mit Betty zusammen auflösen.

»Überlässt du mir diese Entscheidung?«, fragte ich.

Sie sah mich schmunzelnd an. Ich wusste in dem Moment, sie hatte dieselben Gedanken gehabt wie ich gerade.

»Wir warten noch kurz«, sagte sie, »lass mich ein paar Gespräche führen. Wenn nichts dabei herauskommt, rufen wir die Eltern an.«

Ich nickte. Damit konnte ich leben. »Wen willst du sprechen?«

»Korbinian. Neno und die Jungs aus seinem Zimmer und den kleinen Paul. Und die Mädchen. Aber erst trommeln wir alle zusammen und sagen ihnen, dass die Kripo im Haus ist.«

Das klang gut.

Betty sprang auf. Ihre Augen leuchteten.

Wir gingen in den Gemeinschaftsraum und holten unterwegs alle Schülerinnen und Schüler aus ihren Zimmern.

Tatjana und Dirk saßen an einem der Tische und redeten aufeinander ein. Als sie uns sahen, beendeten sie ihre Unterhaltung.

Ich stellte Betty den beiden vor. Sie nickten sich zu, niemand sprach etwas, aber die Spannung zwischen den dreien war mit Händen zu greifen.

»Gott sei Dank«, hörte ich Maria Götz rufen, die eben den Raum betreten hatte. Den Kopf hielt sie leicht schräg, sie war bleich und das Gesicht schmerzverzerrt. »Gott sei Dank, dass

Sie da sind«, sagte sie zu Betty. »Sie helfen uns? Sie finden Lukas und klären das alles auf, nicht wahr?« Sie ergriff Bettys Hand und sah mich an. »Dann leg ich mich jetzt beruhigt wieder hin, ja? In Ordnung, Gregor? Fürchterliche Kopfschmerzen.«

Damit war sie verschwunden. Betty sah mich an und zog leicht die Stirn kraus, ich deutete ein Schulterzucken an.

David lief mir mit glasigem Blick entgegen. Er humpelte nur noch leicht. »Ach, Herr Horvath, das ist alles irgendwie schon schön hier. Sagen Sie, haben Sie vielleicht Tatjana irgendwo gesehen? Ich wollte sie fragen, ob sie noch mehr von diesen Tabletten hat.«

Und damit ging er in den Gemeinschaftsraum, wo er sich selig lächelnd neben seinen Kumpel Max setzte, der ihn irritiert anblickte. Ich musste Tatjana fragen, was um alles in der Welt sie ihm gegeben hatte.

Die Schülerschaft war mittlerweile versammelt, die Unterhaltungen erstarben, und die Blicke der Jugendlichen wanderten gespannt und neugierig zwischen mir und Betty hin und her.

Ich blickte in die Runde. »Hört zu. Das hier ist Fräulein, also, Frau, also, Betty ...«

Bettys Nachname fiel mir nicht ein. Etwas Ungewöhnliches war geschehen. Ich hatte mich verhaspelt und wusste nicht, wie ich den Satz zu Ende bringen sollte.

»Sind Sie irgendwie nervös, Herr Horvath?«, rief Amir, und einige Schüler lachten.

Ich warf ihm einen strengen Blick zu.

Betty ergriff das Wort. Sie hielt ihre Marke in die Höhe und erklärte, wer sie war und warum sie hier war.

Die Schüler begannen zu tuscheln.

Ihren Gesichtern war nun erstmals echte Sorge anzusehen. Offenbar waren sie bisher davon ausgegangen, das Ganze würde sich einfach ganz natürlich aufklären, indem irgendwann die Information hier eintraf, dass Lukas schon seit Stunden zu Hause in seinem Bett lag und Netflix schaute. Dass nun die Kripo da war, bedeutete, die Sache war ernst.

»Oh my God«, rief eine Schülerin schrill und begann mit den Händen zu wedeln. »Der ist echt voll verschwunden, was machen wir denn jetzt?« Sie begann hektisch zu atmen und musste sich von ihrer Freundin beruhigen lassen.

Es schien tatsächlich, als hätte Bettys Anwesenheit manchen die Dramatik der Situation erst richtig bewusst gemacht.

»Keiner verlässt heute Abend die Hütte«, sagte Betty. »Ich will euch nicht beunruhigen, aber wir wissen nach wie vor sehr wenig darüber, warum Lukas verschwunden ist.«

»Sind wir in Gefahr?«, fragte Leila. »Müssen wir uns Sorgen machen?« Leila wurde von einigen Schülern, Schülerinnen und auch Lehrern *die schöne Leila* genannt. Ihre Schönheit hatte etwas ganz und gar Unangestrengtes und ging nicht mit den beiden sonst so üblichen Schwestern Eitelkeit und Arroganz einher. Leila war eine ordentliche Schülerin, aufgeschlossen und offen und schien sowohl stutenbissige Angriffe anderer Mädchen als auch unpassende Avancen von Jungs lässig an sich abprallen zu lassen.

»Wir haben darauf momentan keinerlei Hinweise.«

»Das heißt, Sie tappen im Dunkeln!« Korbinian Herrwagen stellte hier keine Frage, er stellte etwas fest.

Betty sah ihn durchdringend an. »Wer ist das?«, fragte sie mich, ohne ihn aus den Augen zu lassen.

Ich sagte es ihr. Sie nickte. »Herr Herrwagen, halten Sie sich bitte bereit. Ich hätte gleich ein paar Fragen an Sie.«

Kapitel 11

Das erste Gespräch, das Betty und ich gemeinsam führten, war mit dem kleinen Paul und seinem Kumpel Ali. Kristinas Aussage, dass Paul Lukas hasste, konnte nicht ignoriert werden.

Wir führten die beiden in ihr Zimmer. Ali war schlau, aber so introvertiert, dass er eigentlich nur mit Paul redete, auch im Unterricht hörte man ihn nur nach Aufforderung. Paul hatte einen Hang dazu, anderen, durchaus auch Lehrern, mit seiner altklugen und besserwisserischen Art die Nerven zu rauben.

»Ihr beiden«, legte ich ohne Umschweife los, »mobbt euch noch jemand in der Klasse?«

Sie sahen mich überrascht an. Dieser Gesprächseinstieg widersprach natürlich allem, was man über den sensiblen Umgang mit dem Problem heute wusste, aber ich hatte keine Zeit und keinen Nerv für den sensiblen Umgang.

Sie schwiegen.

»Paul?«, fragte ich nach.

»Hat Lukas euch etwas getan? Vor allem dir, Paul?«, fragte Betty.

Die beiden Schüler wirkten verunsichert.

Ich kannte mich nicht nur als Pädagoge, sondern auch aus eigener Erfahrung mit dem Problem Mobbing aus, hatte ich doch selbst lange genug darunter gelitten. Ein bleicher, schwarz gekleideter Bücherwurm, der Sport hasste, war die ideale Zielscheibe. Ohne meinen Bruder Martin, den beliebten Sportler und Draufgänger, dessen langer Schatten mich fast immer beschützte, wäre es noch viel schlimmer gewesen. Daher wusste ich: Man ging nicht von sich aus zu einem Erwachsenen und erzählte alles, dazu schämte man sich zu sehr, aber ein Erwachsener, der einen quasi dazu nötigte, darüber zu sprechen, dem würde man sich vielleicht anvertrauen.

Paul und Ali schielten von mir zu Betty, dann starrten beide zu Boden.

»Ich will kein 31er sein«, murmelte Paul. *31er* war ein weiteres ganz wichtiges Wort, das einen Verräter bezeichnete. Es bezog sich auf den Paragrafen 31 des deutschen Betäubungsmittelgesetzes, der Strafmilderung vorsieht, wenn ein Täter Informationen zur Aufklärung oder Verhinderung weiterer Betäubungsmitteldelikte preisgibt. Wie so oft waren es die üblichen Gangsterrapper, über die das Wort Eingang in die Jugendsprache gefunden hatte. »Kommt, Jungs, wenn euch jemals jemand helfen konnte, dann ich, jetzt und hier«, lehnte ich mich aus dem Fenster. »Wir können dem jetzt ein Ende machen. Du bist kein 31er, Paul, weil ich sowieso schon fast alles weiß. Mir fehlen nur noch ein paar Details.« *Nämlich, was du für ein Problem mit Lukas hast,* fügte ich in Gedanken hinzu. Ich bluffte.

Und es schien zu klappen.

»Es hat nicht aufgehört«, begann Paul zögerlich, »ist aber fast nur noch in WhatsApp und Insta und so.«

»Wer ist daran beteiligt?«, fragte ich.

»Marlon und Jako«, sagte Paul.

»Und Korbinian?«, fragte Betty.

»Korbinian hat die anderen schon seit der Unterstufe aufgestachelt«, sagte Paul. »Aber die Lehrer kapieren das nicht. Von den Schülern weiß das jeder.«

Paul sah Ali an, der ihm fast unmerklich zunickte.

»Marlon ist der Schlimmste«, fuhr Paul fort. »War er früher schon. Aber der macht nichts, ohne dass Korbinian es ihm befiehlt. Der ist so was wie Korbinians Hund oder so.«

Kein Lehrer hatte etwas bemerkt. Alle hatten sich gefreut, dass die Intervention vor zwei Jahren so erfolgreich gewesen war. Es war ernüchternd, was sich unter der Oberfläche abspielte.

»Und Lukas?«, fragte Betty scharf.

»Lukas war immer okay«, sagte Paul. »Aber vor Kurzem …« Er brach ab und starrte aus dem Fenster. Seine Augen füllten sich mit Tränen.

»Lukas hat ihm vor ein paar Tagen sein Handy abgezogen«, beendete Ali den Satz für seinen Freund.

Ich sah ihn überrascht an. Das waren mehr zusammenhängende Worte, als er üblicherweise von sich gab. Offenbar gebot es ihm die Dringlichkeit der Sache, entgegen seiner Gewohnheit zu sprechen.

»Einfach so«, sagte Paul. »In der Grundschule waren wir

sogar befreundet und haben uns gegenseitig zum Geburtstag eingeladen.«

Ich war irritiert. Ich kannte Lukas als ausgeglichenen, verantwortungsvollen und engagierten Schüler. Und andererseits war er wohl in diesen Streit mit den einheimischen Jugendlichen involviert gewesen und hatte einem Mitschüler ein Handy gestohlen. Lukas wurde immer rätselhafter, je mehr ich über ihn erfuhr. »Ich danke euch für eure Offenheit«, sagte ich.

»Damit kämen wir zur entscheidenden Frage«, mischte sich Betty wieder ins Gespräch. »Wisst ihr, was mit Lukas passiert ist? Habt ihr ihn nach zweiundzwanzig Uhr gestern Abend noch mal gesehen?«

Die beiden sahen einander an, dann mich, dann Betty.

»Ich habe jedenfalls nichts mit seinem Verschwinden zu tun«, sagte Paul nervös. Als wäre ihm plötzlich in den Sinn gekommen, warum ich ihm all diese Fragen stellte, begann er unruhig auf seinem Bett hin und her zu rutschen.

Ich nickte ihm ermunternd zu.

»Lukas ist raus«, sagte Ali nun wieder. »Nach dem Theater. Mit Neno. Kurz danach sind Korbinian, Marlon und Jako auch nach draußen. Und die Mädchen. Isa, Mira und Kristina.«

Damit hatten wir also wieder die fünf Schüler, von denen der Bauernsohn gesprochen hatte, dazu kamen Mira und ihre Freundinnen. Was hatten Isa und Kristina da draußen zu suchen gehabt? Vermutlich hatten sie Mira zum Treffpunkt begleitet.

»Wieso wissen Mira und ihre Freundinnen von deinem Problem mit Lukas?«, hakte ich nach.

Paul zuckte die Schultern. »Ich hab's ihr gesagt. Ich dachte, vielleicht kann sie was machen, sie ist ja schließlich seine Freundin.«

Ich wunderte mich ein wenig, dass er das so aussprach. Bei Mira hatte das anders geklungen, so, als wäre das kein Allgemeinwissen.

»Ist das so offensichtlich? Woher weißt du das?«

»Ich hab ja Augen im Kopf.«

Ich nickte. Was sollte man darauf erwidern?

Ich war wirklich ein bemerkenswert stümperhafter Ermittler, ohne die geringste Ahnung, was vor sich ging. Und wenn mein Leben davon abgehangen hätte, ich hätte nicht sagen können, was letzte Nacht geschehen war. *Methode und Ordnung* waren Poirots Prinzipien. Orientierungslosigkeit und Chaos waren meine.

Ich hoffte, Betty würde klarer sehen.

Kapitel 12

Emma und Sophia kamen uns entgegen.

»Herr Horvath, können Sie mal kurz kommen, das Festnetz funktioniert nicht. Wir wollten telefonieren, aber die Leitung ist tot.«

Es war klar gewesen, dass irgendjemand das versuchen würde, aber ich hatte ein wenig darauf spekuliert, dass das archaisch wirkende Telefon mit der Wählscheibe sie abschrecken würde.

Ich ging mit ihr zu dem Apparat, der im Flur an der Wand hing, und versuchte es auch. Tatsächlich. Kein Ton. Das Telefon war abgestellt oder kaputt.

Im Grunde eher ein Vorteil, dachte ich, gab es uns doch neben dem unsteten Signal auf dem Hügel einen weiteren Grund, warum wir nicht hatten anrufen können. Natürlich war nicht auszuschließen, dass Schüler die Welt bereits vom Hügel aus über unsere Lage informiert hatten, aber das konnte ich jetzt ohnehin nicht ändern.

»Kein Festnetz«, stellte ich fest. »Ihr habt recht. Aber keine Sorge, alles wird gut.« Damit eilte ich zurück zu Betty.

»Weiter zu Neno«, sagte die, als wir das Zimmer verlassen hatten.

Er stand am Fenster.

»Also, Neno«, sagte Betty, die seine Befragung übernahm.

»Wenn hier jemand mehr weiß, als er sagt, dann du. Du warst mit Lukas draußen. Wo seid ihr hin?«

Neno blickte zu Boden, dann nervös zu Betty und mir und schließlich wieder aus dem Fenster hinaus in eine düstere, neblige Landschaft.

»Rumgelaufen«, sagte er.

»Wen habt ihr getroffen?«

Er schüttelte den Kopf. »Weiß nicht. Niemanden.«

»Hör zu«, klinkte ich mich ein, »wir wissen, dass Korbinian und seine Jungs gleichzeitig draußen unterwegs waren. Ihr müsst denen begegnet sein.«

»Ja, schon, kurz.«

Betty klopfte mit der flachen Hand auf die Tischplatte. »Neno, du musst uns so etwas sagen! Wenn wir alles von anderen erfahren, wirft das ein ganz schlechtes Licht auf dich, verstehst du? Wenn du weiter schweigst, muss ich dich morgen offiziell im Präsidium in Freiburg verhören. Und was mich betrifft, bist du da nicht nur als Zeuge, sondern auch als Verdächtiger.«

Nenos Augen weiteten sich. »Aber wieso? Ich …?« Er wirkte ehrlich erschüttert.

»Du musst uns jetzt alles erzählen. Es geht um Lukas. Ist der irgendwo da draußen? Vielleicht ist er verletzt. Oder tot. Rede, Junge!«

»Ich weiß es nicht!«, brüllte Neno jetzt beinahe. »Lukas hat sich mit Mira treffen wollen. Ich wollte ihn zum Treffpunkt begleiten. Dann haben wir Korbinian mit Jako und Marlon getroffen. Er und Lukas hatten Streit.«

»Worum ging es da?«

»Korbinian wollte wissen, was wir da machten. Die hatten uns wohl irgendwie belauscht, kamen plötzlich aus der Dunkelheit und wussten, also, dass …« Er zögerte kurz. »Dass Lukas Mira treffen wollte. Er hat Lukas provoziert. War auf Ärger aus. Voll aggro. Korbinian hat eh schon ewig so einen Beef mit Lukas. Wir mussten die loswerden. Korbinian wäre nie mehr einfach so gegangen, der wollte Streit. Also mussten wir ihn weglocken vom Treffpunkt mit Mira, die ja jeden Moment kommen konnte, und sind einfach weiter an der Bank vorbei den Weg runtergegangen, bis wir zu so einem Schuppen kamen. Da waren ein paar Typen von hier aus der Gegend. Korbinian hat die gleich angemacht. Was sie für Bauern sind, ob ihre Eltern Geschwister sind und so. Und Marlon ist natürlich gleich voll abgegangen, bei dem braucht es nicht viel. Lukas und ich haben uns das eine Weile angeschaut, dann sind die Jugendlichen mit ihrem Traktor los, und wir sind, also, wir sind zurück zur Bank.«

»Hast du mitbekommen, wie der Schuppen zerstört wurde?«, fragte Betty.

»Ich, nein, das wusste ich nicht.« Nenos Verwirrung wirkte echt. Er schien ehrlich verzweifelt.

»Glaubst du, Korbinian und seine Jungs haben den Schuppen zerstört?«

»Ja, klar, die machen so was. Wenn Korbinian Lust hat, etwas kaputt zu machen, dann sagt er seinen Knechten das, und die erledigen das dann. Vor allem Marlon ist wie ein Kampfhund. Der hört erst auf, wenn …«

»Wenn was?«, fragte ich.

»Na ja«, sagte Neno, »er hat sich nicht so unter Kontrolle, würde ich sagen.«

»Und was ist dann passiert?«, fragte Betty.

»Wir sind zur Bank zurück und haben noch auf Mira gewartet. Es war aber schon kurz vor elf. Ich wollte zurück zum Haus. Lukas meinte, er wartet noch ein wenig und kommt dann nach.«

Er starrte wieder in die graue Welt vor dem Fenster, als könnte er dadurch die Zeit zurückdrehen und seine Entscheidung, Lukas auf dieser Bank zurückzulassen, rückgängig machen.

Lukas saß also gegen elf Uhr alleine auf jener Bank, wo er auf Mira wartete, die zu dem Zeitpunkt längst wieder in der Hütte war. Und dann war etwas passiert. Bloß was? Waren die einheimischen Jugendlichen noch einmal zurückgekommen, haben den zerstörten Schuppen gesehen und kamen dann hierher, um sich zu rächen? Und haben Lukas auf der Bank entdeckt? Und was dann?

Oder sind Korbinian, Marlon und Jako nach ihrer Zerstörungsorgie noch einmal auf Lukas gestoßen? *Korbinian hat schon ewig so einen Beef mit Lukas.*

»Was ist das Problem zwischen Lukas und Korbinian. Wieso Beef?«, fragte ich.

»Ach, die hassen sich schon seit der Grundschule. Lukas

meinte mal, dass ihre Väter sich schon ewig kennen und auch voll hassen. Das ist so wie bei Harry Potter und Draco Malfoy. Und ...« Er schwieg wieder und schaute zum Fenster hinaus. »Und dann hat Lukas ihm vor einem halben Jahr oder so die Freundin ausgespannt. Also, das war vor Mira. Die ist in der Parallel. Also zumindest behauptet Korbinian das. Lukas sagt, das stimmt gar nicht, die waren gar nicht zusammen. Also nicht richtig zumindest.«

Das ist es, dachte ich. Das ist das Motiv! Gekränkter Narzissmus, Eifersucht. Das passt zu Korbinian. Und er hatte Handlanger, die die Drecksarbeit für ihn übernahmen. Sie sind Lukas nachgeschlichen, während er auf Mira wartete. Aber was dann? Redeten wir hier von Totschlag? Gab es so etwas, dass Schüler Mitschüler umbrachten? In der Zeitung las man derlei Dinge. Aber das war in der Regel weit weg und hatte nichts mit dem eigenen Leben zu tun. Oder ein Unfall? Lukas, der unglücklich auf den Kopf gefallen ist und dann ohnmächtig oder tot irgendwo lag? Aber dann hätten wir ihn doch bei unserer Suche gefunden.

»Neno«, sagte Betty und sah ihn eindringlich an. »Versuch mir mal zu erklären, wieso das so lange gedauert hat, bis du das erzählt hast. Wo ist denn da das Problem?«

Neno starrte ins Leere, schüttelte den Kopf und biss sich nervös auf die Unterlippe.

»Weiß ich nicht«, murmelte er irgendwann.

Betty starrte ihn noch eine Weile an, dann schüttelte sie den Kopf, erhob sich und verließ das Zimmer. Ich folgte ihr.

»Herr Horvath, wir haben langsam Hunger, wann gibt's denn was?« Achmed stand vor mir, und trotz seiner untersetzten Statur sah er in dem Moment wirklich unterzuckert aus.

»Ach du liebe Zeit«, entfuhr es mir, »schon so spät.«

Ich ging in die Küche, die düster und verlassen war, suchte meine Liste mit den Kochteams heraus, eilte in das betreffende Zimmer und musste nun doch einmal deutlich werden.

»Kochteam, was ist los? Wieso kommt ihr eurer Aufgabe nicht nach? Ihr seid heute Abend zuständig! Ihr habt Verantwortung für andere übernommen! So etwas vergisst man nicht! Das geht so nicht!«

Ich sah, wie Max zu sprechen anhob.

»Und wehe«, polterte ich weiter, weil ich ahnte, was Max sagen wollte, »irgendjemand rät mir, dass ich mein Leben chillen soll, dann vergess ich mich!«

Max schloss den Mund wieder, und die Gruppe machte sich unter schuldbewusstem oder auch genervtem Murren auf den Weg in die Küche.

»Korbinian, jetzt!«, sagte Betty. Während ich ihr nacheilte, merkte ich einerseits, wie froh ich war, dass Betty das Heft in die Hand genommen und damit zumindest zum Teil die Verantwortung übernommen hatte, fühlte mich andererseits auch schuldig, dass sie sich mit jeder Stunde, die verging, tiefer in etwas hineinritt, was letztlich auf ein massives Dienstvergehen hinauslief. Wir mussten die Eltern informieren.

Aber noch etwas anderes fühlte ich in diesem Moment.

Betty und ich ermittelten wieder zusammen. Und es fühlte sich gut an.

Wir betraten das Zimmer der Korbinian-Truppe. Alle drei waren anwesend.

Betty und ich nahmen uns zwei Stühle und setzten uns, die Blicke auf die drei jungen Männer gerichtet, die sich auf ihren Betten fläzten.

»Wir wissen, dass ihr gestern Nacht draußen wart!«, sagte ich.

Keine Reaktion.

»Und dass ihr Lukas und Neno getroffen habt.«

Sie regten sich nicht.

»Und dass ihr den Schuppen des Bauern zerstört habt. Und dabei fällt mir auf, dass ich all das nicht von euch erfahren habe, obwohl ich danach gefragt habe, sondern von anderen.«

Korbinian richtete sich auf. »Und das glauben Sie, Herr Horvath? Ist das nicht ein wenig naiv? Wieso glauben Sie nicht uns? Wieso glauben Sie den anderen?«

»Wir wissen auch, wie ihr Ali und Paul online drangsaliert. Ich habe vorliegen, was ihr da so alles schreibt, mit euren Klarnamen! Und damit keine Missverständnisse aufkommen, ich habe diese Information nicht von Paul und Ali, sondern von jemand anderem.«

Da waren natürlich eine Menge Halbwahrheiten dabei, aber das mussten die drei nicht wissen.

»Aus diesem Grund glaube ich euch weniger als anderen.«

Marlon und Jako saßen vollkommen reg- und ausdruckslos auf ihren Betten. Mit einem Mal fiel mir ein, woran sie mich erinnerten. Die Jugendlichen in *Jugend ohne Gott* von meinem Namensvetter Ödön von. *Sie wollen Maschinen sein*, schrieb er dort und dann: *Doch noch lieber wären sie Munition*. Und vor allem ein Bild blitzte auf, mit dem der Erzähler die Gefühlskälte der Jungen beschreibt: *Da wird die Seele des Menschen unbeweglich wie das Antlitz eines Fisches. Es kommen kalte Zeiten. Das Zeitalter der Fische.*

Korbinian lächelte uns auf eine Art an, die freundlich und eiskalt zugleich war. »Herr Horvath, wenn ich Ihnen hier widersprechen dürfte«, sagte er mit betont sanfter Stimme. »Das sind doch haltlose Behauptungen, hier steht Aussage gegen Aussage …«

»Eure Schuhe waren schmutzig!«, brach es aus mir heraus, und ich spürte, dass ich kurz davor war, die Fassung zu verlieren. Etwas, das bei einem aalglatten Menschen wie Korbinian bereits die Niederlage bedeutete. Außerdem war der Einwand albern, das merkte ich in dem Moment auch.

Er schüttelte milde den Kopf. »Erstens wäre das kein Beweis und zweitens«, er zeigte auf die sauber geputzten Schuhe unter dem Waschbecken neben der Tür, »weiß ich nicht, was Sie meinen.«

Die beiden Fische lächelten höhnisch.

»Und was diese vermeintliche Cybermobbingsache angeht«, fuhr Korbinian fort, wissend, dass er alle Trümpfe in der Hand hielt und wir ihn nicht daran hindern konnten, sie auszuspielen, »das ist doch alles längst vorbei und wurde auch hier in der Klasse ausführlich aufgearbeitet. Davon abgesehen, dass meine Beteiligung nie bewiesen wurde. Und das als Beleg für eine Beteiligung unsererseits am Verschwinden von Lukas zu verwenden, scheint mir doch eher Verzweiflung als kriminalistischer Spürsinn zu sein, oder, Frau Kommissarin?« Er sah nun Betty auffordernd an in der Gewissheit, sie würde sein Spiel mitspielen. Aber Betty spielte grundsätzlich nicht. In ihrem Gesicht spiegelte sich überhaupt keine Emotion. Sie ließ ihn mimisch auflaufen.

Für den Bruchteil einer Sekunde mischte sich so etwas wie Irritation in sein überhebliches Mienenspiel, doch im Nu war es wieder verschwunden.

Betty erhob sich, stellte sich vor sein Bett und sagte leise, fast flüsternd: »Wir bekommen alles heraus. Dass ihr nach wie vor Mitschüler drangsaliert. Dass ihr den Schuppen zerstört habt, und da du offenbar glaubst, Lukas hätte deine Freundin ausgespannt, hätten wir hier auch ein süßes kleines Motiv dafür, ihm etwas anzutun. Das alles herauszufinden ist überhaupt kein Problem für uns. Glaub mir, wir kriegen alle.«

Während sie sprach, hatte ich Korbinians Gesicht studiert. Bei der Erwähnung der Freundin hatten seine Augen kurz geflackert, ein leichtes Zucken, kaum sichtbar, aber ich hatte es bemerkt. Ich war immer sicherer, dass hier der Schlüssel lag. Ich wollte aufspringen, ihn am Kragen packen und ihn damit konfrontieren. Es brauchte alles an Selbstbeherrschung, diesen Impuls zu unterdrücken.

Ich sah Betty an, die mich mit einer leichten Kopfbewegung zum Gehen aufforderte.

Korbinian lächelte uns beim Verlassen des Zimmers zu.

»Sie können nichts von alledem beweisen«, sagte er leise. »Außerdem machen Sie sich völlig unnötig Sorgen um Lukas.«

Wir drehten uns um und sahen ihn an.

»Was soll das heißen?«, fragte Betty.

»Was?«, fragte Korbinian in fast gelangweiltem Ton.

»Das mit Lukas.«

»Ich weiß nichts über Lukas, gute Nacht, Herr Horvath und …«

Betty schlug die Tür von außen zu.

Ich sah sie an. »Was war das?«, fragte ich sie. Wie hatte er das gemeint mit Lukas, verdammt?

»Mehr kriegen wir so nicht aus dem raus«, sagte Betty.

Hundsfott, dachte ich, war ein Wort, das ein Dichter des achtzehnten Jahrhunderts für jemanden wie Korbinian gewählt hätte. Oder gleich das schöne Schiller-Wort *Kanaille*. *Korbinian heißt die Kanaille.*

»So ein Arschloch«, sagte Betty kopfschüttelnd.

So konnte man es natürlich auch sagen.

Kapitel 13

Das Kochteam rief endlich zum Abendessen, und die hungrigen Schüler folgten dem Ruf polternd und stampfend. Draußen war es mittlerweile dunkel geworden.

Betty und ich sahen uns an, jeweils an eine Flurwand gelehnt. Den ganzen Tag hatten wir Fragen gestellt und wussten kaum mehr als am Morgen.

Was auch immer die Suche nach Lukas in mir selbst ausgelöst hatte, dieses Jagdfieber, das mich schon im Fall Menzel befallen hatte, es wich einer bleiernen Müdigkeit und tiefer Frustration, die durchdrungen waren von der Sorge um Lukas.

Aus dem Speisesaal drang das Protestgeheul der Schüler über das, was die Max-Gruppe fabriziert hatte. Es traf wohl nicht den Geschmack der Masse.

Maria Götz wankte an uns vorbei, eine Hand gegen die Stirn gepresst.

»Versuche, was zu essen«, murmelte sie und verschwand im Gemeinschaftsraum.

»Ich glaube, heute können wir nicht mehr tun«, sagte Betty. »Morgen früh rufen wir die Eltern an. Ich geh dann mal auf mein Zimmer.«

Sie sah mich kurz an, dann drehte sie sich um und ging die Treppe nach oben.

Ich blickte ihr nach. Was bedeutete das? Wollte sie wieder alleine sein? Warum? Oder hatte in diesem Blick eine Aufforderung gelegen? Verwirrt und erschöpft stakste ich in Richtung meines Zimmers. Ich hatte Hunger, war aber nicht bereit, etwas zu essen, was nicht einmal den Geschmack der kulinarisch weitgehend schmerzfreien Jugend traf. Essen zur reinen Nahrungsaufnahme lehnte ich prinzipiell ab. Essen war Genuss. Kultur. Eine feierliche Zäsur im Alltag.

Erschöpft betrat ich mein Zimmer. Ohne Licht zu machen, stand ich einfach nur im Raum und starrte aus dem Fenster in die dunkle, stürmische Nacht. Hinter den vom Wind getriebenen Wolkenfetzen schien ein milchig leuchtender Mond herab und tauchte die Landschaft in ein diffus aufflackerndes Licht, sodass man immer wieder die Umrisse des kleinen Wäldchens und des Hügels vor dem Haus ausmachen konnte.

Meine Sorge um Lukas war nicht so groß, wie sie hätte sein müssen. War es Korbinians rätselhafter Satz vorhin gewesen oder eine sonstige Ahnung, ich wusste es nicht, aber ich hatte das Gefühl, dass er in Sicherheit war.

Dennoch musste ich mir ein Abendprogramm für die Schüler überlegen, sie mussten das Gefühl haben, betreut und in Sicherheit zu sein, man durfte sie jetzt nicht sich selbst überlassen und damit womöglich einer stetig zunehmenden Sorge, Angst oder Hysterie Vorschub leisten.

Ich musste jetzt den John Wayne geben, der auch in aussichtslosen Situationen Zuversicht und Hoffnung auszustrahlen vermochte. Nur kurz ausruhen, dachte ich und legte mich angezogen auf mein Bett. Müdigkeit legte sich über mich wie ein schweres, warmes Fell.

Ich schrak auf und versuchte, mich zu orientieren. Um mich herum war alles schwarz.

Ich fühlte mich wie betäubt, als träumte ich nur, dass ich wach sei. Meine Hände tasteten nach dem Lichtschalter, das grelle Zimmerlicht tat meinen Augen weh. Ich zog die silberne Taschenuhr aus meiner Weste. Zehn Uhr. Ich hatte mehr als zwei Stunden geschlafen.

Ich wankte nach draußen auf den Gang. Aus manchen Zimmern drangen Geräusche, Musik, Schreie, Lachen. Die Schüler hatten sich offenbar selbst beschäftigt. Zwei Jungs kamen mir entgegen, grüßten und wirkten nicht, als hätten sie meine Anwesenheit oder irgendein pädagogisch sinnvolles, gruppenstärkendes Programm vermisst. Mit wackeligen Knien schlich ich die Treppe hinunter, dabei hielt ich mich am Geländer fest.

Aus dem Gemeinschaftsraum drang leise Musik. In schummrigem Licht saß Dirk gedankenverloren mit einer Gitarre und spielte ein Lied, das mir bekannt vorkam. Mit leiser, tiefer Stimme sang er dazu.

I was born under a wandering star ... Do you know where hell is? Hell is in hello, heaven is goodbye forever, it's time for me to go.

Dirk hatte offenbar auch eine weiche Seite.

Ich lauschte eine Weile, ohne dass er mich bemerkte.

Nun war Betty also hier im selben Haus wie ich, nur ein paar Meter entfernt in ihrem Zimmer, und ich hatte ihren Blick nicht richtig deuten können, als wir uns zur Nacht verabschiedeten. War da ein Ausdruck des Bedauerns gewesen? Andererseits war Betty eine Frau, die kein Problem damit hatte, zu sagen, was sie wollte.

Ich fühlte mich wie jemand, der noch schlief, unter der Oberfläche aber spürte, dass er schon längst hätte aufstehen sollen. Ich wankte zurück in mein Zimmer und holte eine Flasche Rotwein aus dem Schrank. Ich hatte lange mit mir gerungen, ob ich sie mitnehmen sollte. Eine Flasche guten Rotweins mit auf Klassenfahrt zu nehmen, war etwa so, als würde man mit einem teuren Anzug in eine Schlammpfütze springen, zumal wenn man sie alleine trinken musste, denn ich sah mich diesen Tropfen nicht mit Maria Götz beim Kaminfeuer teilen, während wir uns über Schule unterhielten.

Kurze Zeit später klopfte ich mit ungewohnt wild pochendem Herzen an Bettys Tür. In der Küche hatte ich noch zwei Gläser mitgenommen, unbemerkt vom Gitarre spielenden Dirk, der tief in Gedanken versunken schien.

Betty öffnete, lächelte leicht, trat zur Seite und ließ mich ein.

Ich zog die Flasche aus der Tasche.

Sie nickte. Ich konnte nicht deuten, ob sie mein Kommen

erwartet hatte, überrascht davon war oder ob es ihr schlicht völlig egal war.

»Sicher ein guter Wein, auch wenn ich es nicht beurteilen kann«, sagte sie.

»Das bring ich dir noch bei«, antwortete ich forsch, doch sie ignorierte meinen Vorstoß.

»Gut, dass du da bist, Horvath, wir müssen reden.«

Ein widersprüchlicher Satz. Sie freute sich, mich zu sehen, aber reden zu müssen klang nach Problemen. Aber vielleicht würde ich nun endlich erfahren, wieso sie so distanziert war.

»Komm, mach die Flasche auf und setz dich«, sagte sie.

Ich tat wie geheißen und schenkte ein. Wir sahen uns an und tranken. Ich wollte das Glas absetzen, aber ich spürte, wie gut es tat, wie der ausgezeichnete Rotwein mir die Kehle hinabrann, und ich trank es in einem Zug aus.

Draußen klatschte der Regen gegen die Scheiben. Der Wind rüttelte an den Schindeln, das Holzgebälk knarrte und ächzte.

Ich hatte, wie mir in dem Moment auffiel, den ganzen Tag außer zwei Tassen schrecklichen Kaffees nichts getrunken und schenkte mir gleich noch einmal nach.

»Also, hör zu«, begann Betty. »Ich weiß, ich schulde dir eine Erklärung dafür, dass ich mich so zurückgezogen habe.«

Ich blickte sie gespannt an und schwieg.

Sie trank einen Schluck Wein. »Ich bin aus einem bestimmten Grund nach Freiburg gekommen.«

Betty war noch nicht lange Martins Assistentin. Zuvor war

sie Kriminaltechnikerin in Berlin gewesen. Mein toter Kollege Menzel war ihr erster Fall gewesen.

Der Wein tat gut. Ich trank, während ich zuhörte.

»Es gab da einen Mann. In Berlin.« Sie sah mich durchdringend an. »Der war nicht gut für mich.« Sie nahm noch einen Schluck Wein. Ich tat es ihr nach. »Nicht gut zu mir. Und das Dumme war, ich habe mich nicht gewehrt. Gar nicht so sehr, weil ich nicht konnte, das vielleicht schon auch ein wenig, aber die Sache war: Ich wollte nicht.«

Mein Glas war schon wieder leer, und ich füllte es erneut.

Etwas Seltsames geschah mit mir, als ich dies hörte. In meiner letzten Beziehung war mir Gefühllosigkeit vorgeworfen worden. Und das nicht einmal zu Unrecht. Liebeseuphorie einerseits oder Eifersucht und Liebeskummer andererseits waren für mich eher theoretische Begriffe. In Wirklichkeit wusste ich nicht aus eigener Erfahrung, was damit gemeint war. Doch was nun passierte, war neu. Ein Stich, wie mit einer dünnen, harten Nadel ausgeführt, fuhr mir direkt ins Herz.

Geistesabwesend schenkte ich mir erneut nach. Ich wollte etwas sagen, einen Scherz machen, Mitgefühl äußern, irgendetwas, aber ich wusste nicht, was. Alles, was ich denken konnte, war, dass es einen Mann gab, der sie von mir fernhielt, und es gefiel mir nicht.

»Ich bin eigentlich niemand, der jemandem hinterherrennt«, sagte sie. »War ich noch nie. Ich bin die, der man nachläuft. Und plötzlich war alles anders. Es war beschämend. Und aufregend. Und niederschmetternd. Und toll. Und ...« Sie suchte nach Worten. »Und ich denke immer noch zu oft an ihn.«

Dieser Satz war wie ein Faustschlag mitten ins Gesicht.

Ich starrte sie an und leerte mein Glas in großen Schlucken. Mir wurde schwarz vor Augen und schwindlig. Mein Mund wurde trocken. Außerdem wurde mir klar, dass ich den ganzen Tag über auch nichts gegessen hatte. Der Anblick des Weinrestes in meinem Glas verursachte mir ein Gefühl des Ekels. Bestürzt sah ich, dass die Flasche leer war. Betty war immer noch beim ersten Glas.

Der ganze Jammer der Welt fasste mich an.

Was machte ich hier eigentlich? Spielte Detektiv, damit es mich aus meinem Alltagstrott und meiner Langeweile riss, rief Eltern nicht an, obwohl ihre Kinder in Gefahr schwebten, verletzt waren oder, schlimmer, nur um mein eigenes Seelenheil zu retten. Und nun saß ich hier mit einer Frau, die offenbar nicht in mich, sondern in einen anderen Mann verliebt war, und redete mir ein, sie sei hier, damit ich offiziell die Polizei hinzugezogen hatte. In Wirklichkeit wollte ich einfach in ihrer Nähe sein. Und nun zeigte sich, dass das alles Unsinn war. Es war eine Schimäre, der ich nachjagte und die mir nicht nur ständig entwischte, sondern mir auch noch eine lange Nase drehte.

Schwankend erhob ich mich. Mir schwindelte. Es kam mir vor, als hätte ich nie zuvor derart heftige Emotionen empfunden.

»Gregor, was …?«, sagte Betty, doch ich winkte ab und torkelte Richtung Tür.

Ich wollte alleine sein.

In diesem Moment knallte ihr Fensterladen gegen die Außenwand, sodass ich zusammenzuckte.

Kapitel 14

Bettys Zimmer befand sich am hinteren Ende des Erdgeschosses. Als ich es verließ, lag der Gang wie ein schummrig beleuchteter Tunnel vor mir.

Im Haus war es seltsam still, von den Schülern war nichts zu hören, aber draußen fegte ein Starkwind durch das Tal und über die Hütte hinweg, zerrte und zog am Dach, an den Türen, Wänden und Fensterläden. Ein Geräusch, das wie ein Wehklagen klang, ertönte, ich konnte es nicht orten. Es war, als heulte das Haus. Ich hatte in Bettys Zimmer jedes Zeitgefühl verloren. Das Licht im Gang flackerte.

Hatte Betty an ihn, den anderen, gedacht, während wir zusammen waren? Der Gedanke war mir unerträglich. Eifersucht. Das meinte man wohl damit. Jetzt wusste ich es auch. Es war etwas anderes, als darüber in einem Roman zu lesen.

Ich wischte mir kalten Schweiß von der Stirn und versuchte, mich in Bewegung zu setzen, aber die Beine versagten mir den Dienst, meine Knie zitterten, und mir schwindelte.

Mit einem Mal hatte ich den Eindruck, mit diesem Haus stimmte etwas nicht. Ich hatte die alten Schauerromane aus dem neunzehnten Jahrhundert immer gemocht – von Poe, E.T.A. Hoffmann oder Bram Stoker, mit ihren unheimlichen Abteien, Schlössern und Herrenhäusern. *Warum eigentlich?*

Der Gang vor mir wirkte verzerrt, als wären die rechten Winkel nicht mehr in Ordnung, sondern die Regeln der Geometrie außer Kraft gesetzt. Alles war schief, krumm und ganz und gar *ver-rückt*. Wie ein expressionistisches Bühnenbild. Unsicher tat ich einen Schritt vorwärts. Mein Mund war noch immer trocken. Am Ende des Ganges bewegte sich etwas. Ich konnte nicht sehen, was oder wer es war, es wirkte, als wäre ich stark kurzsichtig und würde versuchen, ohne Sehhilfe zu schauen.

Etwas kam auf mich zu.

Die Gestalt trug ein weißes Oberteil.

Ein Nachthemd? War das ein Geist?

Ich erstarrte und vergaß zu atmen. Mein Blut gefror.

Es gab keine Geister. Das wusste ich.

Ich wich zurück. Vorbei an Bettys Tür, bis ich mit dem Rücken gegen das Flurende stieß. Was immer es war, das da auf mich zukam, es kam näher, und ich konnte nirgends hin. Ich tastete nach Bettys Türklinke, verfehlte sie aber, und schon hatte mich etwas am Kragen meines Hemdes gepackt.

»Gregor!«, sagte eine weibliche Stimme. Sie war außer Atem, klang gepresst und angestrengt. So sprach kein Geist. Ich blinzelte mehrmals und versuchte, meinen Blick scharf zu stellen.

»Gregor, wir müssen etwas tun!«

Maria Götz stand vor mir. Sie trug eine Gymnastikhose und ein weißes Sweatshirt.

»Ich kann nicht schlafen«, sagte sie atemlos. »Hier stimmt etwas nicht. Hier stimmt etwas ganz und gar nicht!«

Ich versuchte, ihre Hände von meinem Kragen zu entfernen.

»Was meinst du?«, presste ich hervor.

»Was ich meine? Merkst du das denn nicht?«, fragte sie heiser. »Dieser Ort ist böse. Wir müssen hier weg!«

Hatte sie recht? Wäre es das Beste, einfach von hier zu verschwinden?

Sie blickte mich aus großen Augen an, und dann fiel mir auf, was an ihr anders war als sonst.

Sie blinzelte nicht.

Ich dachte an das literarische Motiv des Narren, der die Wahrheit sprach, oder des blinden Sehers wie Teiresias im *König Ödipus* oder auch Elias in *Moby Dick,* die alles vorhersahen. Kurz erschien das Bild von Queequeg vor mir, dem aus der alten Verfilmung, wie er in den Knochen, die er warf, Dinge sah, die ihn dazu brachten, sich seinen eigenen Sarg zu bauen.

Hatte Maria Götz unter ihrem närrischen Gebaren einen Instinkt für bestimmte Situationen, so etwas wie das Zweite Gesicht? Sah sie Dinge, die sonst niemand sah? Etwas, das mir beispielsweise völlig abging. Alles, was ich zustande brachte, geschah mittels einer Mischung aus falsch gezogenen Schlüssen und Zufall. So war es schon im Fall Menzel gewesen. Ich tappte nicht wie ein betrunkener Detektiv durch meine sogenannten Ermittlungen, ich *war* ein betrunkener Detektiv.

Ich ließ es auf einen Versuch ankommen. »Maria, weißt du, wo Lukas ist?«

Sie starrte mich an. »Nein.«

Schade, dachte ich.

»Aber Gregor, wir müssen die Schüler hier wegbringen«, flüsterte sie mit weit aufgerissenen Augen. »Hier sitzen wir in der Falle.«

Ich stellte mir vor, wie draußen vor dem Haus die Männer aus dem schwarzen Sportwagen herumschlichen, wer immer sie waren. Oder die Jugendlichen aus dem Dorf, auf Rache für den zerstörten Schuppen sinnend.

Ich musste mich zusammenreißen. Mein Gehirn begann wieder zu arbeiten.

»Maria, wir können die Schüler nicht mitten in der Nacht bei dem Wetter nach draußen schicken. Wo sollen wir denn hin? Wir wären stundenlang zu Fuß unterwegs. Wir bekommen jetzt keinen Bus und keine Elternkolonne, die hier hochfährt. Es gibt keine andere Möglichkeit. Wir müssen hierbleiben.«

Sie starrte mich weiter regungslos an, dann nickte sie. »Ja«, sagte sie. Mit immer noch weit geöffneten Augen ging sie ein paar Schritte rückwärts. »Ja«, sagte sie noch einmal. Sie drehte sich um und ging langsam, wie eine Schlafwandlerin, zurück in ihr Zimmer.

Ich atmete durch und machte mich auf den Weg nach oben.

Es gab da einen Mann in Berlin. Bettys Stimme im Ohr.

Meine Knie zitterten immer noch. Ich hielt mich mit einer Hand an einer Wand fest, stieß mich ab und ging mit vorsichtigen Schritten vorwärts, den immer noch wackelig und verzerrt wirkenden Gang entlang. Vielleicht war es einfach nur der Rotwein.

Irgendwann erreichte ich den Gemeinschaftsraum. Eine Tür öffnete sich hinter mir. Schritte. Flüstern. Eine Tür schlug zu. Ich drehte mich um. Nichts zu sehen. Wieder Stimmen.

Draußen hörte man ein Klopfen. Klopfte da jemand gegen die Eingangstür?

Wer war da draußen? Die Männer aus dem schwarzen Auto? Die Jugendlichen aus dem Dorf? Ich fühlte mich eingesperrt und hatte das Gefühl, immer schwerer atmen zu können.

Ich folgte dem Klopfen. Es kam aus dem Gemeinschaftsraum. Ich ging hinein. Ein Schlag gegen ein Fenster. War da jemand? Ich rieb mir die Augen.

Vor dem Fenster, auf dem Sims saß der Rabe von heute Morgen – ich erkannte den weißen Fleck – und starrte mich an. Mir schwindelte wieder. Derselbe stiere, leere und tote Blick. Daneben schlug ein Fensterladen auf und wieder zu. Ich ging durch den dunklen Raum zum Fenster und öffnete es. Der Vogel war weg. Die Nacht war pechschwarz. Wenn ein Meter weiter jemand gestanden hätte, ich hätte ihn nicht gesehen.

Meine Augen brannten.

Schritte auf dem Gang. Ich wankte zur Tür und spähte hinaus.

Eine Gestalt huschte aufs Mädchen-WC und verschwand darin.

Jemand kicherte leise, dann wurde wieder geflüstert.

Plötzlich spürte ich, dass jemand hinter mir im Gemeinschaftsraum war.

Meine Hand tastete nach dem Lichtschalter. Fand ihn nicht. Der Wind heulte.

Eine Nacht wie in *Macbeth*, dachte ich.

Die Nacht war stürmisch; wo wir schliefen, riss es den Schlot herab, und wie man sagt, erscholl ein Wimmern in der Luft, ein Todesstöhnen, ein Prophezei'n in fürchterlichem Laut.

Draußen klopfte es wieder. Waren das Schritte auf der Treppe, die zur Tür hoch führte?

Vielleicht gab es eine ganz einfache Erklärung für all das: Ich verlor schlicht den Verstand.

Der dunkle Vogel schrie die ganze Nacht. Man sagt, die Erde bebte fieberkrank.

Wie fühlte es sich an, wenn man verrückt wurde? Gab es einen Moment, in dem das geschah, oder war das ein schleichender Prozess?

Diese böse Nacht. Macht alles Vorige klein.

Schließlich wurde in *Macbeth* erzählt, wie eine Eule einen Falken jagte und Pferde sich gegenseitig auffraßen. Unheimlich. Unnatürlich. Grausiger wurde nie eine Nacht in der Literatur beschrieben. Und ich wusste auch nicht, ob ich je eine grausigere erlebt hatte. Merkte man selbst, wenn man irr wurde? Wusste ein Verrückter, dass er verrückt war?

Was geschah hier? Ergriff dieses unheimliche Haus Besitz von mir?

Horvath, reiß dich zusammen! Vielleicht klappert nur ein Fensterladen. Es gibt immer für alles eine rationale Erklärung.

Ich tastete immer noch nach dem Lichtschalter und erschrak zu Tode. Da saß jemand an einem der Tische im Gemeinschaftsraum. Im Dunkeln. Laut- und regungslos.

Meine Finger fanden endlich das Licht.

Es war Tatjana. Vor ihr ein Glas Wein. Ich atmete auf. Tatjana. Sie war keine Bedrohung.

Oder?

Der Lichtschein schien sie aus einer Parallelwelt zurückzuholen. Sie kniff die Augen zusammen. Mein Herz beruhigte sich ein wenig. Ich ging zum Wasserhahn, füllte mir ein großes Glas Wasser und trank es in einem Zug aus.

»Gregor«, sagte sie tonlos.

Mit steifen Schritten ging ich zu ihr und stützte mich auf eine Stuhllehne. »Ich glaube«, sagte sie, »ich habe einen Fehler gemacht. Einen riesigen, dummen und unumkehrbaren Fehler.«

Ich blickte sie gespannt an. Was meinte sie? Hatte sie etwas mit Lukas' Verschwinden zu tun? Kam jetzt das Geständnis?

»Was für einen Fehler?«

»Ich weiß nicht, was ich tun soll«, flüsterte sie.

»Sagen Sie es mir!«

Sie schloss die Augen und atmete tief ein und wieder aus. »Verdammt!«, stieß sie hervor und eilte aus dem Raum.

»Tatjana!« Ich rief ihr hinterher, doch es war sinnlos. Ich hörte ihre Schritte auf der Treppe, die nach oben führte.

Ein Zitat, das ich in meiner Studentenbude an die Zimmertür gepinnt hatte, fiel mir ein. War es von Charlie Brown? Oder F. Scott Fitzgerald? Vielleicht war es auch egal.

In der dunklen Nacht der Seele ist es immer drei Uhr morgens.

Genau genommen wusste ich auch gar nicht, was das eigentlich heißen sollte.

Kapitel 15

Ich schlug die Augen auf.

Der Raum, in dem ich mich befand, war eng und dunkel. Kein Lichtstrahl drang von außen herein. Meine Hände tasteten nach etwas, woran ich mich orientieren konnte.

Ich berührte Gegenstände, die ich nicht zuordnen konnte. Plötzlich roch ich Rauch. Ich sah kein Feuer, spürte aber, wie der Rauch dicker und beißender wurde. Meine Augen tränten. Ich musste husten. Ich hielt mir den Arm vor Mund und Nase und tastete mit der anderen weiter, während ich vorwärtsstolperte. Es fiel mir immer schwerer zu atmen. Meine Hand erreichte eine Wand. Da war eine Klinke. Ich betätigte sie, doch die Tür war verschlossen. Ich klopfte mit beiden Fäusten dagegen. Ich bekam keine Luft mehr. Den letzten Rest Sauerstoff schrie ich in die qualmende Dunkelheit, während meine Fäuste immer weiter klopften.

»Herr Horvath!«

Ich hörte meine Schreie und das Klopfen gegen die Tür.

»Herr Horvath!«

Langsam glitt ich zurück in die Wirklichkeit. Ich lag in meinem Bett in einer Hütte im Schwarzwald. Klassenfahrt. Gestern war ein Schüler verschwunden. Mein Kopf dröhnte, mein Mund war trocken. Und jetzt klopfte jemand gegen meine Zimmertür.

»Herr Horvath, kommen Sie! Leila ist weg!«

Tag 3

Kapitel 16

Get ready for the future: It is murder.
Leonard Cohens Worte hallten in meinem Kopf wider, als ich im Pyjama meine Zimmertür aufriss.

»Was heißt das, *weg*?« Ich blickte in die alarmierten Gesichter von Emma und Sophia.

»Wir sind gemeinsam schlafen gegangen, und heute Morgen war sie weg.«

»Habt ihr überall geschaut?« Panik stieg in mir hoch. Das durfte nicht sein.

Ich rannte zur Mädchendusche, riss die Tür auf und sah es fast schon vor mir: Leila blutend auf dem Fliesenboden, spitze Schreie … Ich verlor die Kontrolle. *Reiß dich zusammen, Horvath!* Ich schloss die Augen und taumelte rückwärts. Nichts.

Leila war verschwunden.

Und da waren's nur noch … Wie in dem alten Abzählreim wurden wir immer weniger. Nicht noch ein Schüler. Was war denn hier los?

Ich stellte mir vor, wie wir ohne die beiden Schüler zurückkehrten und zugeben mussten, dass wir vierundzwanzig Stunden lang so gut wie nichts unternommen hatten, nachdem der erste verschwunden war. Mein Albtraum, aus dem ich eben erwacht war, wurde durch einen anderen ersetzt.

Kurz hoffte ich, noch zu schlafen und gleich in meiner Wohnung aufzuwachen, froh, dass das alles nur ein Traum gewesen war.

Betty kam mir entgegen. »Hab schon alles gehört. Ich soll dir von Maria Götz ausrichten, sie kann nicht aufstehen. Sie liegt in Embryonalhaltung in ihrem Bett und redet wirres Zeug.«

Ich atmete tief ein und wieder aus und schloss die Augen. Ich musste jetzt ruhig bleiben. *Methode und Ordnung.* Aber es ging nicht. Es war, würde mir der Boden unter den Füßen weggezogen. Und ich fiel.

»Wir finden sie«, sagte Betty leise, ganz nah an meinem Ohr.

Ich legte den Kopf auf ihre Schulter, die Augen noch geschlossen. »Wie denn?«, fragte ich Betty flüsternd.

»Ein Schritt nach dem anderen.« Betty nahm mich kurz in den Arm, dann wandte sie sich an Emma und Sophia. »Wann habt ihr Leila zuletzt gesehen?«

»Gestern Abend beim Essen«, sagte Emma nach kurzem Überlegen. »Danach noch mal kurz auf dem Gang.«

»Wo habt ihr den Abend verbracht?«

»Bis etwa halb neun im Gemeinschaftsraum«, antwortete Sophia, »dann sind wir in unser Zimmer, haben noch geredet und gelesen. Wir wollten unsere Ruhe. Um etwa zehn haben wir geschlafen.«

Das passte zu den beiden, dachte ich.

»Wann habt ihr Leila auf dem Gang gesehen?« Betty fragte

klar und präzise, und ich spürte, wie ihr systematisches Vorgehen mich beruhigte und wieder klarer denken ließ.

»Ich bin ihr auf dem Weg zum Klo begegnet, vielleicht so gegen neun.«

»Ist dir etwas aufgefallen?«

Emma dachte nach. »Nein«, sagte sie gedehnt und schüttelte nachdenklich den Kopf, »obwohl, ich glaube, sie hatte ihre Jacke an.«

Das konnte alles Mögliche heißen.

»Ihr habt euch nicht gewundert, dass ihr Leila den ganzen Abend nicht gesehen habt?«, fragte ich, obwohl ich die Antwort ahnte.

Sie lautete: »Nein. Wir dachten, sie wäre sicher noch in einem anderen Zimmer oder bei den Jungs. Heute Morgen war ihr Bett unberührt.«

Betty ließ sie gehen.

»Okay«, sagte sie leise zu mir. »Wir geben den Schülern jetzt noch eine Chance zu sagen, was sie wissen. Dann machen wir einen Rundgang draußen. Und wenn das nichts hilft, rufen wir die Kavallerie.«

Ich sah Betty dankbar an. Das klang gut.

»Was ist mit den Rockern?«, fragte ich. »Interessieren die dich gar nicht?«

Betty sah mich ernst an. »Doch. Aber ich finde auch das Verhalten einiger Schüler sehr auffällig. Angenommen, Lukas hätte bei den Bikern etwas gesehen, was er nicht sehen sollte, und Leila auch, wieso verhält sich dann Neno so seltsam?«

Ich wusste es nicht. »Meinst du, die haben wirklich ein Problem mit ihren Motorrädern?«

»Wir behalten die Rocker auf jeden Fall im Auge, in Ordnung? Bei denen müssen wir vorsichtig sein, auch wenn sie vermutlich nichts mit dem Verschwinden der Schüler zu tun haben.«

»Wieso?«, fragte ich.

»Ist so ein Gefühl.«

Kurze Zeit später saßen alle im Gemeinschaftsraum. Die Schüler waren deutlich unruhiger als tags zuvor. Hatten sie bisher vielleicht geglaubt, das, was mit Lukas geschehen war, was auch immer es war, hatte nur indirekt mit ihnen zu tun, so war durch das neuerliche Verschwinden einer der ihren jetzt ein Gefühl der unmittelbaren Bedrohung hinzugekommen. Als könnte jeder von ihnen die oder der Nächste sein.

Betty übernahm das Reden. »Hört zu. Ihr habt es sicher mitbekommen, Leila ist weg. Weiß irgendjemand irgendetwas darüber? Wann habt ihr sie zuletzt gesehen?«

Sie sahen einander ratlos an und zuckten die Achseln. Es stellte sich heraus, dass offenbar niemand Leila nach dem Abendessen noch gesehen hatte. Das hieß, sie war nach dem Essen aus dem Gemeinschaftsraum gegangen, war dann von Emma um neun Uhr noch mit Jacke beobachtet worden und seither von niemandem mehr.

»Wer von euch etwas weiß«, fuhr Betty fort, »über Lukas oder Leila, aber nichts sagt, macht sich strafbar. Das ist eure letzte Chance. Ich habe keine Lust mehr auf Lügen oder Halbwahrheiten. Wer nicht vor allen sprechen möchte, kann in fünf Minuten in mein Zimmer kommen.« Sie sah ernst in die Runde.

Die Schüler schwiegen betreten. In einigen Gesichtern konnte man echte Sorge, in manchen sogar Furcht sehen.

»Gut«, sagte Betty nach einer Weile, »ihr frühstückt jetzt erst einmal. Ihr wisst, wo ihr mich finden könnt.«

Wir wandten uns um.

»Herr Horvath, wir wollen heim«, rief eine Schülerin, und ich blieb stehen. »Wir haben Angst.«

Ich sah Betty Hilfe suchend an. Sie berührte leicht meine Schulter, dann wandte sie sich zu den Schülern um: »Wir suchen nach dem Frühstück noch einmal die Gegend ab, schauen, ob sich nicht doch jemand von euch an etwas erinnert, und wenn das alles nichts bringt, dann holen wir Hilfe.«

»Alles wird gut«, sagte ich, ohne es zu meinen. »Euch wird nichts passieren.«

»Versprechen Sie's?«

Heikel, dachte ich. Wer seinen Dürrenmatt kennt, weiß, dass ein solches Versprechen arg nach hinten losgehen kann.

»Ja«, sagte ich.

Was auch sonst?

Die Schüler murmelten diffus durcheinander. Ich blickte zweifelnd zum Fenster hinaus.

Draußen versuchte sich das Tageslicht gegen Wolken und Regen durchzusetzen, aber es blieb grau und düster.

Im Hinausgehen drehte ich mich um und sah, dass Isa, Miras Freundin, uns folgte.

Zögerlich betrat sie mit uns gemeinsam Bettys Zimmer. Wir sahen sie erwartungsvoll an.

»Also, ich wollte nur sagen, dass ich Leila und Lukas in letzter Zeit öfter miteinander gesehen habe.«

»Was heißt das genau?«, fragte Betty.

»Na, die haben immer wieder miteinander geredet. Ziemlich aufgebracht.«

Betty und ich sahen uns an.

»Und was glaubst du, was die zu bereden hatten?«, fragte ich Isa.

Ich meinte zu ahnen, was jetzt kommen würde.

»Keine Ahnung«, sagte Isa und zuckte die Schultern.

Na also.

»Hast du Mira davon etwas erzählt?«, fragte Betty.

Isa nickte. »Ja, hab ich mal.«

»Und wie hat sie reagiert?«

»Keine Ahnung, so egal eher.«

»Gut, danke, Isa«, sagte ich. »Wir kommen nachher noch mal zu euch.«

»Was meinst du?«, fragte ich Betty, nachdem sie gegangen war.

»Lukas ist schon ein Womanizer, oder?«

»Ja, er hat durchaus Schlag bei den Mädchen. Warum fragst du? Meinst du, es geht hier um Eifersucht? Dass er Mira nicht getroffen hat, weil er mit Leila unterwegs war?

Das scheint mir doch eher ...« Ich hielt inne. Mir fiel ein, wie Amir von Miras schlechter Laune gesprochen hatte, als sie von draußen zurückgekommen war. Hatte sie nicht nur vergeblich auf Lukas gewartet, sondern noch Lukas und Leila zusammen erwischt? Ich schüttelte den Kopf. Das war alles zu absurd. Meine Fantasie galoppierte schon wieder ziellos über die Prärie.

»Wenn Mira wirklich etwas mit alldem zu tun hat, finden wir das schnell raus«, sagte Betty.

Tatjana und Dirk kamen die Treppe herunter.

»Noch jemand verschwunden?«, fragte Tatjana. »Haben die Schüler erzählt.«

Ich nickte. »Leila, das Mädchen mit den langen schwarzen Haaren.«

»Die Hübsche?«

»Sie haben nicht zufällig etwas mitbekommen?«

»Sorry.« Dirk machte Anstalten, in den Gemeinschaftsraum zu gehen. »Ich hol mir einen Kaffee und mach mal weiter. Ich hoffe, wir werden heute fertig und können von hier verschwinden. Nicht dass uns auch noch was passiert.« Bei seinen letzten Worten zwinkerte er mir mit einem Auge zu, eine Angewohnheit mancher Männer, einschließlich meines Bruders Martin, deren Zweck sich mir noch nie erschlossen hat.

»Ich seh mal nach David«, sagte Tatjana und ging zu seinem Zimmer.

Keine Schmerztabletten mehr, wollte ich rufen, stellte aber

in diesem Moment peinlich berührt fest, dass ich immer noch meinen Pyjama trug.

Ich ging in mein Zimmer, zog mich an und machte mich auf den Weg nach draußen. Vorher wollte ich noch kurz bei Maria Götz vorbeischauen. Ich klopfte an ihre Zimmertür.

»Ja«, hörte man ihre schwache Stimme von drinnen.

Ich drückte die Klinke nach unten, öffnete die Tür einen Spalt und spähte hinein.

Im Zimmer war es dunkel, schemenhaft konnte ich erkennen, dass Maria Götz zusammengekrümmt auf ihrem Bett lag und das Gesicht in den Händen vergraben hatte.

»Maria, wie geht es dir?«, rief ich hinein.

»Gregor«, sagte sie leise, »es ist alles so furchtbar. Ich hab's gehört. Jetzt auch noch Leila. Gestern Lukas. Jetzt Leila.« Sie sprach in einem monoton leiernden Singsang, als wäre sie in einer Art Trance. »Wir sind gefangen, Gregor. In einem Albtraum, aus dem es kein Erwachen gibt. Und wenn wir je erwachen, dann nur, um festzustellen, dass wir gar nicht geträumt haben, Gregor. Weißt du das? Dieser Albtraum ist unsere Realität. Es ist so schrecklich. Vielleicht sind wir schon tot, und das hier ist die Hölle.«

Mich schauderte. Es gab hier nichts, was ich tun konnte. Während sie weitersprach, schloss ich leise die Tür und ging noch kurz nach oben, um nach David zu sehen.

Tatjana beendete gerade ihre Untersuchung von Davids Bein.

»Hallo, Herr Horvath!« David winkte mir zu, als würde er auf einem Ausflugsdampfer an mir vorbeifahren.

»Haben Sie ihm noch etwas gegeben?«, fragte ich Tatjana.

»Er wollte unbedingt. Er hat über starke Schmerzen geklagt.«

Ich seufzte. Natürlich hatte er das. Ich beließ es dabei. Es gab Dringlicheres. Schulrechtlich war das am Ende wohl mein geringstes Problem. Und so fragte er wenigstens nicht mehr nach seinem Vater.

»Wir suchen noch einmal die Gegend ab«, sagte ich zu Tatjana auf dem Weg nach unten. »Kommen Sie mit?«

»Ich glaube, ich helfe Dirk. Wir wollen heute wirklich los.«

Ich nickte und ging nach draußen.

Betty war schon da, ebenso einige Schüler. Die anderen folgten nach und nach. Ich blickte in den Schuppen und sah Dirk darin an seinem Motorrad hantieren.

Betty und ich entfernten uns ein paar Meter von der Gruppe.

»Betty, ich fürchte, das Ganze ist eine Nummer zu groß. Ich wünschte, wir hätten früher Hilfe geholt.«

Betty ergriff meinen Kragen und zog mich sanft ein Stück beiseite, ihr Gesicht so nah an meinem, dass ich ihren Atem spürte. »Gregor Horvath. Erstens: Nichts bereuen. Niemals. Das bringt nichts. Zweitens: Wir machen das jetzt so wie heute Morgen besprochen. Wir haben gar keine Wahl. Und ich brauche dich.«

Wie ein Echo klang der letzte Satz in meinen Ohren. *Ich brauche dich.* Nicht den Mann aus Berlin. Mich.

Ich nickte. »Gut.«

Sie ließ mich los.

Wieder deutlich zuversichtlicher und wacher bestimmte ich eine Gruppe Schüler, die mir Richtung Wäldchen und den Weg entlang Richtung Straße folgen sollte.

Betty ging mit einer anderen Gruppe zum Handyhügel, dann auf der anderen Seite des Hauses zu der kleinen Hütte am Feldweg.

Kapitel 17

Amir, Max und Neno waren ein Stück vorausgelaufen, und ich schloss zu ihnen auf.

»Och, Herr Horvath«, jammerte Max, »jetzt auch noch Leila. Was ist denn das für eine Scheiße?«

»Max, ich weiß es nicht, aber wir werden es herausfinden.«

Ich wollte die Gelegenheit nutzen, um die neueste Möglichkeit auszuschließen, die sich durch Isas Information heute Morgen ergeben hatte, nämlich ein mögliches Eifersuchtsdrama zwischen Mira, Lukas und Leila.

»Wo wart ihr denn gestern Abend?«, fragte ich.

»Gemeinschaftsraum«, sagte Amir, »haben noch mal Theater gespielt.«

»Tatsächlich?« Ich war direkt stolz auf meine Schüler. Bekamen sie also trotz zweier unpässlicher Lehrer etwas pädagogisch Gehaltvolles hin.

»Erst fanden wir das irgendwie blöd und unpassend und so«, sagte Max, »aber dann hat Isa angefangen, mit mir zu streiten, so als wär sie meine Freundin und so, und Alter, dann ging es irgendwie los, und dann haben ganz viele mitgemacht.«

»Sogar Dirk und Tatjana«, bestätigte Amir.

»Alter, das war so witzig«, sagte Max, »wie Dirk diesen Mafiatypen gespielt hat.«

Die Rocker waren also auch mit von der Partie gewesen. Offenbar waren alle im Gemeinschaftsraum gewesen außer den Lehrern, Betty und Leila.

»Wie lang ging das Theater?«

»Boah, keine Ahnung, so vielleicht …«

»Bis um neun«, sagte Neno mürrisch, der bisher schweigend neben uns hergelaufen war.

»Und was habt ihr danach gemacht?«

»Waren bei den Mädchen oben, bei Mira, Krissi, Isa und so.«

»Und Mira? War die die ganze Zeit im Zimmer?«

»Ja, klar«, sagte Max. »Die war ein wenig überdreht, fand ich, als hätte sie was getrunken oder so.«

»Sie war nicht zwischendurch mal draußen für längere Zeit?«

»Vielleicht mal auf dem Klo oder so, aber wieso wollen Sie das denn wissen?«, fragte Max.

Wir waren mittlerweile auf Höhe des Wäldchens angekommen, als ich beim Feldweg glaubte, eine Bewegung gesehen zu haben. Da lief jemand.

»Hey«, rief ich und rannte zu dem Weg, auf dem wir vorgestern angekommen waren. Sah ich schon wieder Menschen, die am Ende nicht da waren? Als ich oben ankam, war nichts zu sehen. Ich rannte den Feldweg entlang Richtung Parkplatz, an dem uns der Busfahrer herausgelassen hatte. Ich war ganz sicher, dass da jemand gewesen war.

Nach einer Weile erreichte ich das Gartengrundstück mit der zerstörten Hütte. Sie sah wirklich schlimm aus. Die Fenster waren eingeworfen, die Tür hing aus der Angel. Eine Bank lag umgeschmissen im Gemüsebeet. In der Vorderseite der Hütte klaffte ein Loch, wie auch immer die Täter das da hineinbekommen hatten. Ich ging in die Hütte, um das Ausmaß der Zerstörung zu betrachten. Drinnen lag alles durcheinander, auf den ersten Blick erkannte ich Gartenwerkzeuge, einen Tisch, Geschirr, einen Grill. Ich trat wieder heraus und erstarrte.

Direkt vor dem Eingang stand jemand.

»Schöne Bescherung, was?«, sagte der Bauer. Etwas seitlich hinter ihm stand wieder sein Sohn.

»Ja«, bestätigte ich, unsicher, was ich noch sagen sollte, was nicht schon gesagt worden war.

Der Sohn flüsterte seinem Vater etwas ins Ohr, der lauschte, ohne den Blick von mir zu nehmen.

»Die Welt«, sagte der Bauer dann, »wird nicht von denen bedroht, die böse sind, sondern von denen, die das Böse zulassen.«

Ich sah ihn verblüfft an. Was sollte das denn jetzt?

»Albert Einstein«, fügte er hinzu. Um seine Augen blitzte etwas, was man früher Schalk genannt hätte, der Rest seines Gesichts blieb vollkommen ausdruckslos.

»Aus den Trümmern unserer Verzweiflung bauen wir unseren Charakter«, versuchte ich zu parieren. Und fügte ein halbherziges »Ralph Waldo Emerson« hinzu.

Wieder flüsterte sein Sohn ihm für mich unhörbar etwas ins Ohr.

»Zwei Dinge sind unendlich«, sagte der Bauer, »das Universum und die menschliche Dummheit, aber bei dem Universum bin ich mir noch nicht ganz sicher. Noch mal Einstein.«

Der Sohn fügte noch etwas hinzu. »Ist aber Zufall«, ergänzte der Vater.

Ich war ratlos, was genau hier gespielt wurde, beschloss aber mitzuspielen. Wir mochten auf ihrer Scholle stehen, doch diese Art von Disput war mein geistiges Terrain. Überraschenderweise allerdings auch das des Bauernsohns.

»Intelligenz ist die Fähigkeit, seine Umgebung zu akzeptieren. Faulkner«, erwiderte ich.

»Wissen Sie«, sagte der Bauer und wies mit dem Kopf nach schräg hinten, »von mir aus hätte er auch auf die Hauptschule gehen können. Heißt das überhaupt noch so?«

»Nein, das sagt man so nicht mehr.«

»Aber meine Frau und seine Grundschullehrerin haben gemeint, er muss aufs Gymnasium«, fuhr er ungerührt fort. Er zuckte die Schultern. »Na ja, er liest halt viel. Und kann sich alles merken.«

Ich nickte. Asperger-Syndrom gepaart mit Hochbegabung. War mir durchaus geläufig.

»Interessiert er sich für Vulkane und das Weltall?«, fragte ich.

Er nickte. »Dinosaurier auch noch.«

Jetzt nickte ich. Ja, Dinosaurier waren auch beliebt.

»Und jetzt?«, fragte ich.

»Ich vertraue auf Sie, dass Sie, Ihre Schule, Ihre Schüler oder irgendjemand für den Schaden hier aufkommen.«

Ich streckte ihm die Hand hin. »Sie können sich auf mich verlassen.«

Er rührte sich nicht, und ich wollte meine Hand schon zurückziehen, als er sie doch noch ergriff.

»Eine Frage noch«, sagte ich. »Vorletzte Nacht ist einer unserer Schüler verschwunden und nicht wieder aufgetaucht. Ich glaube, er war bei der Gruppe, die hier auf Ihren Sohn und seine Freunde getroffen ist.«

Ich richtete mich direkt an den Sohn selbst. »Es waren fünf Schüler, richtig?«

Der Sohn soufflierte, der Vater sagte: »Ja.«

»Kannst du versuchen, sie etwas genauer als gestern zu beschreiben?«, fragte ich den Sohn.

Der Sohn flüsterte, der Vater übersetzte: »Der mit der großen Klappe und dem weißen, großen Anorak.«

Korbinian.

»Zwei kleinere, aggressive, einer mit mordsmäßig Akne, einer, der aussieht wie ein Nagetier.«

Jako und Marlon.

»Zwei ruhigere, beide mit …«, er beugte sich zu seinem Sohn, der das Wort wiederholen musste, »… Undercut, Sie werden wissen, was das ist, Scheitel, der eine schwarze Haare, der andere hellbraun.«

Die Beschreibung traf theoretisch auf viele Schüler aus der Klasse zu, aber ich war sicher, dass hier von Neno und Lukas die Rede war, Neno hatte ja bereits zugegeben, dabei gewesen zu sein.

»Und waren alle an dem Streit beteiligt?«, fragte ich.

»Nein, nur die drei Ersten. Der mit den braunen Haaren war plötzlich weg. Nach einer Weile ist der andere auch gegangen.«

»Nicht gleichzeitig?«

»Nein. Und vor allem auch nicht in dieselbe Richtung.«

»Nein? Sondern?«

»Der mit den schwarzen Haaren dahin.« Er zeigte den Weg hinunter Richtung Haus.

»Der mit den braunen dahin.« Er zeigte Richtung Straße.

Was hatte Lukas an der Landstraße gewollt? Wieso ging er nicht zurück Richtung Haus, zur Bank, wo Mira auf ihn wartete? Und wieso erfuhr ich das nicht von meinen Schülern? Und wieso erst heute von dem Bauernsohn? Wahrscheinlich, weil ich nicht genau genug gefragt hatte. Diese Information hätte ich schon gestern bekommen können. Glückwunsch, Horvath, dachte ich. Prima Ermittlungsarbeit.

»Und ... also ...« Mir fehlten hier ein wenig die Worte. »Es ist dann noch eine Schülerin verschwunden. Gestern. Weiß Ihr Sohn vielleicht etwas darüber?«

»Fragen Sie ihn selber«, sagte der Bauer.

Ich wiederholte die Frage und sah dabei den Sohn an.

Er beugte sich zum Vater und schüttelte den Kopf.

»Nein«, sagte der Vater und sah mich an. »Zwei Schüler verschwunden, was?«

Ich nickte.

»In Ihrer Haut möcht ich nicht stecken«, sagte er.

»Ich auch nicht«, sagte ich.

»Der Schwarzwald gibt«, sagte er, »aber er nimmt auch.«

Ich starrte ihn an in der Hoffnung, dass er noch etwas ergänzte, was mir weiterhalf.

»Fertig?«, fragte der Bauer stattdessen.

Ich bejahte verwirrt, er nickte mir kaum merklich zu, und die beiden drehten sich beinahe synchron um und begannen mit den Aufräumarbeiten.

»Eine Sache noch?«, sagte ich.

Die beiden hielten inne und sahen mich an.

»Ist Ihnen hier oben gestern oder heute noch jemand begegnet?«

Die Gesichter und Gestalten, die ich hier immer wieder zu sehen glaubte, ließen mir keine Ruhe.

Der Bauer nickte. »Hier schleicht jemand rum. Mehr weiß ich auch nicht.«

»Herr Horvath?«, hörte ich aus der Ferne meinen Namen rufen, und ich eilte zurück zu meinen Schülern.

Kapitel 18

Beim Wald traf ich auf meine Schülergruppe.

»Und?«, fragte ich.

Keine Spur von Leila. Ich nahm Max, Amir und Neno beiseite. Kurzerhand hatte ich beschlossen, mir nicht gleich Neno vorzunehmen, der sowieso nur weiter herumdrucksen würde, sondern das Ganze von der anderen Seite anzugehen. *Hier schleicht jemand rum*, hatte der Mann gesagt. Und dann Lukas, der sich von der Gruppe entfernt, aber nicht zu Mira geht, die auf ihn wartet, sondern in die andere Richtung. Gab es da einen Zusammenhang?

»Hört mal, noch ein paar Fragen.«

»Fragen Sie nur, Herr Horvath, fragen Sie«, sagte Max grinsend.

»Habt ihr etwas davon mitbekommen, dass Lukas in letzter Zeit öfter mit Leila gesprochen hat?«

Sie zuckten die Schultern.

»Keine Ahnung.«

»Nö.«

Ich schloss für einen Moment die Augen. »Sagt mal, habt ihr eine Ahnung, wer sich außer uns, Tatjana und Dirk hier aufhalten könnte? Zum Beispiel vier Gestalten in einem schwarzen Auto?«

»Was für Gestalten?«, fragte Amir.

»Ich weiß nicht, wer, irgendjemand.«

»Könnten das die Wichser aus der A sein?«, fragte Max leise in die Runde. »So doof, wie die sind, ist da sicher schon einer achtzehn, oder?«

»Habibi, die finden doch nicht mal ihren eigenen Arsch«, sagte Amir, »wie sollen die denn hier hochfinden?«

»Moment mal«, fragte ich, »was heißt das? Was könnten die hier wollen?«

Max winkte ab. »Ach, wir haben da so unsere Probleme mit denen.«

»Genauer!«

»Das geht schon seit Jahren«, sagte Amir. »Ist ein wenig eskaliert in letzter Zeit.«

Max und Amir grinsten gespielt verlegen.

Abermals ignorierte ich die grammatische Fehlleistung.

»Ihr wart das?«, fragte ich, denn natürlich hatte ich das mitbekommen. Dreißigtausend Euro Sachschaden, einige Schüler der A-Klasse waren hart bestraft worden.

»Das ist aber nicht strafbar, oder?«, rief er. »Sagen Sie es bloß nicht Ihrer Freundin.«

»Welcher Freundin?«, fragte ich entrüstet.

»Na, der Polizistin.«

»Sie ist nicht meine Freundin, wie kommst du denn darauf?«

Max und Amir grinsten wieder, selbst in Nenos Gesicht zeigte sich mal wieder etwas anderes als Anspannung.

»Na ja, das sieht doch jeder, dass da …«

»Genug davon!« Ich wollte das nicht hören, obwohl es mir natürlich auch gefiel. »Zurück zum Thema. Wissen die A-Schüler, dass ihr es wart?«

Das war allerdings fast schon ein Motiv für einen Racheanschlag.

»Sie können sich's denken«, sagte Max. »Haben aber keine Beweise.«

»Max, du kannst doch die Klappe nicht halten«, sagte Amir. »Bist du sicher, dass du es nicht einmal rausposaunt hast? Im Bus oder so.«

»What? Ich doch nicht, Digger«, empörte sich Max. »Glaub ich zumindest.«

Amir blickte mich an. »Er hat, jede Wette.«

»Das heißt, sie wissen es«, sagte ich.

Max sackte richtiggehend in sich zusammen.

»Max, du bist so ein Lauch«, sagte Neno.

»Kann das sein, dass das schwarze Auto irgendwie mit der Parallelklasse zu tun hat?«, dachte ich laut. »Haben die ein paar große Brüder oder Cousins hier hochgeschickt? Gibt es da Schüler aus dem Nahen Osten in der Klasse?«

»Da gibt es schon so ein paar Chabos drin, wo kommen die noch mal her? Litauen, oder?«

»Er meint Libanon«, sagte Amir mit nachsichtigem Lächeln.

»Dann haben die A-Wichser Lukas und Leila entführt, oder was?«, fragte Max.

»Aber wieso gerade Leila?«, fragte Amir.

»Kann doch sein, oder?«, sagte Neno. Wir sahen ihn überrascht an. Irgendetwas tut sich hier gerade, dachte ich und spürte das Adrenalin in meine Adern zurückkehren. Die Müdigkeit und Frustration des Morgens wichen der Hoffnung, die Schüler tatsächlich doch noch selbst zu finden oder zumindest herauszufinden, wo sie waren. Ich brauchte Betty.

»Los, kommt!«

Wir gingen zurück zum Haus.

»Ich hab meine Eltern erreicht!«, rief Korbinian triumphierend, als wir auf die Gruppe trafen, die bereits vor dem Haus auf uns wartete. »Mein Vater wird dafür sorgen, dass wir hier bald rauskommen.« Er sah mich an. »Und dann werden alle erfahren, dass Sie nichts unternommen haben, um uns zu schützen.«

Auch wenn er vielleicht gar nicht so unrecht hatte, durchströmte mich heißer Zorn, doch ich schwieg.

Ich suchte Betty und sah, dass Dirk gerade im Begriff war, den Handyhügel hinabzusteigen. Was hatte der da oben gemacht? Oder besser: Wen hatte er angerufen? Denn einen anderen Grund, dort hinaufzusteigen, konnte ich mir nicht vorstellen. Er hatte sicherlich nicht die schöne Aussicht genossen. Tatjana war nirgends zu sehen.

Betty kam auf mich zu, sie hatte auch keine Spur von Leila gefunden. Ich zog sie beiseite und berichtete ihr, was ich gerade erfahren hatte.

Währenddessen betraten die Schüler nach und nach wieder das Haus.

Mira war eine der Letzten, und wir riefen sie zu uns.

»Mira, hast du etwas davon mitbekommen, dass Lukas und Leila in letzter Zeit öfter miteinander gesprochen haben?«, fragte Betty.

Mira sah irritiert von mir zu Betty. »Äh, ja, schon.«

»Und weißt du, worum es da ging?«

»Ja, also nicht so richtig.«

»Was hat Lukas denn dazu gesagt?«

»Ja, also, nichts so richtig. Er ist immer ausgewichen.«

»Und warst du nicht misstrauisch?«

»Doch, schon irgendwie, aber nicht so richtig.«

»Du denkst also nicht, dass Leila und Lukas etwas miteinander haben könnten?«

Sie sah uns groß an. »Luki? Das glaube ich nicht.«

»Wieso nicht? Leila sieht gut aus, Lukas auch ...«

»Ja, schon, aber die haben ja auch immer gestritten, das ...«

Plötzlich sah sie uns an wie jemand, dem gerade ein Licht aufgeht.

»Sie denken doch nicht, dass, also ich, Leila aus Eifersucht ...?«

Sie sah uns mit ihren großen Rehaugen an. Wenn sie keine grandiose Schauspielerin war, dann war das, was wir hier sahen, echt. Sie fiel tatsächlich aus allen Wolken und hatte auch die ganze Zeit arglos und vollkommen unbedarft gewirkt.

Aus dem Inneren des Hauses drangen tumultartige Geräusche. Ich stürzte die Treppe hoch, betrat den Gang und sah im Gemeinschaftsraum Amir und Marlon kämpfend am Boden, verbal unterstützt von ihren jeweiligen Freunden.

Ich zog sie auseinander.

»Was ist los?«, fragte ich Amir.

»Der Arsch hat Leila beleidigt. Meinte *eine weniger* oder so. Damit wollte er sagen, eine Ausländerin, Migrantin oder so, er hat noch ein Wort benutzt, das möchte ich nicht wiederholen.«

»Es ging um ihre Religion«, sagte Max.

»Kam das schon öfter vor?«, fragte Betty.

»Ja, dauernd. Der bringt ständig so AfD-Sprüche«, sagte Amir. »Auch gegen mich. Mir macht das ja nichts aus. Aber wenn es gegen Mädchen geht, raste ich aus.«

»Dem sein Alter ist in der AfD, von dem hat er das wahrscheinlich«, sagte Max.

Dem sein? wollte ich empört nachhaken, ließ es aber.

Die Korbinian-Clique. War das doch wieder ein Motiv? Hass gegen Ausländer?

Aber was hatte Lukas dann damit zu tun? Dennoch war es beinahe faszinierend, wie sich unsere Gesellschaft hier in dieser Hütte in Mikroform abbildete. Hier gab es alles. Liebe, Eifersucht, Intrigen, Rassismus, Politik. Eine Beobachtung allerdings, die mich kein Stück weiterbrachte.

Kapitel 19

Betty und ich gingen noch einmal vors Haus, um uns zu besprechen. Nass waren wir ohnehin schon, und hier hatten wir wenigstens unsere Ruhe. Zuvor hatte ich Maria Götz davon überzeugen können, aufzustehen und die Schüler zumindest ansatzweise zu beaufsichtigen.

Das Wetter schien sich noch einmal verschlechtert zu haben, es wurde immer dunkler und windiger.

Wir hörten Dirk in dem kleinen Schuppen an den Motorrädern hantieren. Betty bedeutete mir, ihr zu folgen, und ging hin. Er drehte uns den Rücken zu. Auf dem Boden lagen Einzelteile, deren Bedeutung sich mir nicht erschloss.

»Und, geht's voran?«, fragte Betty.

Er zuckte zusammen, drehte sich um und erhob sich langsam. »Mir fehlen ein paar Teile, aber irgendwie wird es gehen.«

»Ich könnte Sie morgen in eine Werkstatt fahren«, bot Betty an und trat einen Schritt näher. Dirk stellte sich linkisch in den Eingang und versperrte ihr dadurch den Weg. War das Absicht? Kurz fiel mir die schwarze Tasche wieder ein, die Dirk gestern aus der Hütte in den Schuppen getragen hatte, die ich aber in der Hütte nirgends hatte entdecken können.

Auf Bettys Angebot mit der Werkstatt ging er nicht ein. Lauernd blieb er an derselben Stelle stehen.

»Was fehlt ihr denn?«, fragte Betty.

»Kennen Sie sich aus?«

»Ich fahre einen Mercedes Strich 8, das macht man nicht nur zum Vergnügen«, sagte Betty.

Dirk pfiff durch die Zähne.

Betty nickte ihm zu, drehte sich zu mir um. »Komm, wir gehen ins Haus.«

Ich hätte gedacht, sie würde Dirk nun etwas härter anfassen, aber wieder blieb sie beim Small Talk. Es war, als würde sie vorsätzlich jede kritische Frage an die Rocker vermeiden. Schon die ganze Zeit hatte ich das Gefühl, sie wusste mehr über die beiden, als sie mir sagte, und wieder fragte ich mich, wieso sie nicht mit mir darüber sprach.

Neno und Mira standen auf der Veranda und sahen uns an. »Wir müssen Ihnen was sagen.«

Endlich, dachte ich. Endlich kam alles ans Licht. Wurde auch Zeit.

»Lukas hat«, begann Neno, »also, letzte Woche in Freiburg im *Agar* hat er jemanden kennengelernt. Also ein Mädchen. Hier aus Neustadt. Er hat sich mit ihr verabredet. Sie wollte ihn da vorne abholen.« Er zeigte Richtung Straße.

Wir starrten ihn an. Seit eineinhalb Tagen suchten wir nach Lukas, den wir mittlerweile mehr tot als lebendig wähnten, und jetzt erfuhren wir so etwas? Ich spürte eine Welle des Zorns in mir aufsteigen.

»Ja, wieso sagst du das denn nicht?«, brach es aus mir heraus. Da hatte sich offenbar eine Menge angestaut. Seine Augen füllten sich jetzt mit Tränen. »Ich hab's ihm versprochen! Mann!«, schrie er verzweifelt zurück.

Ich schüttelte den Kopf. »Wie versprochen? Hast du denn nicht mitbekommen, was hier seit gestern los ist? Normalerweise würden wir den schon mit Hubschraubern suchen. Das ist doch kein Spaß hier. Was ist denn mit dir los?«

»Ich weiß doch«, sagte er gequält. »Ich weiß ja auch nicht, wo der bleibt, er wollte am Morgen wieder da sein. Ich erreich ihn nicht.«

Ich stellte mir vor, wie Lukas in Neustadt mit einer jungen Frau im warmen Bett lag, statt hier im Regen auf dieser Hütte herumzusitzen. Natürlich war das verlockend. Aber abgesehen davon, dass er hier eine Freundin hatte, war das wirklich ungeheuerlich. Das würde ein massives Nachspiel haben.

»Neno, du bist ja wohl verrückt!«, sagte ich. »Ich weiß überhaupt nicht, was ich sagen soll.«

»Das ist halt nicht so leicht«, sagte er. »Ein Versprechen unter Männern sollte schon etwas zählen, oder? Es geht um Ehre und so. Was weiß ich.«

»Hör mir bloß mit dieser vermaledeiten Ehre auf! Die hat den Menschen bisher mehr Ärger eingebracht als Nutzen. Was soll denn das überhaupt sein, Ehre, sag mir das mal!«

»Neno, das ist wirklich ein Klopper«, sagte Betty leise. Noch etwas, das ich bei Betty festgestellt habe. Je aufgewühlter sie war, desto ruhiger wurde sie.

»Woher soll man denn immer wissen, was richtig und falsch ist?«, brach es aus Neno heraus. »Wer sagt einem das?

Wenn Eltern einander betrügen, wenn ein Präsident tausend Lügen in die Welt posaunen kann und damit durchkommt, wenn Leute glauben, wir werden von Reptilien regiert, und mit Aluhüten rumlaufen, Alter. Es weiß doch niemand, was richtig und falsch ist. Woher soll ich das dann wissen? Woher wissen Sie das denn?«

Ich starrte ihn an ohne Idee, was ich ihm darauf erwidern sollte.

»Und du?«, fuhr ich Mira an. »Willst du uns jetzt sagen, wo Leila ist, oder was?«

»Nein«, sagte Mira kleinlaut. »Ich wollte nur sagen, dass ich das auch weiß mit Lukas.«

»So, und was hast du für eine hanebüchene Ausrede, warum du uns das nicht erzählt hast?«

Viele Ausbrüche von Lehrern im Unterricht sind ja nur gespielt, aber jetzt war ich wirklich kurz davor, die Contenance zu verlieren, etwas, das mir sonst nicht passierte. »Woher weißt du das überhaupt?«

»Korbinian hat es mir erzählt«, sagte Mira.

»Woher weiß der das denn?«

»Er muss uns belauscht haben«, sagte Neno. »Die kamen plötzlich aus dem Wald. Die haben alles mit angehört, was wir geredet haben.«

Ich atmete tief ein und wieder aus. Das ergab Sinn. Natürlich hatte Korbinian, der alte Intrigant, es Mira erzählt. Aber warum nicht uns? Ging diese absurde Ehre so weit, dass man nicht einmal seinen Feind verriet? War es das, was sie aus diesen ganzen Serien lernten? Dass man prinzipiell keine Ratte war, die irgendetwas an die Autoritäten weitertrug?

»Und, ich höre, Mira?«, insistierte ich. »Wieso durften wir das nicht wissen?«

»Es war mir peinlich«, sagte sie so leise, dass es fast nicht zu hören war.

»Was?«, sagte ich etwas zu laut.

»Ach, ich wollte, dass der richtig Ärger kriegt, der blöde Arsch«, sagte sie nun wütend.

»Dass Sie den suchen müssen mit Polizei und Hubschraubern und Hunden und allem, und dann kriegt er richtig Ärger.«

Ich nickte. Das war in seiner Absurdität das Vernünftigste, was ich in den letzten Minuten hier gehört hatte.

Das Problem war nun allerdings: Was hatte all das mit dem Verschwinden von Leila zu tun?

Kapitel 20

Nachdem die beiden Schüler wieder ins Haus gegangen waren, blieben Betty und ich noch draußen, um uns zu beratschlagen.

»Was jetzt?«, fragte ich.

»Jugendliche«, zischte sie. »Jetzt weiß ich wieder, warum ich die Teenagerzeit so gehasst habe.«

Ich nickte wissend. Mir war es genauso gegangen.

Ich holte Luft und sah mich um. Dennoch. Es sah Lukas nicht ähnlich. Er war nicht so unzuverlässig. Und Leila war immer noch weg. Betty starrte in die düstere Landschaft. Ich war ratlos. Betty offenbar auch.

Mein Blick fiel auf Dirk in seinem Schuppen. »Dirk fährt eine Yamaha. Wusstest du das?«

Betty nickte.

»Was sagt das über ihn?«

Betty deutete ein Grinsen an. »Ganz einfach. Sie ist billiger. Er kann sich keine Harley leisten.«

Das ergab Sinn. Dirk war, wie er selbst gesagt hatte, kein Mann der geregelten Arbeit, also auch ohne geregeltes Einkommen. Er war ein Mann, der Harley-Davidson-Motorräder verehrte, aber sich keines kaufen konnte. Tragisch.

»Was weißt du eigentlich über die Caballeros?« Ich wollte wissen, in welche Richtung Betty dachte.

»Wir können davon ausgehen, dass die in illegale Machenschaften verstrickt sind«, sagte sie. »Drogen, Frauen, Glücksspiel, Waffenhandel. Aber wir konnten ihnen bisher noch nie etwas nachweisen. Wir wissen einiges, doch die haben einfach keine Priorität bei uns. Zu wenig Geld, zu wenig Personal. Wenn sie wirklich ein Problem sind, dann kein allzu großes. Oder sie sind extrem clever. Ansonsten sind sie wahrscheinlich ein reaktionärer Machohaufen wie alle diese Typen.«

Ich sah sie verwundert an. Das waren für ihre Verhältnisse sehr deutliche, emotional aufgeladene Worte.

Sie zog leicht die Augenbrauen hoch, als sie meinen Blick bemerkte. »Ach, ich hab da so eine Vergangenheit.«

»Du warst Rockerin?«, fragte ich sie überrascht. Betty wartete immer wieder mit unerwarteten Details aus ihrer Biografie auf. Sie war ein wandelndes Rätsel. Und das machte sie über die Maßen anziehend, wie ich in dem Moment wieder feststellte. Ich dachte an meinen Rivalen aus Berlin, und diesmal fühlte ich mich deshalb nicht verzweifelt wie gestern, sondern geradezu kampflustig. Ich merkte, wie ich nicht übel Lust hatte, es auf eine körperliche Auseinandersetzung mit ihm ankommen zu lassen, um zu sehen, was er einem gezielten Druckpunktschlag gegen die Stirn entgegenzusetzen hätte.

»Was genau heißt *reaktionärer Machohaufen*?«, fragte ich, während ich meine Kampfkunstfantasien abzuschütteln versuchte.

»Frauen zum Beispiel ist in diesen Clubs immer noch die

Vollmitgliedschaft verwehrt, die können höchstens als Freundin mehr oder weniger mitmachen«, antwortete Betty. »Die Typen halten die Fahne der Freiheit hoch, versuchen, sich als coole Antispießer zu inszenieren, und sind in Wirklichkeit reaktionäre Arschlöcher. Und außerdem fast paramilitärisch organisiert, wie eine Armee. Streng hierarchisch mit Regeln, denen man zu gehorchen hat. Und wehe, wenn nicht. Wenn man einmal Mitglied ist, was schwer genug ist, kann man da auch nicht einfach wieder austreten. Die machen um alles ein Riesenbrimborium.«

Das war äußerst interessant, dachte ich. Das klang ganz anders als das, was Dirk darüber erzählt hatte, bei dem das Ganze mehr nach Familie klang.

Aber wie halfen diese Informationen, Dirks und Tatjanas Anwesenheit hier zu erklären?

Wieso wollten die beiden unbedingt hierbleiben, um Dirks Maschine zu reparieren? Wieso ließen sie das Motorrad nicht abschleppen, während sie sich irgendwo ein Zimmer nahmen oder mit dem Zug zurück nach Freiburg fuhren? Einzig mögliche Antwort: Sie versteckten sich hier. Aber vor wem? Sie hatten mehrfach merkwürdig reagiert, als die Rede auf die Polizei kam. Oder versteckten sie sich vor den Caballeros? Wenn ja, was hatten sie getan? Wollte Dirk vielleicht den Verein verlassen, was aber nicht ging, weil man nicht einfach austreten konnte?

Ich teilte Betty meine Fragen und Überlegungen mit.

Sie sah mich an und nickte ihr typisches Nicken.

»Ich denke tatsächlich, die sind auf der Flucht vor den Caballeros«, sagte Betty.

»Warum?«

Sie zuckte die Schultern. »Geld unterschlagen wahrscheinlich. Es könnte auch irgendwas mit Ehre oder so einem Quatsch sein, aber wenn es richtig ernst wird, geht es meistens um Geld, alles andere ist Mummenschanz.«

Ein schönes Wort, dachte ich. *Mummenschanz.*

Ich sah zu dem Waldstück, wo ich tags zuvor beinahe abgestürzt war, und glaubte plötzlich erneut, dort eine Bewegung zu sehen. Ich stieß Betty an. Wir starrten gebannt Richtung Wald, aber es rührte sich nichts mehr.

Betty bedeutete mir, ihr dorthin zu folgen.

Die Wolken wurden immer dichter und schwärzer, und das Tageslicht schwand zusehends, obwohl es noch viel zu früh dafür war.

Als wir uns der ersten Baumreihe näherten, sah ich, dass Betty die Hand auf ihre Pistole legte, ohne sie aus dem Schaft zu ziehen.

Ich stierte in das Dickicht, immer wieder überzeugt, zwischen den Stämmen, Ästen und Zweigen Menschen oder Gesichter zu sehen.

Eichendorffs Verse gingen mir durch den Kopf.

Dämmrung will die Flügel spreiten, schaurig rühren sich die Bäume,

Wolken ziehn wie schwere Träume, was will dieses Graun bedeuten?

Ja, was?

Wie schon letzte Nacht begann ich an meinem Verstand zu zweifeln. Ich sah Gestalten, die nicht da waren, und hatte nicht die geringste Ahnung, was hier vor sich ging. Schüler der Parallelklasse, die Jugendlichen aus dem Dorf, die Männer in dem schwarzen Auto. Wer trieb sich hier oben herum?

Diese Klassenfahrt war ein schwarzes Loch, das mich langsam verschlang. Hinter mir schrie mein neuer Freund, der Rabe, und ich drehte mich nach ihm um.

Und dann sah ich etwas Merkwürdiges.

In der zweiten, kleineren Hütte, die sich mehrere Hundert Meter weiter am Ende der Talsenke unterhalb eines Waldwegs befand, brannte Licht. Dort war jemand.

Kapitel 21

»Bei der Hütte waren wir vorhin schon«, sagte Betty, während wir dorthin eilten. »Aber sie war verschlossen, und es brannte mit Sicherheit kein Licht.«

Das Licht in der Hütte machte mir Hoffnung. Vielleicht würden wir dort Antworten finden. Vielleicht waren dort Lukas und Leila aus irgendeinem Grund zusammen. Vielleicht löste sich alles in Wohlgefallen auf und war ganz harmlos. Die beiden hatten eine Affäre, wollten alleine sein. Lukas traute ich, was Mädchen anging, mittlerweile einiges zu. Sie saßen dort in der Hütte und küssten sich. Es würde ein paar mahnende Worte, irgendein pädagogisches Nachspiel geben, und damit hatte sich die Sache.

Oh, süße Illusion.

Wir liefen los. Unterwegs passierten wir die Kuhtränke gegenüber unserer Eingangstür. Ein markerschütternder Schrei ließ uns beide zusammenzucken.

Ganz oben auf dem Metallfass saß mein Rabe. Ich sah den weißen Fleck seitlich am Kopf. Es bestand kein Zweifel, er war es. Er starrte mich aus seinen unheilvollen schwarzen Augen an.

Und der Rabe weicht nimmer – sitzt noch immer, sitzt noch immer.

Poes unsterbliche Zeilen.

Und mein Geist wird aus dem Schatten, den er breitet um mich her, sich erheben – nimmermehr!

Mit einem Mal wurde mir klar, dass ich heute hier oben sterben konnte. Der Tod war für mich bei aller Faszination in erster Linie ein literarisches Motiv und eine völlig abstrakte Idee gewesen, selbst nach dem Nahtoderlebnis in meinem selbst geschaufelten Grab. Aber jetzt, in diesem Moment, schien er mit einem Mal sehr konkret und durchaus möglich.

»Mir gefällt das alles gar nicht, Horvath. Komm, lass uns weitergehen«, sagte nun auch Betty.

Es war ein mühsamer Marsch. Wir waren nun ungeschützt dem Wind ausgesetzt, ich stellte meinen Kragen hoch und bedauerte mehr denn je, keine wetterfeste Kleidung zu tragen. Ich spürte, wie die Feuchtigkeit mit jedem Schritt mehr durch Jacke, Hose und Schuhe bis auf die Haut drang. Betty schien das alles nichts auszumachen. Sie trug eine Art Anorak, an der Wasser und Wind abzuprallen schienen. Ich hatte kurz die Vorstellung, sie hätte auch im Hemd hier entlanggehen können, das Wasser wäre trotzdem an ihr abgeperlt. Es waren noch etwa hundert Meter bis zu der Hütte, als auf dem Waldweg oberhalb ein Lieferwagen auftauchte und hinter dem Häuschen zum Stehen kam.

Schnell nahmen wir die letzten Meter und versteckten uns auf der dem Weg abgewandten Seite der Hütte.

Ich versuchte, durch das Fenster zu spähen, doch in dem Moment ging drinnen das Licht aus. Wir hörten die Türen des Lieferwagens, Stimmen, die näher kamen, und Schritte, die Holzstufen erklommen.

Und dann ging alles sehr schnell.

Die Hintertür auf unserer Seite flog auf.

Zwei Gestalten verließen eilig die Hütte, sprangen ins Gras und blieben wie erstarrt stehen, als sie uns sahen.

Kapitel 22

Eine der beiden Personen, die eben die Hütte verlassen hatten, war Leila. Die andere war Tim. Mein Kursstufenschüler. Mitglied der Viererbande.

Tim?

Mein Verstand drehte sich im Kreis. Was machte der hier?

Betty reagierte am schnellsten.

»Schnell, kommt mit«, rief sie den beiden zu.

Wir rannten zurück zu unserem Haus. Hinter uns hörten wir Schreie und polternde Schritte. Wieso rannten wir weg? Und vor wem?

Ich drehte mich um und sah, dass zwei Männer unsere Verfolgung aufgenommen hatten. Zwei weitere Personen, die auch aus der Hütte gekommen waren, blieben dort stehen.

Wieso wurden wir verfolgt? Was war da in der Hütte? Hatten unserer Verfolger Waffen? Bisher war kein Schuss gefallen. Ich wusste nicht, ob man rennend auf ein sich bewegendes Ziel schießen konnte. Ich konnte nicht einschätzen, ob der Abstand unserer Verfolger sich verringerte. Wie viele Meter waren das? Zehn, fünfzehn?

Das Haus kam näher.

Noch ein paar Meter.

Ich sah Tatjana vor der geöffneten Eingangstür.

»Schnell, kommt!«, rief sie.

Wir erreichten die Tür und stürzten hinein. Wir alle, außer Betty. Die drehte sich im Türrahmen um, zog dabei in einem beeindruckend geschmeidigen Bewegungsablauf ihre Waffe, stellte sich breitbeinig auf die oberste Treppenstufe, hielt die Pistole mit beiden Händen auf die beiden Angreifer gerichtet und rief: »Keinen Schritt weiter!«

Ein Wirkungstreffer, keine Frage. Die beiden Männer blieben augenblicklich stehen und hoben die Arme.

Weiter hinten näherte sich eine dritte Person, allem Anschein nach eine Frau.

»Was wollt ihr?«, rief Betty.

Sie sahen einander an.

Ich war gespannt, ob auch sie Waffen zücken würden, doch sie machten keine Anstalten. Stattdessen drehten sie sich um und rannten hinter den Holzverschlag mit den Motorrädern. Ich sah, wie Betty die Waffe entsicherte, und erwartete, sie würde schießen, doch sie tat es nicht. Irritiert stellte ich fest, dass ich Betty in diesem Moment noch attraktiver fand als ohnehin schon.

»Leila!«

Ihre Freundinnen kamen angelaufen, um ihre vermisst geglaubte Freundin in Empfang zu nehmen.

Da fiel mir etwas ein. »Dirk?«, fragte ich Tatjana.

Die blickte sorgenvoll aus dem Fenster und nickte. »Ist noch da draußen.«

Ich sah zum Schuppen, konnte Dirk aber nicht sehen.

Betty drehte sich zu uns um. »Weg von den Fenstern. Jetzt!«

Sie schlug die Eingangstür zu und lief zu dem Fenster, das Richtung Schuppen zeigte, wo sie sich seitlich so postierte, dass sie von außen kaum gesehen werden konnte.

Die Schüler starrten von fasziniert bis verängstigt von Betty zu ihrer Waffe zu Tim und Leila zum Fenster und wieder zurück zu Betty.

Voll 3-D, diese Realität, mochten sie bei ihrem Anblick gedacht haben. *Fortnite* in echt.

»Was sind das für Leute?«, rief eine Schülerin.

Mein Blick fiel auf Vida, deren Augen ich selten so leuchtend und interessiert gesehen hatte.

Erst jetzt realisierte ich die veränderte Lage. Im Gemeinschaftsraum stand Leila. Und neben ihr Tim, der kein Schüler der Klasse war. Draußen belagerten fremde Männer unseren Schuppen, in dem sich Dirk befand, was die aber wohl noch nicht wussten, da sie *hinter* dem Schuppen waren.

»Tim, was machen Sie hier?«, versuchte ich die Situation zu entwirren.

»Ja, also, ähm«, stammelte er, doch da war Betty schon bei ihm und packte ihn bei den Schultern.

»Was ist in der Hütte? Was habt ihr da drin gesehen?«

Er starrte Betty an und sah aus, wie jemand, der sich heftig zusammenreißen musste, um sich zu konzentrieren.

»Sachen. Taschen mit Bargeld. Laptops, Smartphones, lauter so Zeug und …«

»Waffen?«, fragte Betty.

»Also, äh, na ja, nö«, stammelte Tim.

»Betty?«, fragte ich. »Wer sind die da draußen?«

Betty stand immer noch am Fenster und versuchte, etwas zu erkennen.

»Ich glaube, die gehören zu einer der Einbrecherbanden, die Freiburg seit Monaten heimsuchen.«

»Und die Hütte ist ihr Versteck?«

»Sieht so aus. Wir hatten schon vermutet, dass die irgendwo ein Zwischenlager haben müssen. Von hier schaffen sie die Sachen dann regelmäßig über den Bodensee nach Österreich und von dort nach Osten oder in den Balkan, je nachdem.«

»Und jetzt ist ihr Versteck aufgeflogen?«, stellte ich mehr fest, als ich es fragte.

Plötzlich sah ich eine Bewegung beim Schuppen. Dirk rannte Richtung Hütte. Er hatte etwas unter den Arm geklemmt: eine schwarze Tasche.

Die Einbrecher bemerkten das, kamen kurz aus der Deckung, einer rannte ein paar Schritte hinterher. Betty öffnete und richtete ihre Waffe auf Dirks Verfolger. Als der das sah, machte er kehrt und verschanzte sich wieder hinter dem Schuppen.

Man hörte Dirk die Stufen vor der Eingangstür heraufpoltern, Betty öffnete die Tür, und Dirk hechtete zur Tür herein, rollte sich ab wie ein Stuntman und blieb nach Atem ringend liegen.

Tatjana stürzte hinzu. »Alles okay, Baby?«

Dirk richtete sich auf, noch so außer Atem, dass er nicht sprechen konnte.

Betty beugte sich zu ihm hinunter. »Haben die was geredet? Hast du etwas verstanden?«

»Klingt nach Osteuropa oder Balkan«, stieß er atemlos hervor. »Eine Frau ist dabei, die spricht nur Deutsch.«

»Ja, die haben eine Frau, die Deutsch spricht, davon wissen wir«, sagte Betty. »Sie erkundet jeweils das Umfeld. Fragt nach einem Glas Wasser oder gibt sich als Hermes-Botin aus. Also, was haben die gesagt?«

»Die wissen wohl nicht genau«, sagte Dirk, »ob sie so schnell wie möglich mit dem Zeug aus der Hütte oben abhauen sollen oder verhindern, dass wir Hilfe holen. Ich weiß nicht, was für Zeug.«

Betty nickte. Sie sah keine Veranlassung, Dirk alle Zusammenhänge zu erklären.

»Verhindern, dass wir Hilfe holen?«, meldete sich Maria Götz zu Wort, die plötzlich bleich im Türrahmen stand, wobei mir in diesem Moment auffiel, dass ich sie gebeten hatte, auf die Schüler aufzupassen. Wahrscheinlich hatte sie sich noch einmal kurz hinlegen müssen. Nun, dachte ich, eine etwas lax gehandhabte Aufsichtspflicht war alles in allem momentan unser geringstes Problem.

»Was soll denn das heißen?«, rief sie. »Wie wollen sie das denn anstellen? Wollen die etwa die Hütte stürmen? Frau DeVille, das müssen Sie verhindern!«

»Ich glaube nicht, dass die auf körperliche Gewalt aus

sind«, sagte Betty ruhig. »Dafür gab es bisher keine Anzeichen. Die gehen jeder Konfrontation aus dem Weg. Wenn sie beim Einbruch ertappt werden, hauen sie ab. Ich bezweifle sogar, dass die bewaffnet sind. Aber wir lassen es lieber nicht darauf ankommen. Gregor? Kannst du alle Zimmer mit Schülern besetzen? Sie sollen die Fensterläden zumachen. Schnell.«

»Die Schüler?«, rief Maria Götz und kam auf Betty zu. »Sind Sie wahnsinnig? Sie können doch nicht ...«

»Doch, ich kann und ich muss«, unterbrach sie Betty. »Wir sind hier in einer Notlage. Gregor?«

»Maria«, versuchte ich die Kollegin zu beschwichtigen, »beruhige dich. Wir wissen, was wir tun.«

Maria Götz starrte mich an, dann drehte sie sich um. »*Wir wissen, was wir tun*«, rief sie, indem sie mich laut und schrill nachäffte. »Ja, sie wissen, was sie tun, natürlich«, wiederholte sie mit irrem Lachen und verließ den Raum. Ich sah ihr ratlos nach, dann instruierte ich die Schüler.

»Cool«, rief Max und rannte los.

»Super Klassenfahrt, ehrlich, Herr Horvath!« David lachte mich an. Seine Schmerzen schienen ihn verlassen zu haben, und er eilte seinem Freund hinterher.

Dirk griff sich seine schwarze Tasche und sah Bettys und meinen Blick.

»Meine Werkzeuge«, sagte er. »Die bekommen die nicht! Bin übrigens fertig. Maschine läuft wieder.« Damit eilte auch er den Gang hinunter.

»Herr Horvath?«, fragte ein Mädchen. »Sind wir in Gefahr?«

Ich nickte. Vielleicht wäre dies der Moment für eine pädagogische Lüge gewesen, dachte ich, doch das Mädchen sah mich an, nickte tapfer und ging mit festen Schritten in ihr Zimmer.

Nur ein Schüler äußerte Bedenken. »Das kann doch wohl nicht Ihr Ernst sein?« Korbinian Herrwagen starrte uns an, sein Blick wanderte zwischen mir und Betty hin und her. »Dass wir jetzt hier diese Einbrecher in Kleingruppen aufhalten sollen? Dafür sind ja wohl Sie zuständig, das werde ich meinem Vater ...«

»Mensch, mach, dass du in dein Zimmer kommst, sonst hau ich dir eine, Bürschchen!« Tatjana hatte sich vor dem Schüler aufgebaut, der sie um mehr als Kopfhöhe überragte. Es schien zu funktionieren. Korbinian starrte sie wütend an, dann drehte er sich um und eilte hinaus.

Betty überprüfte ihre Waffe.

»Betty?«, fragte ich. »Was hast du vor?«

»Was ich vorhabe?«, fragte sie grimmig. »Ich will die schnappen, was sonst. Seit Monaten führen die uns an der Nase herum und machen uns lächerlich. Spielen Katz und Maus mit uns. Wissen immer schon vorher, in welchen Stadtteilen wir verstärkt präsent sind, und schlagen dann zielsicher am anderen Ende der Stadt zu. Ich kann dem jetzt ein Ende machen.«

»Aber du bist allein!«, rief ich. »Wie willst du das machen?«

Betty sah kurz zu Tatjana und wirkte, als wolle sie etwas sagen. Dann schüttelte sie den Kopf. »Wir bräuchten eine zweite Waffe. Und ich könnte Unterstützung gebrauchen.«

»Ich bin bei dir«, sagte ich, »aber ich habe keine Waffe.«

»Herr Horvath?«, sagte eine Stimme hinter mir. Tim. Mitglied der Viererbande. Filmverrückter, Comicanhänger, Skateboarder und langhaariger Freigeist. Und in seiner Hand hielt er: eine Pistole. Die er von sich wegstreckte wie ein ekelerregendes Reptil.

»Wo hast du die her?«

Er wies Richtung Einbrecherhütte. »Eine Waffe gab es doch dort oben.«

Betty ging lächelnd auf ihn zu und klopfte ihm auf die Schulter. »Gut gemacht.«

Sie untersuchte die Pistole, entsicherte und sicherte sie wieder, entnahm ihr die Munition und fügte sie wieder hinein.

»Gregor, ich lasse die Kugeln drin. Du wirst die Waffe nicht benutzen. Ich sichere sie, und du änderst daran nur im äußersten Notfall etwas. So entsicherst du.« Sie machte es mir vor. Dann reichte sie mir die Waffe, indem sie sie auf ihre flache Hand legte.

Zögerlich nahm ich sie. Es war das erste Mal, dass ich eine Pistole in der Hand hielt. Es fühlte sich seltsam an. Unheimlich und berauschend. Ein irritierender Widerspruch.

Ich wandte mich an Leila und Tim. So froh ich war, Leila unversehrt wiederzusehen, so sehr ärgerte ich mich über sie.

Wie konnte man nur so egoistisch sein? So unfassbar rücksichtslos und instinktlos, einfach zu verschwinden in so einer Situation, wo sie doch genau wusste, welcher Aufruhr hier wegen Lukas herrschte. Aber so waren sie, die jungen Menschen, dachte ich bitter, und natürlich spielte dabei auch die Enttäuschung über Lukas' Verhalten eine Rolle. Sie waren sich selbst die Nächsten, alles andere war egal. Verantwortungslose Egozentriker und Narzissten, die sich über die Maßen ereifern konnten, wenn sie sich ungerecht behandelt fühlten, aber wehe, man verlangte Verlässlichkeit. Es war einer dieser im normalen Lehreralltag allzu häufigen Momente, in denen man sich vorsehen musste, dass einen der Zynismus nicht in den Würgegriff nahm.

»Leila«, sagte ich ernst, »ich freue mich, dass dir nichts passiert ist, aber das kannst du nicht machen. Weißt du, was wir hier für Ängste ausgestanden haben um dich …«

Bevor ich mich in einen Ausbruch hineinsteigern konnte, unterbrach sie mich. »Ich weiß doch, Herr Horvath. Ich hätte das doch auch gar nicht gemacht, aber ich habe Tim nicht mehr erreicht. Ich hatte nachmittags eine Nachricht von ihm, dass er kommen will, und dann war das Netz weg. Ich wollte ihm schreiben, dass er wegbleiben soll, wegen allem, was hier los war, aber die Nachricht hat ihn nicht erreicht. Ich konnte Sie doch nicht fragen, Sie hätten mich niemals rausgelassen.«

Ich starrte sie an. Erst fassungslos, dann ein wenig beschämt, sie so streng angegangen zu haben.

»Ja, aber warum die ganze Nacht und bis heute Nachmittag? Was ist denn mit euch los? Spinnt ihr jetzt alle?«

»Wieso ihr?«, fragte sie.

Ich starrte sie an und suchte nach Worten.

»Na ja,«, sagte Tim ein wenig verlegen. »Als wir dann erst einmal dort waren in dieser Hütte …, da kam halt eins zum …«

»Halt«, rief ich und hielt mir demonstrativ die Ohren zu. »Kein Wort mehr. Erstens will ich das nicht hören, und zweitens wird das, wie man als Lehrer so schön sagt, ein Nachspiel haben, Leila. Und zwar eines ohne Tim. Du kannst uns, nachdem Lukas schon verschwunden ist, nicht so einen Schrecken einjagen. Leidenschaft hin oder her.«

»Herr Horvath, Sie alter Romantiker«, sagte Tim grinsend. »Sie müssten das aber doch verstehen. Die Liebe ist eine Himmelsmacht. Sie haben uns doch den *Werther* zum Lesen gegeben. Sturm und Drang, verstehen Sie. Da kann man nichts kontrollieren.«

Da hatte er wohl gut aufgepasst im Unterricht, was wollte man dagegen sagen? Außerdem gab es jetzt Wichtigeres.

»Und als wir vorhin bei der Hütte waren«, sagte Betty, »und geklopft haben, da konntet ihr euch nicht zu erkennen geben, oder wie?«

Tim und Leila sahen einander bedeutungsvoll an.

»Äh, also«, sagte Tim, »das ging gerade nicht …«

Betty holte tief Luft, gab sich sichtlich einen Ruck und sagte: »Also, Horvath, du bleibst hinter mir, überlässt mir das

Reden und hältst die Waffe so, dass die Typen sie sehen.« Sie sah mich ernst an. »Und nicht entsichern. Nur im äußersten Notfall. Und nicht einmal dann.«

Wir öffneten die Tür und gingen langsam nach draußen. Hinter dem Schuppen war nichts zu sehen.

»Selbst wenn wir die überwältigen, wie willst du die dann von hier wegschaffen?«, fragte ich Betty.

Sie zuckte die Schultern. »Erst mal Handschellen, den Rest sehen wir dann.«

Ich hielt das, was sie vorhatte, für höchst gewagt, im Grunde unmöglich. Wie sollte das gehen? Wenn die Eltern erfuhren, dass wir jetzt auch noch Verbrecher festnahmen, während immer noch ein Schüler verschwunden war, würde das die rechtlichen Schritte, die Eltern gegen Schule und Lehrer anstrengten, in völlig neue Dimensionen katapultieren. Und ich mittendrin.

Schritt für Schritt näherten wir uns dem Schuppen – und entdeckten etwas Eigenartiges. Oben bei der Hütte mit dem Diebesgut waren Leute. Es waren um die zehn. Auf dem Weg bei dem Lieferwagen der Einbrecher standen Motorräder.

Das waren Biker.

Betty und ich sahen einander fragend an. Die Caballeros?

Einer der Einbrecher trat hinter unserem Schuppen hervor und sah uns direkt an. Er zögerte kurz, griff in seine Jacke. Betty hob ihre Waffe. Ich holte meine und entsicherte sie. Der Einbrecher zögerte noch einen Moment, er schien mit sich zu ringen, dann drehte er sich weg, rief etwas und rannte los. Die beiden anderen, die sich mit ihm hinter dem Schuppen versteckt gehalten hatten, taten es ihm gleich. Doch nach wenigen Schritten sahen sie, was wir schon entdeckt hatten: die Rocker oben auf dem Weg und bei ihrem Versteck.

Sie erstarrten, redeten hektisch miteinander, drehten sich zu uns um.

Die Einbrecher saßen in der Falle.

Betty blieb stehen, offenbar unschlüssig, was sie tun sollte.

Der Regen war in Schnee übergegangen und die Temperatur spürbar gefallen. Es wurde immer dunkler.

Wir drehten uns zum Haus um, die Läden an den Fenstern waren geschlossen, man sah keine Bewegung und kein Licht. Ich steckte die Pistole fast ein wenig peinlich berührt wieder in meine Tasche. Hatte ich die wirklich gerade allen Ernstes gezogen und entsichert?

Plötzlich erstarrte Betty, den Blick auf den kleinen Wald auf der gegenüberliegenden Seite gerichtet. Ich drehte mich um, folgte ihrem Blick und sah, was sie sah.

Dort beim Wald standen, gerade noch so zu erkennen, vier schwarz gekleidete Männer.

Und diesmal waren sie definitiv keine Einbildung.

Kapitel 23

»Wir gehen zurück, das wird hier zu unübersichtlich«, rief Betty mir zu, und das taten wir.

Betty rannte voraus, die Holzstufen zur Hütte hinauf, stieß die Tür auf, ließ mich durch, folgte mir hinein, schlug die Tür wieder zu, legte den Riegel vor und lehnte sich nach Atem ringend mit dem Rücken dagegen. Ihre Haare hingen ihr feucht vors Gesicht, Tropfen liefen an Wangen und Hals hinunter.

Meine Lunge brannte von der kalten Luft.

»Was ist los? Was ist da draußen los?«, riefen die Schüler, die im Gemeinschaftsraum zurückgeblieben waren.

»Jungs, sichert die Fensterläden«, befahl Betty ein paar Schülern. »Und alle Lichter aus. Nehmt eure Handys, wenn ihr unbedingt Licht braucht, aber haltet ansonsten alles so dunkel wie möglich. Und absolute Ruhe!«

Selten reagierten Schüler so konsequent auf das Drängen eines Erwachsenen, doch mal still zu sein. Niemand sprach, und wenn, dann wurde geflüstert. Statt zu poltern, schlichen sie auf Zehenspitzen durch die Hütte. Nichts von dem sonst üblichen Gekicher, sie nahmen die Sache absolut ernst. Faszinierend eigentlich.

Dennoch wurde mir ein wenig mulmig. Im Dunklen eingeschlossen zu sein, weckte ungute Erinnerungen. Nicht nur an die Minuten im Grab, sondern noch ein früheres Ereignis.

Frühe Jugend. Mein Traum von letzter Nacht fiel mir ein. Ich schob den Gedanken beiseite und zog Betty auf den Flur hinaus. »Wer sind die Typen beim Wald?«

Sie sah mich ernst an und schüttelte den Kopf. »Ich habe keine Ahnung.«

»Und jetzt?«, fragte ich sie.

Wieder schüttelte sie den Kopf. Dann zeigte sie mit dem Kinn Richtung Dirk und Tatjana.

Wir gingen zurück in den Gemeinschaftsraum, in dem sich jetzt nur noch die beiden Rocker aufhielten.

»Da oben ist gerade eine Gruppe Biker angekommen. Sie wissen nicht zufällig, wer das sein könnte?«, fragte sie betont arglos.

Tatjana demonstrierte eindrücklich, was die Redewendung *jemandem stürzt das Gesicht ab* meint. Dirks Gesichtsausdruck war zunächst weniger eindeutig.

»Fuck!«, rief Dirk plötzlich. Gefolgt von noch einigen weiteren *Fucks*. »Das kann nicht sein, das ist unmöglich!« Es wirkte ein wenig theatralisch, wie wenn ein schlechter Schauspieler seinen Text aufsagt.

Tatjana schüttelte den Kopf. »Das gibt es doch nicht«, flüsterte sie lautlos. »Wie kommen die denn hierher? Woher wissen die das?«

Dirk sah kurz zu Tatjana, dann wieder weg. Ich sah zu Betty. Sie verstand offenbar besser als ich, was hier los war.

»Bis eben war ich mir noch gar nicht sicher, dass das wirklich die Caballeros sind«, sagte sie und lächelte leicht.

Dirk und Tatjana sahen einander an, dann wieder Betty. Tatjana offensichtlich völlig fassungslos.

»Es wird Zeit, dass Sie uns erzählen, was hier los ist!«, sagte sie.

Dirk blickte zu Boden, Tatjana starrte zitternd von ihm zu Betty, zu mir und wieder zu Betty.

»Sie haben offensichtlich Angst«, sagte Betty. »Wir können Ihnen helfen.«

Betty griff mit einer Hand an die Waffe an ihrem Gürtel. Tatjana folgte ihrem Blick, dann erzählte sie.

Davon, dass sie seit Jahren die Geliebte von Mike, dem Präsidenten des Clubs, war. Der sie zwar gut behandelte, von dem sie aber wusste, dass er auch andere Frauen hatte. Als sie ihn kennenlernte, hatte sie eine schwierige Phase hinter sich, Trennung, Privatinsolvenz, sie suchte Halt und Geborgenheit und fand beides in den Reihen der Caballeros und in Mikes Armen. Da Frauen, wie ich mittlerweile wusste, in vielen Motorradclubs keine vollwertigen Mitglieder sein durften, war der Status als Freundin der bestmögliche für sie, nur so hatte sie die Möglichkeit, bei den Unternehmungen und abendlichen Treffen im *Headquarter,* wie sie ihr Vereinsheim nannten, dabei zu sein. Alles, was sie besaß, kam von Mike, selbst und vor allem ihre Harley. Doch dann war irgendwann Dirk aufgetaucht. Bewarb sich um Mitgliedschaft. Wurde geduldet, saß abends im Stützpunkt herum und durfte natürlich nicht mit den Großen mitreden, geschweige denn mitfahren, wo immer sie nachts hinzufahren hatten. Genauso wenig wie Tatjana – und so kamen sich die beiden näher. Eine gefährliche Liebe, denn niemand durfte davon erfahren. Es war nicht auszudenken, was passieren würde, wenn doch.

So erkannten Tatjana und Dirk, dass es nur einen Ausweg für sie gab: die Flucht. Weit weg. Nach Arizona, zu Sonny, wie Dirk sagte, und wieder glaubte ich, eine leichte Irritation in Tatjanas Blick zu erkennen, und danach über die Grenze nach Mexiko, wo Dirk irgendwo am Strand einen Bekannten hatte, bei dem sie erst einmal unterkommen wollten. Danach war alles offen. Eine Bar eröffnen oder eine Motorradwerkstatt.

Als Tatjana geendet hatte, schwiegen alle eine Weile. Die Fensterläden klapperten, und wir hofften, dass es nur der Wind war.

Ich fragte mich, wo sie das Geld für eine solche Unternehmung herhatten. Tatjana dürfte sich kaum grundlegend von ihrem finanziellen Engpass erholt haben, und Dirk hatte keine Arbeit. Davon abgesehen, war das Ganze natürlich eine über die Maßen romantische Idee, das erinnerte an große klassische Literatur, *Romeo und Julia*, *Kabale und Liebe*. Eine verbotene Liebe gegen alle Beschränkungen, Widerstände und Konventionen, der nur ein Ausweg blieb. Flucht. Aber alle diese literarischen Vorbilder hatten eines gemein: Sie gingen nie gut aus.

Ich sah Betty an. Sollten wir von den vier Männern am Wald berichten? Sie schüttelte leise den Kopf. Offenbar hatte sie meine Gedanken erraten. Betty und ich kommunizierten nonverbal, fiel mir auf. Ein großes Glück, jemanden getroffen zu haben, mit dem das möglich war. Martin war bisher der Einzige gewesen.

»Herr Horvath, was passiert jetzt eigentlich gerade?«, fragte Emma, die im Türrahmen stand.

Das war eine gute Frage. Es war wie in einem Schachspiel, dachte ich. Wir waren der König. Durch eine Rochade hatten wir uns in der äußersten Ecke versteckt, noch gut bewacht, aber die Gegner kamen näher. Einbrecher, Rocker und schwarz gekleidete Männer, die sich offenbar seit geraumer Zeit hier oben aufhielten, aus welchem Grund auch immer. Wir waren umzingelt. Noch konnten wir uns auf engem Raum bewegen, noch hatten wir mit Betty einen Turm vor uns, der uns schützte, aber es wurde immer schwieriger. Bald würden wir schachmatt sein. Wir mussten uns befreien. Hier drin waren wir verloren, wer auch immer unsere Gegner waren und was auch immer sie wollten.

»Wir sind voll verbarrikadiert hier«, hörte ich einen Schüler sagen.

»Das wär eine krasse Insta-Story«, sagte ein anderer.

»Lass auf jeden Fall Bilder machen, die posten wir hinterher«, sagte ein anderer.

Falls ihr noch dazu kommt, dachte ich, verdrängte aber derartig fatalistische Gedanken gleich wieder.

Tatjana und Dirk zogen sich in ihr Zimmer zurück, Tatjana hatte sich offenbar wieder gefangen und redete leise, aber aufgeregt auf Dirk ein.

Betty ging zu einem der Fenster, öffnete es und schob den Fensterladen ein Stück nach außen. Durch den Spalt spähten wir in die düstere Landschaft. Etwa hundert Meter vor der Hütte standen die vier schwarz gekleideten Männer und redeten wild aufeinander ein. Sie sahen aus, als würden sie frieren.

»Die haben jedenfalls nichts mit der Parallelklasse zu tun«, sagte Betty leise, »das hier hat eine andere Dimension als ein Streit zwischen zwei Schulklassen. Schau mal, wie die angezogen sind. Die sehen aus, als würden sie gleich in die nächste Shisha-Bar gehen. Ich wette, das sind die Typen mit dem schwarzen Sportwagen, die wir gesehen haben. So unpassend, wie die ausgerüstet sind, haben die nicht damit gerechnet, so lange hier oben bleiben zu müssen.«

»Was wollen die hier?«

»Die suchen etwas«, sagte Betty. »Oder jemanden.«

Kapitel 24

»Was meinst du«, fragte Betty, und ihre Augen lächelten kurz, »sollen wir Tatjana und Dirk an die Caballeros ausliefern?«

»Was glaubst du, was die mit ihnen anstellen?«

Betty sah mich ernst an. »Ich weiß es nicht. Aber Ehre, Verrat und solche Dinge sind denen sicher furchtbar wichtig. Ich denke, dem Präsi die Freundin auszuspannen ist im Todsündenkatalog eines Motorradclubs, der etwas auf sich hält, ganz oben.«

Wenn wir Dirk und Tatjana nun zwangen, die Hütte zu verlassen, würde das für uns zumindest zwei Probleme lösen, dachte ich. Die Rocker würden abziehen, was bedeutete, dass die Einbrecher ebenfalls ihrer Wege gehen konnten. Allerdings, kam mir dann in den Sinn, hatten nun sicher auch die Rocker das Diebesgut in der Einbrecherhütte oben entdeckt. Und eine solche Beute würden die sich wahrscheinlich nicht entgehen lassen.

»Es ist noch ein wenig komplizierter«, sagte Betty, als hätte sie meine Gedanken gehört. »Hast du das mit den beiden Banküberfällen vorgestern in Freiburg mitbekommen?«

Ich erinnerte mich, wie die Schüler das auf der Fahrt hierher thematisiert hatten.

»Eine Zeugin hat beobachtet, dass die Diebe mit Motorrädern geflüchtet sind. Ihre Beschreibung passt auch sonst ganz gut.«

»Und du meinst ...?«

»Ziemlich sicher. Vielleicht hatten sie wirklich eine Panne, vielleicht verstecken sie sich hier nur, bis der Staub sich gelegt hat. Momentan wird alles kontrolliert, was aus Freiburg und Umgebung hinausfährt.«

Es war im Grunde vollkommen logisch. Zwei Menschen auf der Flucht am gleichen Tag, an dem zwei Bankfilialen ausgeraubt werden. Und ich hatte zu keiner Sekunde einen Zusammenhang hergestellt. Müsste man entscheiden, wer der größte Detektiv der Welt war, Hercule Poirot oder ich, es würde sehr knapp werden, dachte ich, fassungslos, dass ich das Offenkundige nicht gesehen hatte. Agatha Christies Leser, dachte ich, hatten leichtes Spiel, mehr zu wissen als der Ermittler, wenn dieser dermaßen begriffsstutzig war.

»Wie lange hast du die schon im Verdacht?«, fragte ich.

Betty lächelte. »Ich hatte so eine Ahnung.«

»Von Anfang an?«

»Na ja, schon.«

Ich sah sie verblüfft an. War das vielleicht sogar der eigentliche Grund, warum sie hier oben war? Nicht, um mir mit meinem Problem zu helfen, sondern, um einen Bankraub aufzuklären?

Sie schüttelte den Kopf. »Das darfst du nicht denken. Ich

wusste es nicht sicher. Und ein verschwundener Schüler ist eher wichtiger.«

Ich wusste nicht, was ich davon halten sollte. Natürlich wollte ich ihr glauben.

»Gut«, sagte ich. Für das Dilemma, in dem wir steckten, machte es keinen Unterschied.

Sie nickte und lächelte mich fast unmerklich an.

»Hör zu, noch etwas. Wenn es stimmt, was ich glaube, führen Dirk und Tatjana eine Menge Bargeld mit sich. Knapp zweihunderttausend Euro. Dazu braucht man einen Rucksack oder …«

»… eine schwarze Tasche?«, beendete ich den Satz.

Die Tasche, die Dirk von draußen hereingebracht hatte, befand sich momentan wahrscheinlich in Dirks und Tatjanas Zimmer. Warum er sie überhaupt erst in den Schuppen gebracht hatte, war fraglich. Vielleicht dachte er, nachdem er von Bettys geplanter Ankunft erfahren hatte, sie wäre dort sicherer als im Haus.

Wir blickten durch die Fenster auf der anderen Seite des Gemeinschaftsraums, um die Lage auf dieser Seite einzuschätzen. Die drei Einbrecher hatten sich mittlerweile in dem Schuppen eingerichtet. Einer saß auf Dirks Yamaha, der zweite Mann und die Frau standen unschlüssig herum und diskutierten. Die vierte Person, die ich oben bei der Hütte gesehen hatte, war wohl bei den Bikern.

Dahinter sahen wir fünf Rocker, die auf dem Weg in unsere Richtung waren und den Schuppen fast erreicht hatten. Die anderen waren nicht zu sehen, vermutlich waren sie in der Hütte. Ich konnte mir vorstellen, dass die durchaus auch Interesse an dem Diebesgut haben würden, zumal es ja nur noch von einer Person bewacht wurde.

Wir hörten durch den Wind, wie die schwarzen Männer, die sich der Hütte nun bis auf wenige Meter genähert hatten, mit den Einbrechern sprachen oder vielmehr brüllten, denn die etwa dreißig Meter Abstand von unserer Eingangstür zum Schuppen waren bei dem immer stärker werdenden Sturm und Schneeregen zu viel, um sich noch normal unterhalten zu können.

Die schwarzen Männer kamen offenbar zu dem Schluss, dass von den Einbrechern keine Gefahr ausging, denn sie standen ungeschützt in der Landschaft. Das Einzige, was ihnen zu schaffen machte, war, ihren Gesichtern und ihrer Körperhaltung nach zu urteilen, das Wetter.

Ja, das Wetter, dachte ich. Schon so manche Unternehmung in der Weltgeschichte scheiterte daran. Ein Blick in die Geschichtsbücher hätte ihnen sagen können, dass falsche Ausrüstung im Winter ein Problem war. Aber die Kerle sahen nicht aus, als würden sie Geschichtsbücher studieren. Ohne ihnen unrecht tun zu wollen.

Max kam herein und rief: »Herr Horvath, die machen wir fertig, oder?«

Ich sah ihn streng an. »Manchmal, Max, ist es besser abzuwarten, wie die Dinge sich entwickeln.«

»Ach, Herr Horvath«, sagte er ein wenig theatralisch, »Sie wissen doch, dass ich das nicht gut kann.« Er rannte wieder auf den Gang. »Los, Jungs«, befahl er, »wir müssen die Zimmer besser sichern.«

Wir hörten Schritte auf den Holzstufen vor der Eingangstür. Dann klopfte es.

Ich sah Betty an. Es ging los.

Kapitel 25

Betty nahm ihre Waffe in die Hand. »Wir öffnen die Tür halb«, bestimmte sie, »Du redest. Ich stehe direkt hinter dir. Waffe im Anschlag. In Ordnung?«

Ich nickte. Noch immer hatte ich die Pistole, die Tim aus der anderen Hütte mitgenommen hatte, in meiner Jacke. Ich wusste, ich würde sie eher nicht benutzen, dennoch fühlte es sich gut an, sie zu haben.

Ich spürte, wie all die Verwirrung und der Zweifel etwas anderem wichen. Einer kalten, messerscharfen Wachsamkeit.

Ich öffnete die Tür. Vor mir stand ein Mann mit arabischem Aussehen. Er kam mir bekannt vor. Es war der Beifahrer des schwarzen Wagens bei unserer Ankunft gewesen, derselbe Mann, der mich tags zuvor durch das Fenster des Gemeinschaftsraums angesehen hatte. Ich hatte ihn mir also doch nicht eingebildet.

Der Mann fror. Er trat von einem Bein aufs andere und hielt sich die Hände vor den Mund, um hineinzublasen. Auf den schwarzen, kurzen Haaren hatte sich eine dünne Eisschicht gebildet. Tropfen liefen ihm an den Wangen hinunter. Er sah mich an, dann sah er mir über die Schulter und erblickte Betty und die Waffe, die auf ihn gerichtet war. Seine Augen weiteten sich. Damit hatte er nicht gerechnet. Wie auch? Wir waren zwei Lehrer und eine Schulklasse. Leichtes Spiel, hatte er sich bis eben gedacht. Von einer Frau mit Waffe hatte ihm niemand etwas gesagt.

Er drehte sich zu seinen Kollegen um und gab ihnen ein Zeichen, worauf die ihre Pistolen zückten und auf uns richteten.

An seinem Grundproblem änderte sich dadurch freilich nichts. Nur etwa ein Meter von ihm entfernt befand sich ein Pistolenlauf, der auf seinen Kopf zielte.

Er hob langsam die Hände. »Ich will keinen Ärger«, sagte er mit Akzent. »Geben Sie uns, was wir wollen, und wir verschwinden von hier.«

»Was könnte das wohl sein?«, fragte ich.

»Den Jungen. Lukas.«

»Lukas?«, fragte ich ernsthaft überrascht. Warum das denn?

»Ja, Mann. Lukas! Wir wissen, dass er hier ist. Also.«

Sie wollten Lukas. Wer waren die – und warum?

»Und Neno«, fügte er hinzu.

Lukas und Neno. Was um alles in der Welt hatten die beiden mit diesen Halunken zu tun?

Ich musste Zeit gewinnen, um mich mit Betty zu besprechen, und visierte seinen Vitalpunkt am Hals an. Vor meinem inneren Auge durchlief ich das *Fa-Jin,* die explosionsartige Entfaltung von Energie und deren Übertragung auf einen Gegner, ein Begriff aus den inneren chinesischen Kampfkünsten. Ich stellte mir vor, wie mein Arm sich zu einer Art Peitscheneffekt hob. Für mich wäre die Bewegung kontrolliert und gut erkennbar. Für ihn käme sie so schnell, dass er sie gar nicht wahrnahm. Mit den Knöcheln meiner Faust träfe ich ihn am Hals, worauf er, augenblicklich und ohne einen Ton von sich zu geben, zusammensacken würde.

»Hör zu, Mann«, sagte er, »wir haben keine Geduld mehr. Wir frieren uns hier den Arsch ab.«

»Was passiert, wenn wir Ihnen nicht geben, was Sie wollen?«, fragte ich dann doch.

Er sah mich an mit einem Blick, aus dem beinahe eine gewisse Traurigkeit sprach.

»Dann müssen wir uns das holen. Egal wie.«

Ich nickte ihm zu. »Ich bespreche das, in Ordnung?« Langsam schloss ich die Tür.

»Aber nicht lange. In fünf Minuten klopfe ich wieder«, sagte er.

»Omar?«, rief Leila. Sie stand im Türrahmen zum Gemeinschaftsraum.

Betty und ich fuhren herum. Diese Bewegung schien Leila erst bewusst zu machen, dass sie gerade einen Namen gerufen hatte. Sie reagierte erst überrascht und dann verlegen.

»Das ist mein Cousin«, stammelte sie verwirrt. »Das ist …«, wiederholte sie, dann hielt sie inne, als hätte sie eine bahnbrechende Erkenntnis. »Oh, fuck«, sagte sie dann.

»Was?«, fragte Betty scharf.

Leilas Blick ging den Gang entlang und traf auf Neno, der

dort, wie wir eben erst bemerkten, bleich und ernst stand, wer wusste, wie lange schon.

»Also, das ist Omar, mein Cousin«, wiederholte Leila.

»Ja?«, fragte Betty. »Und weiter? Was macht der hier?«

Leila blickte nervös zu Boden, dann wieder zu Neno, dann wieder zu uns. Ihr Blick drückte nun schiere Verzweiflung aus.

»Sie sind wegen mir hier«, sagte Neno.

Kapitel 26

Betty bedeutete Neno und Leila, uns zu folgen, und schob sie in eines der Jungszimmer im ersten Stock. Die Schüler, die dort Wache hielten, schickten wir nach draußen.

»Erzähl!«, forderte Betty Neno auf.

Und endlich erzählte er.

Wie sein Vater, seit Jahren arbeitslos und immer mutloser und deprimierter, irgendwann eine Leidenschaft für Glücksspiele entwickelt hatte. Erst nur an Automaten für kleine Beträge, dann Online-Wetten und schließlich Kartenspiele in Hinterzimmern. Hinterzimmer bedeutete, dass dort immer jemand war, der Kredite vergab, keine Fragen zur Solvenz stellte, aber sein Geld dann, wenn die Zeit gekommen war, mit allen Mitteln einforderte. Nenos Vater hatte sich also einen Betrag geliehen, den er unmöglich zurückzahlen konnte, und so drohten die Geldgeber nicht nur ihm, dem Vater, Schaden zuzufügen, sondern auch seine Familie in Mitleidenschaft zu ziehen. Sie hatten ihm drei Wochen Zeit gegeben. Der Vater plante, mit der Familie zurück nach Kroatien, in die alte Heimat, zu fliehen.

Aber Nenos Mutter, eine resolute Frau, hatte sich strikt geweigert, woraufhin der Vater in eine Art Apathie verfiel und Neno als Erstgeborener beschloss, die Sache in die Hand zu nehmen und das Geld für seinen Vater zu beschaffen, ohne dem etwas davon zu erzählen. Das war auch nicht weiter schwierig, denn der Vater war entweder nicht zu Hause oder saß, wenn doch, geistesabwesend und trinkend vor dem Fernseher. Das Folgende zu erklären, fiel Neno zunehmend schwer, denn offenbar handelte er schon seit geraumer Zeit mit Drogen. In seinem Bericht spielte er die Sache herunter, sprach von weichen Drogen und lieferte die jugendtypische Argumentation, dass weiche Drogen ja viel ungefährlicher seien als Alkohol und er eigentlich nichts Falsches tue.

Er kannte also die Leute, die ihn mit Drogen versorgten und denen er am Wochenende die Einnahmen ablieferte, aus denen er dann seinen Anteil bekam. Er sah die Summen, um die es dabei ging, und er hatte zwei fatale Ideen. Zunächst erzählte er Lukas von seinem Problem, der – Ehrenmann, der er war – seinerseits begann, mit Drogen zu dealen, um Neno zu unterstützen. Und dann beschloss Neno, seine und Lukas' Einnahmen der Woche nicht abzugeben, sondern zu verstecken. Das war letztes Wochenende gewesen.

»Und was«, fragte Betty, »wollt ihr nach der Klassenfahrt machen? Dachtet ihr, in drei Tagen hätten eure Lieferanten vergessen, dass ihr Geld unterschlagen habt?«

Darauf zuckte Neno die Schultern, und es war unklar, ob er wirklich nicht so weit gedacht hatte oder er einfach nur seinem Vater hatte helfen wollen, ohne Rücksicht auf die Konsequenzen, die das für ihn selbst haben würde.

»Und deshalb hat Lukas Pauls Handy gestohlen?«, fragte ich.

Neno nickte.

»War das alles, oder habt ihr noch mehr geklaut?«

»Noch mehr«, sagte er nach einigem Zögern.

Mir fiel ein Aushang im Lehrerzimmer ein, verbunden mit einer Rundmail des Schulleiters, über entwendete Taschen und Jacken auf den Gängen. Neno und Lukas hatten einen richtigen Raubzug begonnen in ihrer Verzweiflung und sich dadurch mehrfach strafbar gemacht. Aber das war momentan wohl ihre geringste Sorge.

»Und was ist vor zwei Nächten genau passiert?«, fragte Betty schließlich.

Er zuckte die Achseln. »Ich schwör, ich hab alles gesagt, was ich weiß. Lukas wollte seine neue Schnalle treffen, ich bin zurück. Ich denke, Lukas ist noch in Neustadt, oder?«

Ich nickte. Im Grunde musste man ja fast froh sein, dass Lukas sich als so unzuverlässig, treulos und verantwortungslos entpuppt hatte. So war er wenigstens in Sicherheit.

Das hieß, die Männer in dem schwarzen Wagen hatten gestern den ganzen Tag nach Lukas gesucht. Sie waren morgens im Wald gewesen und hatten hier zum Fenster hereingeschaut. Nach und nach fügte sich alles. Jedes Puzzleteil war ohne mein Zutun an seinen Platz gerückt.

»Und was ist mit dir, Leila?«, fragte Betty. »Hast du das alles gewusst? Hast du deshalb in letzter Zeit öfter so aufgebracht mit Lukas geredet?«

»Ja, klar«, sagte Leila, »ich hab das mitbekommen. Zufällig, ich war gerade bei meinem Cousin, da kamen Lukas und

Neno herein. Sie wollten das herunterspielen, aber ich hab sofort kapiert, was da lief. Ich wollte Lukas warnen. Ich liebe meinen Cousin und alles, aber die Typen sind gefährlich. Und die verstehen keinen Spaß, wenn es ums Geschäft geht. Das war völlig klar, dass das Ärger geben würde. Von denen kann man nicht einfach Geld unterschlagen. Aber ich hätte niemals gedacht, dass die hier hochkommen. Ehrlich.«

»Aber nachdem Lukas verschwunden war«, sagte Betty, »konntest du dir nicht denken, dass es da einen Zusammenhang geben könnte?«

»Doch klar«, sagte Leila. »Ich wollte es Ihnen ja sagen, aber Neno hat mir versichert, dass Lukas eine Freundin hatte und bei der war …«

So ergab alles seinen Sinn. Meine sämtlichen Schlüsse und Hypothesen zerfielen in diesem Moment zu Staub. Auch wenn Hercule Poirot irgendwo sagt, dass man, wenn Fakten und Theorie nicht zueinanderpassten, die Theorie sausen lassen musste, war ich wieder einmal wie eine blinde, demente Parodie des großen Detektivs durch meine Ermittlungen gestolpert und hatte verlässlich alle Hinweise falsch gedeutet. Ich war Hercule Poirots wandelnde Karikatur. Mehr Mr Bean als Sherlock Holmes, hatte ich wieder, wie schon im Fall Menzel, nur zufällig den Ausgang aus dem Labyrinth der Möglichkeiten gefunden. Und auch dieser Ausgang war eine Sackgasse und beinhaltete nichts mehr als die Erkenntnis, dass die Welt ein immerwährendes Rätsel war, das keinen Sinn ergab, und dass jede vermeintliche Lösung wieder ein neues Rätsel beinhaltete wie eine russische Matrjoschka. Die Welt war, wie Dürrenmatt einmal schrieb, einfach zu konfus, um sie mit detektivischem Denken in ein System zu bringen.

Mit anderen Worten: Auch wenn sich alle meine bisherigen Theorien als falsch erwiesen hatten, so war doch eine Sache völlig klar:

Wir saßen in der Falle.

Kapitel 27

Kennst du diese Typen?«, fragte ich Betty, nachdem wir das Zimmer verlassen hatten. »Was weißt du über Drogenhandel in Freiburg?«

»Drogen sind kein Thema«, sagte Betty trocken. »Sind in der Prioritätenliste der Polizei ganz unten. Ist eine Menge Arbeit, die nichts bringt. Polizeilich ist das Thema durch, das lässt sich überhaupt nicht bewältigen. Die Politik kapiert das bloß nicht.«

»Ihr könnt denen doch nicht freie Hand lassen?«, wandte ich ein.

»Können wir schon, denn wir haben keine Kapazitäten. Es gibt derzeit nur drei Themen, auf die sich alles konzentriert: allgemeine Sicherheit im öffentlichen Raum, dass die Leute sich frei auf der Straße bewegen können und keine Angst haben müssen, dann Sexualdelikte, die sind vor allem medial immer ein Riesenthema, und natürlich die Einbrüche. Dafür gibt es Geld und Personal. Für Drogen nicht.«

»Also wissen wir nichts über diese Männer da draußen? Wer sie sind, wie gefährlich sie sind?«

»Der Drogenhandel in Freiburg ist auf den unteren Ebenen fast komplett in der Hand von Gambiern«, erklärte Betty. »Das Geschäft auf den Straßen machen in der Regel Geflüchtete. Die sind komplett austauschbar, wenn da einer abgeschoben wird, stehen schon zehn neue da. Das ist die Ebene, auf der Lukas und Neno mitgemischt haben. Die nächste Stufe sind die sogenannten Depothalter. Die lagern größere Mengen und verteilen sie an die Straßenhändler. Die Drogen in Deutschland kommen fast ausschließlich aus Nordafrika. Wie genau die Sachen nach Deutschland kommen und wer das organisiert, wissen wir nur theoretisch, ich selbst kenne keine konkreten Namen oder so. Leila ist Marokkanerin, richtig?«

Ich nickte.

»Also, ich denke, ihr Cousin und seine Leute sind marokkanische Depothalter. Sie akquirieren die Straßenhändler, geben die Drogen an sie aus und verwalten die Einnahmen. Aber natürlich gibt es noch jemanden über ihnen. Jemand, der den Transport hierher organisiert und das Geschäft für Südbaden verwaltet. Das kann jemand in Afrika sein, ich glaube aber, der oder die sitzen hier in Deutschland. Manche glauben, der komplette Drogenhandel in Deutschland ist in der Hand der Berliner Araber-Clans, aber das ist unklar. Wenn ich das Verhalten von Leilas Cousin richtig deute, müssen sie jemandem Rechenschaft ablegen, vor dem sie Angst haben. Sie sind seit gestern hier, offensichtlich überhaupt nicht darauf eingerichtet, hier längere Zeit im Freien ausharren zu müssen, und trauen sich offenbar nicht, Hilfe anzufordern. Die haben richtig Angst vor ihrem Boss, wer auch immer das ist. Die haben Schiss, unverrichteter Dinge nach Freiburg zurückzukehren ohne die beiden Missetäter und vor allem ohne das unterschlagene Geld. Andererseits hätten die ja schon gestern hier anklopfen können. Haben sie aber nicht. Stattdessen haben sie hier oben irgendwo übernachtet, vielleicht sogar im Auto, oder sie haben eine Autopanne und kommen hier nicht weg, was weiß ich, jedenfalls irren sie jetzt schon den zweiten Tag hier rum. Offenbar wollten sie unbedingt vermeiden, es hier in der Hütte zur Konfrontation kommen zu lassen. Das spricht immerhin für sie. Aber jetzt scheint ihre Geduld zu Ende.«

Das klang alles sehr plausibel. »Was bedeutet das für uns?«

Sie sah mich ernst an. »Die sind verzweifelt, frieren, haben Angst und keine Geduld mehr und werden alles tun, um das zu bekommen, was sie wollen. Wir müssen auf alles vorbereitet sein.«

»Außer, wir liefern Neno aus?«, fügte ich hinzu.

»Außer, wir liefern Neno aus«, sagte sie.

»Was wir natürlich nicht tun werden«, sagte ich.

»Natürlich nicht.«

»Auch nicht, wenn wir so alle anderen Schüler in Sicherheit bringen könnten.«

»Nicht einmal dann«, bestätigte Betty.

Wäre ich ein selbstfahrendes Auto, dachte ich, müsste ich Neno gemäß den mathematischen Risikoabwägungsberechnungen ausliefern, wenn ich dadurch vierundzwanzig andere Jugendliche retten könnte.

»Wenn man wüsste, dass die nur das Geld wollen und Neno dann wieder gehen ließen …«, bemerkte ich.

»Aber das weiß man nicht, und das ist auch eher unwahrscheinlich.«

»Die sind sicher sauer, weil sie schon so lange hier herumhängen müssen.«

»Extrem sauer«, sagte Betty, »außerdem geht es bei diesen Typen ja auch immer darum, Exempel zu statuieren. Das muss sich herumsprechen, damit sonst niemand auf die Idee kommt, Geld von ihnen zu unterschlagen.«

»Das heißt, jetzt wird es brenzlig«, sagte ich.

Wir sahen uns in die Augen.

»Das wird es«, bestätigte sie. »Bist du bereit? Ich weiß nicht, wie das hier ausgehen wird.«

Ich nickte.

Es war tatsächlich eine interessante Frage, die sich viele Lehrer insgeheim stellten. War man bereit, beispielsweise bei einem Amoklauf, sich schützend vor seine Schüler zu stellen? Sein Leben für sie zu opfern? Wie weit ging die pädagogische Verantwortung im Extremfall?

Mir waren die Antworten auf diese Fragen vollkommen klar. Niemand würde hier zu Schaden kommen, dafür würde ich alles tun.

Außerdem gab es eine Möglichkeit, wie wir die Marokkaner zum Abzug bewegen konnten.

Wir gingen zurück zu Neno, der düster vor sich hin brütend neben Leila saß.

»Neno, wo ist das Geld jetzt?«

»Versteckt.«

»Das heißt, dein Vater hat es nicht und weiß auch nicht, was du getan hast?«

Er schüttelte den Kopf.

»Wenn man denen das Versteck nennen würde, könnten die das Geld dann selbst holen?«, fragte Betty.

Nenos Blick weitete sich. Dann sackte er wieder in sich zusammen.

Es schien fast, als habe er immer noch gehofft, das Geld irgendwie behalten zu können. Offenbar hatte er eben erst erkannt, dass es hier nicht mehr darum ging, seinem Vater zu helfen, sondern darum, lebend aus dieser Situation zu kommen.

»Ich weiß nicht, wo es ist. Lukas hat es versteckt.«

Desillusioniert starrten wir ihn an. Damit waren unsere diplomatischen Möglichkeiten erschöpft.

Wir gingen nach unten in den Gemeinschaftsraum. Dort hatten sich wieder einige Schüler eingefunden. Die anderen bewachten nach wie vor die Fenster in beiden Stockwerken. Auch Dirk und Tatjana waren da.

Draußen war es nun fast dunkel, lediglich die Wolkendecke im Osten franste langsam auf und gab den Blick auf einen milchig scheinenden Vollmond frei, der die Landschaft in ein gespenstisches Licht tauchte.

Ich trat ans Fenster zu Dirk, der versuchte, durch die Rillen des Fensterladens etwas zu erkennen, und spähte auch hinaus. Wir sahen die schwarz gekleideten Männer schemenhaft vor dem Wald links von uns stehen. Eine Handvoll

Rocker hatte sich am Schuppen vorbeibewegt und am Fuße des Hügels hinter der Kuhtränke verschanzt. Die Einbrecher hielten sich nach wie vor im Schuppen bei den Motorrädern auf, einer von ihnen lehnte rauchend im Eingang.

Wir waren belagert. Ich tastete nach der Waffe in meiner Jacke.

»Wie in *El Dorado*«, murmelte Dirk.

»Oder dem Remake«, schaltete sich Tim, der Film-Aficionado, ein, der plötzlich hinter uns stand. »*Anschlag bei Nacht*. John Carpenter.«

»Wie geht es aus?«, fragte ich.

»Am Ende gut«, antwortete Tim, »aber bei Carpenter gibt es auch bei den Eingeschlossenen Opfer ...«

Ich hob die Hand. »Kein Wort mehr. Carpenter bringt uns nicht weiter.«

»Deswegen liebe ich Western«, sagte Dirk, »die gehen immer gut aus.«

»Wie haben die uns gefunden?«, sagte Tatjana laut und blickte alle Anwesenden nacheinander an. »Kann mir das mal irgendjemand sagen? Dirk kann es nicht.«

»Baby«, sagte Dirk beschwichtigend und ging auf sie zu, aber sie wich vor ihm zurück. »Du kennst doch Mike. Vielleicht hat er dich gewittert. Der Typ ist ein Tier. Hast du selbst gesagt.«

»Was ist Mike für einer?«, fragte ich.

Dirk starrte düster zu Boden, Tatjana sah mich an, als würde sie versuchen, meine Frage zu verstehen.

»Der ist schlau«, sagte Dirk dann, »und …«, er suchte nach dem richtigen Begriff, »er setzt seinen Willen durch. Immer. Sonst wirst du nicht Präsi bei den Caballeros.«

»Mike ist …«, Tatjana rang nach Worten, »… eigentlich kein brutaler Typ. Er hat Leute, die die Drecksarbeit für ihn erledigen. Aber … ich trau ihm alles zu. Vor allem, wenn er nicht bekommt, was er will.«

»Oder etwas wiederhaben will, das ihm weggenommen wurde?«, fragte ich.

Dirk und Tatjana sahen einander an und nickten.

Und dann berichtete Dirk davon, wie eine konkurrierende Bande dem Club Anteile an einem Freiburger Nachtetablissement hatte streitig machen wollen. Tatjana und er waren im Nebenzimmer gewesen.

Es waren drei Besucher. Mike hatte ganz ruhig mit ihnen verhandelt, während die Redebeiträge der Kontrahenten immer lauter und aufgebrachter wurden. Dann war er aufgestanden, hatte die Tür zum Nebenzimmer geöffnet, sich noch einmal umgedreht und den drei untergebenen Caballeros zugenickt, sich dann ein Bier aus dem Kühlschrank genommen und sich locker zu Dirk und Tatjana gesetzt, während die Konkurrenten im Nebenraum körperlich auf ihre Plätze verwiesen wurden. Danach konnten sie nicht mehr selbstständig nach Hause gehen und wurden draußen im Hof auf dem Boden abgelegt, wo sie von ihren Kollegen abgeholt werden mussten.

Das also war Mike. Man legte sich besser nicht mit ihm an.

Und man nahm ihm nichts weg. Man wollte jetzt nicht mit Dirk tauschen. Aber davon abgesehen, dass er eben so viel gesprochen hatte wie in den Tagen zuvor nie, wirkte er im Gegensatz zu Tatjana wenig verunsichert wegen der Ankunft der Rocker. Immerhin hatte er dem Alpharüden die Frau ausgespannt. Das dürfte nicht gut ausgehen für Dirk. Man merkte es ihm nicht an.

Ich sah mich im Gemeinschaftsraum um. Einige Schüler saßen still und gespannt an Tischen. Kristina strich Mira, die den Kopf auf den Tisch gelegt hatte, zärtlich übers Haar.

Es klopfte wieder an der Tür. Schüler schrien erschreckt auf. Betty und ich sahen uns an.

Ohne dass eine weitere Absprache nötig gewesen wäre, ging ich wieder zur Tür, Betty postierte sich schräg hinter mir, ihre Waffe im Anschlag.

Ich überlegte, ob ich ihnen sagen sollte, dass Lukas nicht hier war, aber sie würden es vermutlich ohnehin nicht glauben.

»Ihr bekommt weder Neno noch Lukas«, sagte ich bestimmt.

Omar blies sich in die Hände und trat von einem Bein aufs andere. Dann zeigte er mit dem Finger auf mich und sagte: »Ihr seid tot, Mann.« Er drehte sich um und stieg die Stufen hinunter.

Ich atmete durch, schloss die Tür und drehte mich um. »Und jetzt?«, fragte ich Betty.

Ein Schrei durchschnitt die Luft. Ich zuckte zusammen.

Max rannte, einen Besen wie ein Maschinengewehr in der Hand haltend, die Treppe aus dem ersten Stock herunter an uns vorbei, riss die Hüttentür auf und rief: »Ich knall euch ab!«

Dazu machte er Gewehrgeräusche wie ein Kind, das Krieg spielt. Ich rannte ihm nach. Draußen auf der Treppe schrie Mad Max: »Nur Chabos wissen, wer der Babo ist, ihr Wichser!«

Er streckte seinen Besen in die Dunkelheit wie ein Maschinengewehr.

Meinte er, das war so eine Art Spiel wie Lasertag oder dieser Quatsch, bei dem erwachsene Menschen mit Farbe aufeinander schossen?

Ein Schuss fiel in der Dunkelheit. Die Kugel schlug über der Hüttentür in das Holz ein.

Früher begann der Tag mit einer Schusswunde, dachte ich absurderweise. Wolf Wondratschek. Nie gelesen, aber ein guter Titel. Und passend. Wo kamen nur immer diese Zitate her? Und immer in den unpassendsten Momenten.

Max starrte kurz in die Nacht, dann hechtete er in den Raum zurück, während ich die Tür schloss.

Schüler schrien.

»Die Wichser haben auf mich geschossen!« Max drehte sich zu mir um, dann rannte er zurück in die Hütte in Bettys Arme.

»Spinnst du?«, schrie sie ihn an. »Was ist denn mit dir los?«

Max starrte sie entgeistert an, dann schüttelte er den Kopf, als wäre er aus einer Trance erwacht. »Das ist ja voll echt.«

»Was dachtest du denn? Dass das ein Computerspiel ist oder was?«, fuhr Betty ihn an. Für ihre Verhältnisse war sie ausgesprochen emotional, außer Rand und Band beinahe.

»Sorry, irgendwie, ja. Krass.« Er kratzte sich am Kopf und sah für einen Moment aus wie der kleine Junge, der er ja eigentlich auch noch war. Die Wirklichkeit, so schien es Max in dem Moment erkannt zu haben, war tatsächlich real.

Wir gingen in den Gemeinschaftsraum zurück, wo Max sich auf eine Bank fallen ließ und das Gesicht in den Händen vergrub.

Ich ging davon aus, dass der Schuss von den schwarzen Männern beim Wald gekommen war, die gedacht hatten, jemand würde auf Omar schießen, der den Waldrand noch nicht ganz erreicht hatte.

Da durchdrang ein weiterer tiefer Schrei die angespannte Stille. Es war eine Art Grollen, das von ganz tief unten, aus den abgelegensten Schluchten von Maria Götz' Seele kam, die mit weit aufgerissenen Augen in der Tür zum Gemeinschaftsraum stand. Ein Schrei, der alles herauspresste, was sich in dieser nervlich zerrütteten Existenz angesammelt hatte.

Kapitel 28

»Mir reicht's!«, rief Maria Götz, und dann hörte man einzelne Schüler aufschreien, und auch mir stockte für einen Moment der Atem.

Sie hatte eine Waffe in der Hand. Die Waffe, die Tim mir vorhin übergeben hatte. Wie kam sie an diese Waffe? Ich erinnerte mich, dass ich sie in meiner Tasche gehabt hatte, umschlossen von der rechten Hand. Hatte ich sie irgendwo hingelegt, als ich Max nachgeeilt war? Ich wusste es nicht. Und noch weniger wusste ich, ob ich sie seit unserem Ausflug zum Schuppen eigentlich jemals wieder gesichert hatte …

»Ich hab die Schnauze so was von voll! Ich hab keinen Bock mehr, versteht ihr? Dieses Scheißleben, dieser Scheißberuf! Ich weiß, dass ich nicht geeignet bin, ich weiß das schon lange. Schon im Referendariat wusste ich das, es war von Anfang an die Hölle, aber was soll man denn machen, wenn man nur das studiert hat und schon knapp dreißig ist? Dann zieht man es halt durch, man kann ja nichts anderes. Und dann noch Religion und Latein, die beiden unbeliebtesten Fächer, die nimmt doch keiner ernst!«

Schüler kamen aus dem Obergeschoss hinunter, um zu hören, was sich hier abspielte.

»Ich weiß, dass ihr über mich lacht«, Maria Götz war nicht zu bremsen, »ich weiß, dass ihr die Hausaufgaben vor der

Schule abschreibt, ich weiß das alles, dass ihr mich nachmacht mit meinem Zwinkern, aber ich kann da nichts dafür, wisst ihr, ich habe mir das nicht ausgesucht. Ich weiß, was ihr macht, wenn ich mich zur Tafel umdrehe!«

Während all das aus ihr herausbrach, fuchtelte sie wieder mit den Händen vor dem Gesicht und über dem Kopf herum, nur, dass sie in der einen diesmal eine ungesicherte Waffe hielt. Schüler warfen sich auf den Boden oder gingen hinter Tischen und Stühlen in Deckung, nicht jedoch, ohne sie gleichzeitig gebannt und fasziniert anzustarren, so wie Gaffer einen schlimmen Autounfall. Einzelne Schüler dokumentierten das Schauspiel mit ihren Handys für die Nachwelt.

»Was meint ihr denn, wie sich das anfühlt?« Sie war offenbar noch nicht fertig. Ihre Stimme war schrill und hoch. »Wenn sich nie jemand meldet, wenn man eine Frage stellt? Und dieses Gefühl jeden Sonntagabend, wenn es einem schon graust vor der Woche, die vor einem liegt. Wenn man in den Ferien die Tage rückwärts zählt und am Ende fast nicht mehr schlafen kann, und wenn die Schule dann wieder anfängt, jeden Tag abhakt, der einen näher zu den nächsten Ferien bringt.«

»So geht's uns auch«, rief Amir, und einige lachten, aber Maria Götz funkelte ihn nur böse an.

»Glaubt ihr, ich sehe nicht die Sprüche, die manchmal an der Tafel stehen, und die Texte in den Abizeitungen?«

Es war klar, dass Maria Götz nicht nur über die anwesende Klasse sprach. Sie waren nur ihr Publikum. Sie meinte die

Schülerinnen und Schüler im Allgemeinen, die Schüler, die sie einst unterrichtet hatte, die nun Anwälte und Ärzte und Filialleiter waren. Und nicht nur die. Ich hatte den Eindruck, sie klagte die ganze Welt an. *J'accuse!*

»Was meint ihr denn, warum ich so oft fehle? Mir geht es nicht gut. An manchen Tagen weiß ich nicht, wie ich aus dem Bett kommen soll, und dann zähle ich die Stunden, bis ich wieder dahin zurückkann. Zweimal war ich in Kur. Zwei Tage hat es beim letzten Mal gedauert, und ich habe mich wieder so gefühlt wie vorher. Appetitlosigkeit, Rückenschmerzen, Ausschlag. Ich hab sogar kreisrunden Haarausfall!«

Sie hielt uns den Hinterkopf entgegen, zog mit beiden Händen die Haare auseinander, mit der sie die lichte Stelle zu überdecken versuchte. Mit der einen Hand konnte sie wegen der Pistole nur einige Finger dazu verwenden, und wir hielten die Luft an, aus Angst, dass sich ein Schuss lösen könnte. Ich war sicher, sie hatte die Existenz der Pistole in ihrer Hand völlig vergessen.

»Wisst ihr, von was das kommt?«, fragte sie, und wie in ihrem Unterricht schwiegen die Schüler, aber diesmal sicher nicht aus schierem Desinteresse.

»Vom Stress!« Ihre Stimme war nun mehr ein Kreischen, sie überschlug sich und wurde heiser. Interessant war, dass sie während ihres Monologs kaum noch zwinkerte. Es schien, als löste sich jahrzehntealte Anspannung in ihr. Sie stand wie eine antike Säule, erstarrt, aber schwer atmend. Der Schweiß stand ihr im Gesicht.

Ein Schüler, Amir, begann zu applaudieren. Andere schlossen sich ihm an.

»Nicer Auftritt, Frau Götz!«, rief Max. Der Applaus wurde heftiger, und anders als dieses hohle Klatschritual nach Referaten oder bei Schülervollversammlungen wirkte dieser Applaus ehrlich und authentisch. Sie schienen aufrichtig beeindruckt.

Maria Götz' Blick löste sich aus seiner Erstarrung. Sie zwinkerte, ein Lächeln huschte über ihr Gesicht. Dann bemerkte sie die Waffe in ihrer Hand. Sie starrte sie einige Sekunden lang an. Ich hielt den Atem an.

Jetzt war alles möglich, dachte ich.

Da rannte Maria Götz mit einem weiteren markerschütternden Schrei los aus dem Raum Richtung Hüttentür.

»Nein!«, schrie Betty, aber sie kam zu spät. Maria Götz riss die Tür auf und rannte hinaus in die stürmische Nacht.

»Zeigt euch, ihr Arschlöcher!«, hörten wir sie rufen. »Wer sich an meinen Schülern vergreift, bekommt es mit mir zu tun!«

Wir hörten einen Schuss.

Dann war es still.

Kapitel 29

Betty und ich spähten zu der halb geöffneten Hüttentür hinaus in die Dunkelheit, doch es war nichts zu erkennen. Der Schneeregen klatschte gegen die Hüttenwand und die Fenster. Der Sturm zerrte an den Fensterläden. Wir schlossen die Tür und sahen uns an. Es war völlig still im Raum.

»Krass«, sagte ein Schüler, und damit war der Bann gebrochen. Die Schüler begannen zu plappern und das eben Erlebte aufzuarbeiten.

»Jungs, sichert wieder die Zimmer!«, rief Betty, pragmatisch wie immer.

Ich spürte, wie ich Maria Götz beneidete. Und wenn ihr Verhalten noch so irr war, immerhin war es ihr gelungen, diesem Ort zu entkommen. Wir anderen glaubten, wir würden uns hier verschanzen, aber in Wirklichkeit, das wurde immer klarer, war dies ein Gefängnis ohne Ausgang.

»Herr Horvath, Betty, schnell!« Der Schrei kam aus dem Mädchentrakt. Ich riss mich aus meinen Gedanken, und wir stürmten den Gang hinunter.

In einem der Mädchenzimmer im Erdgeschoss standen Jako, Amir, Vida und der kleine Paul mit Besen, Küchenmessern und einem Wischmopp bewaffnet vor dem geöffneten Mädchenzimmerfenster.

Am Fensterrahmen war Blut, und draußen stöhnte ein Mann.

»Vida hat ihn erwischt!«, flüsterte Amir aufgeregt. »Mit dem Messer!«

An der Messerklinge, die sie in der Hand hielt, klebte Blut.

»Ich auch«, sagte Paul und hielt stolz seinen Mopp in die Höhe. »Voll ins Auge.«

»Das war geil«, sagte Jako und hob die Hand, sodass die anderen drei einschlagen konnten, was sie auch taten. Erstaunlich, dachte ich. Jako, der Korbinian fast schon hörig schien, bildete nun ein Team zusammen mit Vida, Amir und Paul.

»Vorsicht«, rief Betty und zog ihre Waffe. Sie näherte sich dem Fenster. Mit einem großen Schritt schnellte sie bis zum Fensterrahmen vor und hielt die Waffe nach draußen.

»Keine Bewegung!«, rief sie. Einer der schwarz gekleideten Männer hielt sich stöhnend mit der blutigen Hand sein Auge. Als er uns sah, rollte er sich blitzschnell weg von der Hütte in die Dunkelheit.

»Verdammt!«, zischte Betty. In dem stürmischen Regen konnten wir weder sehen noch hören, wie er sich entfernte.

Ich drehte mich um, wo Vida, Amir, Jako und Paul immer noch stolz und aufgeregt nebeneinanderstanden.

Es brauchte also nur einen äußeren Feind, schon waren alle Unterschiede und Feindschaften vergessen. Paul und Jako, ein unmögliches Paar in der Welt, wie wir sie bisher kannten. Aber hier und jetzt war alles möglich. Man musste offenbar nur um sein Leben bangen, schon rauften sich Soziopathen und Außenseiter in Teams zusammen, und Phlegmatiker wurden aktiv. Außerdem war es beinahe rührend zu sehen, wie die Jungs nicht nur ihre, sondern auch die Mädchenzimmer bewachten. Noch vor wenigen Jahren war es für sie die Höchststrafe gewesen, wenn man einen Jungen neben ein Mädchen setzte, und auch jetzt zweifelte man mitunter am Frauenbild junger Männer, doch heute erwiesen sie sich wahre Ehrenmänner.

»Gut gemacht«, sagte Betty zu den vieren. »Bleibt hier und sichert das Fenster. Horvath, komm mit.«

Wir eilten von Zimmer zu Zimmer, um die Fensterläden zu prüfen und die Schüler zu warnen, dass wir angegriffen wurden und jederzeit überall damit zu rechnen war, dass die Drogendealer eindringen wollten. Das Problem war freilich, dass die Fensterläden auch von außen geöffnet werden konnten. So blieb uns nur, aufmerksam genug zu sein, um jeden Versuch, die Läden von außen zu öffnen, sofort zu entdecken und dann mit allen Mitteln zu unterbinden. Wir stellten sicher, dass alle Schüler mit irgendetwas ausgestattet waren, womit man die Angreifer in die Flucht schlagen konnte, wohl wissend, dass diese richtig bewaffnet waren und wir die Schüler so großer Gefahr aussetzten, aber wir sahen keine Alternative. Die Bedrohung war real und immens. So oder so. Da konnten wir uns genauso gut verteidigen mit allem, was wir hatten.

Ich sah immer wieder Schüler, die mit ihren Handys Fotos

machten. So bedroht konnten sie sich wohl nicht fühlen, wenn es dafür noch reichte. Da sie ihre Bilder ja nicht direkt hochladen konnten, hofften sie also, hier heil herauszukommen. Zum ersten Mal beruhigte mich das ständige Fotografieren. Sie glaubten an eine Zukunft, in der sie diese Bilder mit der Welt teilen konnten. Futur 2: *Wir werden etwas erlebt haben.*

Nur einer hatte offenbar ein unlösbares Problem. Korbinian Herrwagen rannte immer wieder mit seinem Handy durch die Gegend, offenbar bemüht, seinen Vater zu erreichen. Der Schweiß stand ihm auf der Stirn, die Pupillen waren geweitet, es ging ihm nicht gut. Immer wieder schrie er, er wolle hier raus, erwähnte seinen Vater, der das alles im Nu regeln würde, sogar seine Untergebenen Jako und Marlon sahen ihn bereits irritiert an.

Dann klopfte es an der Eingangstür. Wir fuhren herum.

Wieder ging ich sie öffnen, Betty mit Waffe in der Hand schräg hinter mir.

Direkt vor der Tür stand niemand, daher musste ich sie weiter öffnen, als mir lieb war. Unten im Gras standen zwei Rocker, ein kleiner mit einer Kopfbedeckung, die an einen Stahlhelm erinnerte und vielleicht auch genau das war. Hinter ihm stand ein großer Mann mit Bart.

»Dirk und Tatjana da drin!?«, fragte der Kleine. Es war mehr eine Feststellung als eine Frage, daher war mir nicht ganz klar, ob eine Antwort erwünscht war.

»Vielleicht, vielleicht auch nicht«, sagte ich.

»Gehen wir davon aus, dass sie es sind«, sagte der Mann mit dem Stahlhelm, »dann möchten wir Sie freundlichst bitten, sie doch eben zu uns herauszuschicken. Wir würden dann im Anschluss auch direkt von hier verschwinden. Na, wie klingt das für Sie?«

Ich blickte ihn an. Ich ging davon aus, der Riese mit dem Bart war Mike. Und offenbar hatte er eine Art Pressesprecher, der gut mit Worten umgehen konnte und nun das Reden für ihn übernahm.

»Und wenn sie nicht kommen?«, fragte ich.

Der Mann mit dem Helm blickte zu seinem Chef, soweit ich sehen konnte, kommunizierten sie ohne Worte.

»Dann sehen wir uns gezwungen, sie zu holen. Sie haben zehn Minuten. Wir gehen einfach wieder zurück zu unserer Kuhtränke und sind gleich wieder da.«

Damit drehten die beiden sich um und verschwanden in der Dunkelheit.

Ich schloss die Tür.

Hinter uns standen Dirk und Tatjana.

»Wer war das?«, fragte Tatjana.

»Ich glaube, Mike und ein Mann mit Stahlhelm.«

»Wolli«, sagte Tatjana, und wieder sah sie Dirk verzweifelt an, der ihrem Blick auswich.

»Sie wollen, dass ihr rausgeht«, sagte Betty. »Dann lassen sie uns in Ruhe.«

Tatjana packte Dirk am Kragen und zog ihn aus dem Gemeinschaftsraum, den Gang hinunter.

Man konnte sie erregt miteinander flüstern hören, aber nicht, was genau gesagt wurde.

Wieder klopfte es an der Tür. Wieder formierten Betty und ich unser Türöffner-Gespann, ich vorne, sie dicht hinter mir.

Draußen roch es nach Benzin.

Unten im Gras stand Omar. Er hielt einen Kanister in der einen und eine brennende Fackel in der anderen Hand. Die Rocker standen ein wenig dahinter und beobachteten die Situation.

»Wir haben keine Geduld mehr. Letzte Warnung. Neno und Lukas, jetzt!«, rief Omar.

Das *oder* konnte er sich sparen. Es war deutlich, worauf das hinauslaufen würde. Sie würden die Hütte in Brand setzen.

Mein Albtraum von letzter Nacht fiel mir ein. Und plötzlich wusste ich, woran mich das alles erinnerte. Es war ein tief vergrabenes und verdrängtes Ereignis, dessen Nachhall in dem Moment mit einer solchen Vehemenz nach oben gespült wurde, dass mir körperlich schlecht wurde. Ich hielt mich am Türrahmen fest.

»Gregor?« Bettys Stimme ganz in meiner Nähe.

Die Fackel flog Richtung Hütte. Das Benzin, das er offenbar direkt, nachdem die Rocker sich entfernt hatten, auf Treppenstufen, Tür und Vorderwand verteilt hatte, fing Feuer.

Wieder war ich gefangen.

Bilder aus meiner Jugend. Ich war etwa dreizehn. Uwe und

seine Kumpels. Ein Schrebergarten in den Weinbergen. Feuer.

Hercule Poirot, der irgendwo sagt: *Die Vergangenheit ist die Mutter der Gegenwart.*

Uwe und seine Kohorte hatten mich eines Nachmittags abgepasst. Möglicherweise war ich im örtlichen Lebensmittelgeschäft einkaufen gewesen, als sie mir rauchend und erfreut grinsend auf ihren Bonanzarädern entgegenkamen.

Sie warfen meine Einkaufstasche weg und schleppten mich eine Seitengasse entlang in die Weinberge auf eines der vielen kleinen Grundstücke mit Gartenlaube. Sie mussten den Plan schon länger geschmiedet haben, denn die Tür der Laube war offen, sodass sie mich sofort hineinschieben konnten.

In der Hütte war es muffig und vor allem dunkel. Die Fensterläden waren von außen geschlossen. Ich stolperte in den lichtlosen Raum, und die Tür hinter mir wurde zugeworfen und der Riegel von außen vorgeschoben. Ich hörte sie draußen lachen und sprechen und stand reglos da, wie gelähmt. Kein Hämmern gegen die Tür, kein Schreien. Eine Weile tat ich gar nichts. Ich hatte keine Orientierung, wusste nicht, was sich in der Hütte befand, und vor allem nicht, was draußen vor sich ging. Ich stand mit klopfendem Herzen einfach nur da, wartend, was passieren würde. Ich hörte ihre gedämpften Stimmen. Dann begannen sie von allen Seiten mit Stöcken gegen die Wände der Hütte zu schlagen.

»Da kommst du nicht mehr raus!«, rief Uwe.

Die Schläge wurden lauter, und ich kombinierte, dass sie Steine auf den Schuppen schmissen. Die Abstände wurden geringer, und in dieser Kakofonie überkam mich plötzlich eine unkontrollierbare Panik. Ich warf mich gegen die Wand, suchte den Ausgang, fand ihn, schmiss mich dagegen, schrie und trommelte mit den Fäusten gegen das Holz. Ich bekam kaum noch Luft und glaubte, irgendetwas in mir würde im nächsten Moment vom Druck zerplatzen.

Aus weiter Ferne hörte ich die aufgebrachten Stimmen der Schüler. Sah Leila, die sich uns näherte.

»Gregor, was ist los?« Ich spürte, wie Betty mich schüttelte.

Feuer, dachte ich und war wieder zwölf Jahre alt.

Kapitel 30

Ich befand mich in der Dunkelheit des Gefängnisses, in das Uwe und seine Kumpels mich gesteckt hatten, und roch den Rauch, bevor er mir in den Augen brannte. Er drang durch die Ritzen des Holzes. Draußen wurde es still. Ich schrie, heulte, bettelte. Nichts. Der Rauch wurde beißend. Ich stieß gegen einen Tisch, gegen Stühle, irgendetwas fiel zu Boden und zersprang. Ich spürte Rauch in der Nase, und kurze Zeit später sah ich die ersten Flammen von unten her an der Innenseite der Holzwand hervorzüngeln.

Ich stellte mir vor, wie es sein würde zu verbrennen. Vielleicht, so hoffte ich in dem Moment, wurde man vorher ohnmächtig, weil man keine Luft mehr bekam. Meine Hände tasteten nach etwas, das ich verwenden konnte, um das Feuer einzudämmen, aber ich fand nichts. Die Wand vor mir brannte nun, die Flammen fanden in dem jahrzehntealten Holz ideale Nahrung. Ich wagte einen letzten Versuch, mich gegen die Tür zu werfen. Vielleicht war die Wand durch das Feuer bereits instabil genug, dass sie nachgab. Ich drückte gegen die Tür, doch sie war unnachgiebig fest. Bald gab es keinen Winkel, in dem ich noch gut atmen konnte. Und dann tat ich etwas Merkwürdiges. Ich setzte mich in die hinterste Ecke und wartete auf den Tod. Vermutlich waren das nur wenige Minuten gewesen, für mich dauerte dieses Warten eine

Ewigkeit. Ich sah mein bisheriges Leben als Sonderling, als Außenseiter, und ich sah mein zukünftiges Leben als jemand, der nie dazugehören würde. Und es war in Ordnung. Ich hatte es behaglich in mir selbst eingerichtet. Ich wollte und konnte mich nicht verbiegen.

Allerdings konnte ich irgendwann auch nicht mehr sitzen bleiben. Das Gehirn mag Dinge wollen, aber der Körper fordert sein eigenes Recht, und der Überlebensinstinkt dominiert am Ende alles. Ich sprang auf, hielt mir mein Hemd vor Mund und Nase, aber auch so konnte ich das Husten nicht mehr unterdrücken.

»Herr Horvath!« Kristina stand atemlos vor uns. »Dirk und Tatjana, ich hab die belauscht eben. Ich war im Schrank. Versteckt. Bin ich reingehüpft, als die reinkamen. Weiß auch nicht, warum. Reflex oder so. Die haben eine Bank ausgeraubt. Die wussten nicht, dass ich im Zimmer bin. Bin rausgerannt. Voll an denen vorbei.«

Dirk bog um die Ecke und hielt inne. Offenbar hatte er Kristina verfolgt in der Hoffnung, sie zu erwischen, bevor sie bei uns ankam.

Er blieb stehen, als er sah, dass sie bereits mit uns sprach.

»Und Dirk und Tatjana«, sagte Kristina noch, »die haben Waffen, aber das sind keine echten.«

»Horvath!« Betty zeigte aus dem Fenster neben der Eingangstür, wo man flackerndes Licht erkennen konnte. Das Haus hatte Feuer gefangen.

Tatjana und Dirk wussten nun, dass wir von dem Banküberfall wussten.

»Na und, wollt ihr uns jetzt verhaften, oder was?«, rief Dirk höhnisch, aber ich hörte ihn kaum. Denn ich sah, dass Leila die Eingangstür erreicht hatte und sie aufriss.

»Nein!«, rief Betty.

»Omar!«, rief Leila und rannte hinaus in die Nacht zu ihrem Cousin.

»Leila«, rief Tim, stürzte hinterher, wollte nach ihr greifen und verfehlte seine Freundin um Haaresbreite. Unschlüssig blieb er im Türrahmen stehen und starrte in die Dunkelheit.

»Tim, mach keinen Quatsch«, sagte Betty.

»Tim, bitte«, murmelte ich beschwörend.

»Okay«, sagte Tim, wandte sich uns zu, blickte zu Boden und mir dann in die Augen.

Dann zuckte er die Achseln und machte eine entschuldigende Geste. »Sturm und Drang, Herr Horvath. Sorry.«

Damit drehte er sich abrupt zur Tür und sprang hinaus ins Dunkel der Nacht, seiner Freundin Leila hinterher.

Rauch drang durch die Wand ins Innere der Hütte. Ich musste hier raus.

Betty wies die Schüler an, Wasser in allen auffindbaren Behältern herbeizuschaffen.

Ich nahm die Bewegungen um mich herum wie durch einen Schleier wahr.

Wieder war ich in der Gartenlaube. Mein Atem ging schnell und flach, meine Augen tränten, meine Lunge brannte. Meine Hand ergriff die Türklinke, ein Akt der Verzweiflung.

Ich drückte sie nach unten, und zu meiner großen Überraschung öffnete sich die Tür.

Hustend stolperte ich nach draußen, wo es eine Weile dauerte, bis meine Augen im grellen Sonnenlicht etwas erkennen konnten. Ich hatte mich darauf gefasst gemacht, von Uwe mit Steinen oder Stöcken empfangen zu werden, aber da war niemand. Sie waren gegangen. Und hatten offenbar vorher die Tür aufgeschlossen. Die Hütte hinter mir brannte mittlerweile lichterloh. Ich rannte davon, nicht zuletzt aus Angst, am Ende noch als Brandstifter unter Verdacht zu geraten.

Immerhin hatten Uwe und seine Freunde vor ihrem Weggang die Tür geöffnet, offenbar wollten sie mich nicht töten. Das war aber auch alles, was man ihnen zugutehalten konnte. Seit jenem Tag litt ich unter Platzangst. Zugesperrte Räume machten mich nervös. Von Räumen, die brannten, ganz zu schweigen.

Plötzlich wusste ich, was ich tun musste. Ich würde nicht länger hier drin abwarten, was das Schicksal als Nächstes vorgesehen hatte. Mit einem Mal war mir klar, wie wir hier herauskommen konnten. Ich hatte den Ausweg aus dem Labyrinth gefunden.

»Dirk, geben Sie mir Ihre Motorradjacke und Ihre Jeans«, sagte ich zu Dirk.

»Was?«, fragte er ungläubig.

»Horvath, was hast du vor?«, fragte Betty.

»Wir müssen etwas unternehmen, Betty, wir müssen die Schüler retten!«

Schüler schleppten Wasser in allen erdenklichen Behältern, Töpfen, Mülleimern herbei und versuchten, den Brand zu löschen. Dass es draußen so stark regnete, war sicher ein Vorteil.

Betty sah mich an. Offenbar hatte sie keine bessere Idee, wie wir heil aus dieser Sache herauskommen konnten. Ich hingegen sah es mit einem Mal ganz klar: Es war wie beim Schach, wenn eine Partie zum Stillstand gekommen war, beide Gegner sich ineinander verkeilt hatten, nur darauf bedacht, keine Fehler zu machen, sodass es lediglich noch zu kleinen, unbedeutenden Alibizügen auf engstem Raum kam. In solchen Situationen musste einer der Spieler etwas wagen, vielleicht sogar eine mittelbedeutende Figur opfern, um Bewegung in die Sache zu bekommen. Und das war ich. Eine mittelbedeutende Figur, die Bewegung in die Sache brachte.

»Los, Jeans und Kutte!«, herrschte ich Dirk an. »Sie haben uns genug eingebrockt, das ist Ihre Chance, uns zu helfen und zu verhindern, dass hier Jugendliche zu Schaden kommen.«

»Mach schon, Baby«, sagte Tatjana, »tu, was er sagt.«

»Aber?«, fragte Dirk fast ein wenig schüchtern. »Was zieh ich an?«

Ich blickte mich um. Amir hatte etwa Dirks Größe.
»Amir«, rief ich, »hast du eine Trainingshose übrig?«

»Ja.« Er rannte in sein Zimmer und kam gleich mit einer Hose zurück.

Dirk wandte sich ab, zog sich um und reichte mir die gewünschten Kleider.

Ich ging mit Betty in die Küche und erzählte ihr, was ich vorhatte, während ich mich umzog. Sie sah mich ernst an, aber in ihrem Blick lag noch etwas anderes. Sorge und Wärme.

»Ich gehe ohne Waffe. Versucht ihr, das Feuer zu löschen. Pass auf die Schüler auf!«, sagte ich. Ich richtete mich auf, nun verkleidet wie Dirk. Ein Lächeln huschte um Bettys Mund.

Dann griff sie mich am Nacken und zog meinen Kopf dicht vor ihr Gesicht.

»Gut. Das könnte gehen. Pass auf dich auf, Horvath! Ich brauch dich noch.«

Ich roch ihren Atem, so dicht waren ihre Lippen vor meinem Gesicht.

Dann küsste sie mich auf den Mund.

Wenn es noch etwas gebraucht hatte, um mich vollends davon zu überzeugen, dass das alles gut ausgehen konnte, dann war es dieser Kuss gewesen.

Ich brauch dich noch. Ich dich auch, Betty.

Damit stürzte ich hinaus in die Dunkelheit.

Kapitel 31

Das Ereignis in den Weinbergen in der brennenden Hütte hatte mir mehrere Dinge über mich selbst gezeigt. Unter anderem tat ich mich anscheinend schwerer damit, nur einzustecken, als ich selbst und sicher auch Uwe gedacht hatte. Ich hatte die Sache nicht auf sich beruhen lassen können. Also fasste ich einen Plan. Aus einem Asterix-Comic wusste ich, dass es leicht war, Gruppen gegeneinander auszuspielen, indem die eine Gruppe etwas über die andere erfuhr, was sie in ihren Vorurteilen bestätigte. Ob das stimmte oder nicht, spielte dabei überhaupt keine Rolle. Ich wusste, dass mein Bruder Martin und seine Jungs die Uwe-Bande hassten. Ich schämte mich aber auch, Martin von der Sache im Weinberg zu erzählen, da ich vor ihm nicht als Schwächling dastehen wollte, oder genauer, ich wollte ihn nicht noch darin bestärken, mich so zu sehen. Also erzählte ich ihm, ich hätte mit angehört, wie Uwe und seine Leute planten, die Hütte am See anzuzünden, in der Martin und die Jungs jede freie Sommerminute verbrachten.

Die nächsten Tage wurde besagte Hütte also rund um die Uhr bewacht. Das gab mir die Gelegenheit, eines Nachts, als Martin zur Wache eingeteilt war, auf den zweiten Lieblingsort meines Bruders, den Fußballplatz, zu gehen und ihn umzugraben. Für jemanden, der körperliche Tätigkeiten aller

Art verabscheute, war das ein beträchtliches Unterfangen, und nach einigen Stunden musste ich es dabei bewenden lassen, nur den Strafraum geschafft zu haben, aber immerhin. So konnten sie am Wochenende auf keinen Fall ihr Punktspiel darauf ausrichten und mussten stattdessen auf den verhassten Hartplatz ausweichen. Wer für diese Tat infrage kam, war klar, dafür hatte ich mit meinem Gerücht gesorgt. Nur dass eben in letzter Minute der Tatort von der Hütte am See auf den Sportplatz verlegt worden war.

Martin war außer sich. Und natürlich schrie diese Tat nach Rache. Dies war der Auftakt einer Sommerfehde mit Racheaktionen auf beiden Seiten, die damit endete, dass Uwe und seine zwei Helfer von der Schule verwiesen wurden, weil sie, dummerweise vor Zeugen, von denen zufällig einer ich war, Martins Kumpel Frank in der Sportumkleide der Schule auflauerten und dann so zurichteten, dass er ins Krankenhaus musste. Es war eine Falle gewesen, von mir eingefädelt. Auch wenn Uwe weitergegangen war, als ich mir das hatte vorstellen können, so war mir doch seither klar, dass mein Weg immer der trickreiche und überraschende sein würde, ein Produkt rationaler Überlegungen statt blinder Gewalt. Und so würde ich es auch diesmal halten.

Nur dass es diesmal anders ausgehen musste. Es durften keine Unschuldigen mehr zu Schaden kommen.

Das Feuer, das Omar gelegt hatte, schien kein großes Problem zu sein. Es war nicht mehr viel davon zu sehen, offenbar war nur das Benzin verbrannt, ohne dass das Holz Feuer gefangen hatte. Dafür regnete es wohl auch zu stark.

Der Wind blies mir scharf ins Gesicht. Der Schneeregen klatschte wütend herab. *Sometimes it snows in April.* Hatte Martin geahnt, was mich hier oben noch erwarten würde?

Ich sah die Rocker bei der Kuhtränke stehen. Die zehn Minuten waren sicher gleich um, ich musste mich beeilen. Ich hatte Betty instruiert, wie sie die Rocker hinhalten konnte, sollten sie ans Haus zurückkommen, bevor ich mit ihnen geredet hatte.

Meine Schuhe sanken tief in den Morast ein, als ich mich auf den Weg in den Schuppen zu den Einbrechern machte.

Die ersten paar Züge meines Plans sah ich klar vor mir, alles Folgende blieb bis auf Weiteres Theorie. Alles war nun möglich. Aber alles war besser, als in dieser Hütte abzuwarten.

Einer der Einbrecher trat in den Eingang und leuchtete mir ins Gesicht. Geblendet hielt ich mir die Hand vor die Augen. »Ich habe ein Angebot. Ich bin unbewaffnet.«

Ich wusste nicht, wie ich aussah. Einer präzisen Prüfung konnte meine Verkleidung als Rocker kaum standhalten, aber ich hoffte, die Dunkelheit würde die beträchtlichen Ungenauigkeiten kaschieren.

»Komm rein!«, sagte der Mann, als würde ich ihn bei sich zu Hause besuchen.

Ich trat ein. Er beleuchtete mich mit seiner Taschenlampe, dann hielt er das Licht gnädigerweise zur Seite, sodass es uns nur indirekt beleuchtete.

Der, der mich empfangen hatte, war offenbar der Chef, die anderen beiden hielten sich im Hintergrund und schwiegen.

»Also, passt auf«, sagte ich in der Rolle eines Mitglieds der Caballeros, das von Mike mit einem Vorschlag hierhergeschickt worden war. »Ihr wisst, dass wir euer Versteck dort drüben und eure Sachen gefunden haben. Wir halten eure Hütte besetzt und haben euren Lieferwagen. Wir können die Beute locker verkaufen, das ist kein Problem für uns.«

Ich konnte nur hoffen, dass er mir meine Rolle abnahm. Er beäugte mich misstrauisch, dann sagte er mit osteuropäischem Akzent: »Sag uns etwas, was wir noch nicht wissen.«

»Gut«, sagte ich, »wie wäre es damit: Wir lassen euch alles, was in der Hütte dort oben ist.«

Er verengte die Augen zu Schlitzen, als wolle er bloß kein Wort, keine Bewegung, keine Kleinigkeit verpassen von dem, was ich tat und sagte. Er beobachtete mich ganz genau. Ich versuchte, das zu ignorieren.

»Was wollt ihr dafür?«, fragte er.

»Da in der Hütte bei den Schülern sind zwei unserer Leute. Die verstecken sich da drin. Wir wollen die da rausholen. Ihr helft uns dabei und sorgt dafür, dass uns die Marokkaner dort drüben nicht in die Quere kommen.«

»Das sind Marokkaner?«, fragte er scharf. »Was wollen die hier?«

»Da ist etwas in dem Haus, was die haben wollen.«

Er schnaubte. »Jeder will etwas aus dem Haus, wie?«

»Sieht so aus«, sagte ich.

Er sah mich an und nickte langsam. Dann wandte er sich an seine Kumpane und redete auf sie ein. Im Nu entspann sich eine lebhafte Diskussion. Nach einer Weile trat der Chef der Einbrecher wieder an mich heran.

»Was glaubst du, wer wir sind? Wir sind Einbrecher. Wir sind keine Schläger. Wir kämpfen nicht. Wir haben nicht einmal Waffen. Wir kommen und gehen unbemerkt. Wenn uns jemand sieht, sind wir weg. Tut mir leid. Wir mischen uns da nicht ein.«

Damit hatte ich gerechnet.

»Dann«, sagte ich schulterzuckend, »gehören die Sachen in der Hütte dort drüben jetzt uns.«

Er nickte. »Gut. In Freiburg gibt es mehr. Wir machen nächste Woche einfach weiter. In zwei Wochen ist die Hütte wieder voll.«

»Aber wir kennen jetzt euer Versteck«, sagte ich.

»Dann suchen wir ein neues.«

Ich tat so, als würde ich nachdenken. »Gut, folgender Vorschlag. Ihr nehmt die beiden Motorräder hier«, ich zeigte auf Dirks und Tatjanas Maschinen, »und bekommt oben euren vierten Mann wieder. Dann verschwindet ihr. Die Sachen in der Hütte lasst ihr da. Euren Lieferwagen auch. Wir würden uns das alles sowieso nehmen, und so kommt ihr wenigstens heil hier raus und habt noch zwei Motorräder, die ihr zu Geld machen könnt.«

Das war es, was ich eigentlich wollte. Nicht dass ich viel

vom Verhandeln verstand, aber so viel hatte ich mitbekommen: Man stieg höher ein als das, was man mindestens wollte, um dann am Ende mindestens genau dieses Minimalziel zu erreichen.

»Den Lieferwagen auch?«, fragte er.

Ich nickte. »Den braucht ihr nicht mehr. Wir schon. Ihr könnt zu viert mit den beiden Motorrädern fahren.«

»Keiner hier hat einen Motorradführerschein«, sagte er.

Ich lächelte ihn milde an. »Habt ihr Angst, gegen das Gesetz zu verstoßen?«

Er überlegte, dann nickte er. »Gut. Abgemacht.«

Ich streckte ihm die Hand hin. Er ergriff sie.

»Ich gehe jetzt zurück zu meinen Leuten.« Ich zeigte hinter mich, dorthin, wo sich die Rocker postiert hatten.

»In ein paar Minuten kommt ein Kollege von mir hierher, mit dem geht ihr dann zur Hütte dort oben. Der Kollege sorgt dafür, dass unsere Männer bei der Hütte euch nichts tun und euch durchlassen. Wenn ihr dort oben herumgeht, müsst ihr nicht an den Marokkanern vorbei. Ihr müsst die Maschinen halt von hier aus die Anhöhe hochschieben, aber ihr schafft das schon.«

»Okay«, sagte er.

Ich verließ den Schuppen und ging ein paar Schritte. Bis hierhin war alles nach Plan verlaufen. Als ich mir sicher war, dass sie mich nicht mehr sehen konnten, entnahm ich der Plastiktüte, die ich in der Hand hielt, meine eigenen Kleider und zog mich schnell wieder um. Es war bitterkalt, und ich begann zu zittern. Mit klammen Fingern schloss ich die letzten Knöpfe, dann hielt ich die Tüte über den Kopf wie eine weiße Fahne und näherte mich den Rockern bei der Kuhtränke.

»Wer da?«, rief einer.

»Ich bin der Lehrer aus dem Haus. Ich möchte mit Mike sprechen. Ich bin unbewaffnet.«

Heiseres Lachen aus mehreren Männerkehlen schlug mir entgegen,

»Kannst kommen, Lehrer«, sagte eine sonore Stimme, und Mike trat hinter der Kuhtränke hervor, dicht gefolgt von Wolli, dem Mann mit dem Stahlhelm. Einer der Rocker trug eine Taschenlampe, wodurch die Szenerie in ein flackerndes Licht getaucht wurde.

»Na, habt ihr's euch überlegt?«, fragte Wolli.

»Nein«, sagte ich. »Freiwillig kommen Dirk und Tatjana nicht raus, und ich kann sie schließlich nicht zwingen. Wie soll ich das machen? Mit einem Stück Kreide?«

Wolli gluckste, Mike grinste.

»Ihr habt doch die Polizei da drin, der wird ja wohl was einfallen, wie man die überzeugen kann, das Haus zu verlassen«, sagte Mike.

Woher wusste er das? Ich hatte gehofft, diesen Trumpf so lange wie möglich geheim zu halten.

Ich beschloss, diesen berechtigten Einwand zu ignorieren. »Ich habe einen Vorschlag.«

Mike sah mich amüsiert an. »Da bin ich aber gespannt.«

»Die Einbrecher überlassen euch das Diebesgut in der Hütte dort und ihren Van.«

Wolli kicherte. Mike lachte.

»Ach ja?«, fragte er. »Wieso sollten sie das tun?«

»Die wollen keinen Ärger, die wollen nur hier weg. Außerdem«, holte ich zum finalen Argument aus, »hab ich ihnen Dirks und Tatjanas Motorräder vermacht, das heißt, die beiden können hier nur noch zu Fuß flüchten.«

Die Rocker sahen mich verdutzt an, dann blickten sie zu Mike, um zu sehen, wie der reagieren würde.

Er starrte mich ein paar Sekunden an, dann begann er dröhnend zu lachen. Er trat einen Schritt auf mich zu und klopfte mir auf die Schulter. »Und das hast du eingefädelt, Pauker?«, rief er. »Hut ab, du gefällst mir.«

Auch Schritt zwei meines Plans schien aufzugehen. Davon, dass Tatjana und Dirk die Banken in Freiburg überfallen hatten, wollte ich nichts sagen, weil ich nicht sicher war, ob Mike das schon wusste. Ich schätzte, er traute den beiden so etwas nicht unbedingt zu, und woher auch immer er seine Informationen über ihren Aufenthaltsort und die Anwesenheit der Polizei hatte, das mit dem Banküberfall hatten ja bis vor Kurzem, davon ging ich zumindest aus, nur Dirk und Tatjana selbst gewusst, und die hatten es ihm wohl kaum erzählt.

Er wurde wieder ernst. »Wobei wir nun immer noch nicht wissen, wie wir an Dirk und Tatjana herankommen.«

»Ich sorge dafür, dass sie rauskommen, Ehrenwort.« Ich streckte ihm die Hand hin.

»Ehrenwort«, tuschelten einige der Rocker fast ein wenig ehrfürchtig.

»Du weißt, was das heißt?«, fragte Mike.

»Ich unterrichte Jugendliche, ich weiß, was ein Ehrenmann ist«, sagte ich.

Mike sah mich kurz an, dann lachte er wieder laut. »Eben hast du noch gesagt, du kannst sie nicht zwingen.«

Ein aufmerksamer Zuhörer, dachte ich. Hut ab.

»Das war nicht ganz richtig. Mir fällt schon etwas ein.«

Er sah mich an, dann grinste er. »Sehr gut, Pauker, sag mal, du bist ganz schön auf Zack, wieso machst du das?«

»Ich kann es zwar ethisch nicht gutheißen, was ihr mit Dirk und Tatjana vorhabt, aber ich will nicht, dass einem meiner Schüler etwas passiert. Also muss ich mich wohl entscheiden.«

»Ethisch gutheißen?«, murmelte Mike. »Wolli, hörst du, wie der Mann sich ausdrückt, da staunst du, was?«

»So kann ich auch reden, aber ihr lacht mich ja immer aus«, ereiferte sich Wolli, »das ist nichts Besonderes, jetzt tu bloß nicht so.«

»Wolli hat nämlich auch Lehramt studiert«, klärte Mike mich auf, »aber nur Grund- und Hauptschule.«

»Was heißt hier nur? Das ist auch anspruchsvoll«, rief Wolli, »vor allem pädagogisch.«

Mike ignorierte ihn. »Und du bist so ein richtiger Gymnasiallehrer, wie?«

Ich nickte. »Aber nur halbtags.«

Mike starrte mich wieder eine Weile an, dann lachte er schallend und klopfte mir auf die Schulter. »Du bist in Ordnung. Also, dann lassen wir dich jetzt gehen und warten auf unsere beiden Turteltäubchen.«

»Einer von euch müsste die vier Einbrecher zum Feldweg begleiten und dafür sorgen, dass eure Leute da oben sie durchlassen und den vierten Mann freilassen«, sagte ich noch.

»Geht klar, Pauker«, sagte Mike und hob die Hand zum Abschied.

»Biber?«, rief er einen seiner Männer. »Das machst du.«

»Aye, aye, Chef«, sagte Biber. Wenn man ihn sich genauer ansah, wusste man, wieso er so hieß.

»Hör zu, Pauker«, sagte Mike, »du bist ein guter Mann. Ich sag dir was. Von uns hast du nichts zu befürchten. Aber mir scheint sowieso, die Typen da beim Wald sind das größere Problem für dich, oder seh ich das falsch?«

Mittlerweile fiel mir kaum noch auf, dass ich ständig geduzt wurde. Aber das hieß noch lange nicht, dass ich mich dieser Anbiederung anschließen würde. Die Form musste gewahrt bleiben. Gerade in Zeiten des Aufruhrs.

»Für die hab ich mir auch etwas überlegt«, sagte ich. »Aber das wollte ich Sie sowieso fragen. Könnten Sie sich eventuell vorstellen, uns als Gegenleistung beizustehen?«

Er grinste. »So etwas hab ich mir schon gedacht. Hör zu, Studienrat ...«

»Oberstudienrat«, korrigierte ich ihn.

»… wie du meinst«, sagte er. »Ich hab kein Interesse an Ärger mit den Marokkanern. Die machen ihre Sachen, wir unsere, und es ist das Beste, wir gehen uns aus dem Weg. Außerdem möchte ich keinen meiner Männer gefährden. Aber davon abgesehen, helfen wir euch.«

Das war vage, wenig aussagekräftig, aber auch zu erwarten gewesen. Wer wusste schon, wie es weitergehen würde, es war auf alle Fälle ein Vorteil, wenn jemand wie Mike einem etwas schuldete.

Bis hierhin war alles genauso gelaufen wie geplant. Die Einbrecher würden abziehen. Die Rocker hatten kein Interesse daran, uns zu schaden.

Spannend würde meine letzte Station werden: die Männer in Schwarz.

Kapitel 32

»Nimm die Waffe weg, du Arsch«, schrie Leila aufgebracht. »Und lass Tim los, Alter.«

Ich war bis auf wenige Schritte an die Gruppe herangetreten, ohne dass sie mich bemerkt hatten.

»Leila, hör zu«, sagte Omar, ihr Cousin, »es tut mir leid, aber wir haben keine andere Wahl.«

»Ich bin Familie, Mann, du bedrohst deine Cousine, spinnst du?«

»Wir bedrohen dich nicht, wir nehmen euch als Geiseln, das ist was anderes«, sagte Omar genervt. »Verstehst du nicht, wir müssen hier jetzt weiterkommen. Ich spür meine Finger nicht mehr, wir haben Hunger, wir kommen hier nicht weg, unser Auto ist im Arsch, und wir können nicht ohne Lukas und Neno zurück nach Freiburg, weil sonst ich weiß nicht was passiert. Also reiß dich jetzt zusammen, Mädchen!«

Ich konnte nicht mehr länger so ruhig stehen bleiben. Es war einfach zu kalt.

»Entschuldigung«, sagte ich.

Omar fuhr herum und fuchtelte mit seiner Pistole in meine Richtung. Der Mann hinter ihm schaltete ein Handylicht ein, richtete es auf mich, sodass ich geblendet wurde.

»Wer bist du, was willst du?«

»Das ist unser Lehrer, Mann!«, schrie Leila.

Omar trat an sie heran. »Hör jetzt auf, hier herumzuschreien, Mädchen, sonst ...«

»Sonst was?«, schrie Leila.

Omar suchte nach Worten, fand keine und drehte sich wieder zu mir um. »Ja?«

»Ich hätte da einen Vorschlag zu machen«, sagte ich und hielt die Hand vor die Augen, um den Lichtstrahl abzuwehren.

»Was für Vorschlag?«, fragte er.

Sie waren insgesamt zu viert. Einer hielt Tim fest, dem offenbar die Hände gefesselt worden waren. Tim sah mich schuldbewusst, aber gleichzeitig trotzig an.

Ein Zweiter zeigte mit der Pistole auf Leila, die vor Zorn oder Kälte oder beidem zitterte.

Der vierte Mann hielt sich das Auge und blutete an der Hand. Offenbar der, den die Schüler mit Küchenmesser und Wischmopp am Eindringen gehindert hatten. Alle vier sahen arg strapaziert aus. Immer wieder rieben sie sich vor Kälte die Hände oder hielten sie vor den Mund, um hineinzublasen. Es war ein bemitleidenswerter Anblick, wären nicht die Pistolen in ihren Händen gewesen.

Wer nicht da war, war Maria Götz. Wo war sie? Was war das für ein Schuss gewesen, kurz nachdem sie die Hütte verlassen hatte? Hatte sie gefeuert oder jemand anders? Wenn Letzteres, war sie getroffen? Lag sie vielleicht tot hier in der Nähe?

»Wo ist meine Kollegin?«, fragte ich und trat näher heran.

»Die Irre mit der Pistole?«, fragte Omar. Er zeigte Richtung Wald. »Ist hier vorbeigerannt. Hat auf uns geschossen. Hier.«

Er zeigte auf den Mann, der Leila bedrohte. Er hielt sich, wie ich jetzt erst bemerkte, den Oberarm.

»Streifschuss.«

»Ist in den Wald gerannt und hat dann geschrien.«

Ich versuchte mir vorzustellen, was Maria Götz jetzt tat. Im Wald allein. Mit einer Pistole. In ihrem Zustand. War sie den Abgrund hinabgestürzt?

Ich sah meine Schüler Leila und Tim, die auf sie gerichteten Waffen.

»Also, Herr Omar, ich habe, wie gesagt, ein Angebot für Sie.«

Omar sah mich misstrauisch an.

»Haben Sie mitbekommen, dass in Freiburg zwei Bankfilialen ausgeraubt wurden?«

Sein Gesicht verriet höchste Skepsis, aber auch Anspannung.

»Die beiden Bankräuber sind ehemalige Mitglieder der Caballeros. Ein Mann und eine Frau, ein Paar also, und zwar auf der Flucht vor den Rockern.«

Er verzichtete auf typische Signale des Zuhörens, aber ich ging davon aus, dass er es tat.

»Nun, diese beiden Bankräuber, also das Rockerpaar, es befindet sich dort bei uns im Haus.«

Omar zog die Brauen hoch.

»Genauso wie das erbeutete Geld.«

Die Brauen stiegen noch ein wenig.

»Zweihunderttausend Euro.«

Omars Kiefer mahlte, er biss sich auf die Unterlippe.

»Ich verschaffe euch das Geld, wenn ihr die beiden Schüler hier freilasst und Neno und Lukas in Ruhe lasst.« Das war meine Minimalforderung. Ich beschloss, noch etwas weiterzugehen, nachdem das bisher alles so famos geklappt hatte. »Und ihnen ihre Schulden bei euch erlasst.«

Omar pfiff leicht durch die Zähne. »Und selbst wenn das alles so ist, wie du sagst, wie willst du dafür sorgen, dass die beiden das Geld herausrücken?«

»Ihr wisst, dass wir da drin eine Waffe haben. Die Kollegin, die hinter mir stand, kann damit umgehen.«

Ich beschloss, Bettys Zugehörigkeit zur Kriminalpolizei zu verschweigen. Diese Information hätte die Dinge unnötig verkompliziert. »Ich weiß, dass die beiden Bankräuber keine echten Waffen haben«, fuhr ich fort, »das sind nur Attrappen. In ein paar Minuten gehen die Rocker dort drüben die beiden holen. Die wissen nichts von dem Geld, und das Pärchen wird keine Gelegenheit haben, das Geld mitzunehmen. Es ist in der Hütte, ich weiß genau, wo. Sobald das beendet ist, gebe ich Ihnen das Geld, und Sie ziehen ab.«

Omar sah mich durchdringend an.

Mein Plan sah des Weiteren vor, dass die Einbrecher mittlerweile mit Dirks und Tatjanas Motorrädern oben am Feldweg angelangt waren und sich vielleicht schon von dort entfernt hatten. Ich würde jetzt zurück zur Hütte gehen, wir würden Dirk und Tatjana mit Waffengewalt nach draußen zwingen, wo Mike und seine Leute sie in Empfang nähmen. Dann brächten wir unbemerkt von den Rockern die schwarze Tasche mit dem Geld aus dem Banküberfall zu den Marokkanern, bekämen dafür Leila und Tim, holten Maria Götz aus dem Wald, warteten bis zum Morgen, weiter hoffend, dass Lukas auch wirklich in Sicherheit war.

Aber wie der große Bertolt Brecht uns schon lehrte: *Ja, mach nur einen Plan, sei nur ein großes Licht, und mach dann noch nen zweiten Plan. Gehn tun sie beide nicht.*

Kapitel 33

Wir warten fünf Minuten. Wenn bis dahin nichts passiert ist, greifen wir an und holen Lukas und Neno«, sagte Omar.

Ich drehte mich zur Hütte um, im Begriff, dorthin zurückzukehren. Alles hatte wie am Schnürchen geklappt. Ich hoffte, es war in der Hütte nicht zu unvorhergesehenen Wendungen gekommen, aber da Betty die Sache kontrollierte, konnte ich mir das beim besten Willen nicht vorstellen.

In dem Moment ertönte ein Schuss hinter uns. Nicht schießen!, dachte ich. Wer schoss denn jetzt da? Das machte alles kaputt.

Ein Kollege von Omar richtete sein Licht Richtung Wald. Dort stand Maria Götz, die Waffe vor sich ausgestreckt, den Schussarm mit dem anderen Arm festhaltend.

»Gebt die beiden Schüler frei!«, schrie sie. Die Haare hingen ihr wirr vors Gesicht. Ihre Kleidung und ihr Kopf waren voller Schlamm. Sie hatte Kratzer und Schürfwunden an Stirn, Wangen und Hals.

Der Mann, der Leila bedroht hatte, richtete seine Waffe nun auf Maria Götz.

Diesen Moment nutzte die tapfere, unvernünftige Leila, um sich auf ihn zu stürzen. Offenbar wollte sie ihm in die Hand beißen, in der er die Waffe hielt. Ein Schuss löste sich.

Leila schrie und stürzte zu Boden. Ich hörte noch einen Schuss und sah das Mündungsfeuer von Maria Götzens Waffe. Ein Mann schrie und ging zu Boden.

Jemand, ich vermutete Omar, packte mich grob am Hals, zog mich an sich und drückte mir heftig seine Pistole an die Schläfe.

»Waffe weg«, schrie er, »oder ich erschieße Kollegen!«

Den Kollegen, dachte ich. Aber angesichts meiner Lage sah ich ihm seine grammatischen Unebenheiten nach.

Maria Götz stand da, ihre Pistole weiterhin genau auf uns gerichtet, und lachte. Ich hatte die Befürchtung, sie hatte komplett den Verstand verloren und wusste nicht mehr, was vor sich ging. Vielleicht war ihr auch ihr moralischer Kompass abhandengekommen, und sie erschoss am Ende noch mich. Vielleicht hätte ich netter zu ihr sein sollen.

Interessant, fiel mir in dem Moment ein, war, dass ich, nur wenige Monate nachdem ich endlose Minuten in der Grube der Buschmanns zugebracht hatte, nun schon wieder mit dem Tod bedroht wurde.

Und die Kälte der Wälder wird in mir bis zu meinem Absterben sein.

Ich erwog meine Möglichkeiten, Omar mit einem gezielten Schlag zu Boden zu strecken. Ich bräuchte nur ein wenig mehr Bewegungsspielraum.

»Loslassen!«, rief eine Stimme hinter mir.

Betty! Ich sah ihre Silhouette im Licht der Außenlaterne der Hütte.

Omar fuhr herum. Der Mann, der Leila in Schach hielt, drehte sich ebenfalls in Bettys Richtung und schoss. Offenbar daneben. Betty blieb stehen.

Das war meine Chance. Omar hatte seinen Griff ein wenig gelockert.

Mit einer Bewegung entwand ich mich ihm. Ich wusste, für ihn ging das alles erstaunlich schnell. Für mich nicht. Ich hatte alle Zeit der Welt. Meine Sinne waren maximal geschärft. Ich war hellwach. *Fa-Jin,* die explosionsartige Entfaltung von Energie und deren Übertragung auf einen Gegner.

Ihr habt auf einen meiner Schüler geschossen, spätestens jetzt muss der Spaß hier ein Ende haben, dachte ich. Dann schlug ich zu.

Ich traf ihn am Hals. Nicht so exakt wie geplant, aber es reichte fürs Erste. Seine Augen weiteten sich kurz, dann sank er zu Boden.

Der Mann, der Tim festgehalten hatte, ließ diesen los und richtete seine Waffe auf mich.

Blitzschnell tauchte ich seitlich weg, stieß den Fuß nach oben und traf den Drogenhändler, der eben noch auf Betty geschossen hatte, auf den Solarplexus. Man hörte, wie Luft aus ihm entwich, dann klappte er zusammen und kippte nach vorne um. Blieb noch der, der seine Waffe auf mich richtete. Er war meiner Bewegung gefolgt, und ich erkannte, dass – Tai-Chi und Fa-Jin hin oder her – es mir niemals gelingen würde, ihn davon abzuhalten, auf mich zu schießen.

Ich war schlicht zu weit weg. Man konnte die Regeln der Physik beugen, auslöschen konnte man sie nicht.

Ich machte mich bereit und fragte mich, wie es sich anfühlen mochte, von einer Kugel getroffen zu werden.

Ein Schuss löste sich, und ich wartete auf den Schmerz. Er kam nicht. Mein Gegner stürzte zu Boden. Nicht er hatte geschossen, sondern Betty. Sie senkte den Schussarm und beugte sich vornüber. Dann erst sah ich, dass sie ihre Hand gegen ihren anderen Oberarm presste. Die Kugel eben hatte sie doch getroffen.

Seitlich nahm ich eine Bewegung wahr. Omar kroch auf allen vieren und tastete den Boden nach seiner Waffe ab. Wir sahen sie beide etwa gleichzeitig. Nur war er deutlich näher dran. Er streckte den Arm aus. Betty würde mir diesmal nicht helfen können. Sie war mit ihrer Verletzung beschäftigt.

Dafür kam andere Hilfe aus der Dunkelheit. In dem Moment, als Omar danach greifen wollte, stellte sich ein schwerer Motorradstiefel auf seine Waffe. Zwischen Sohle und Waffe war Omars Hand. Man hörte, wie Finger brachen.

Mike.

Er nickte mir zu, dann kamen seine Männer und setzten die am Boden liegenden Drogenhändler fest.

Keiner war tödlich getroffen worden, aber alle mehr oder weniger stark verletzt. Die Rocker brachten sowohl die Drogendealer als auch Betty auf die Veranda ins Trockene, banden dort fachmännisch Gliedmaßen ab und stoppten Blutungen.

Kein Drama diesmal, Horvath. Dr. Krolls Stimme in meinem Kopf.

Hat nicht ganz geklappt, lieber Herr Schulleiter.

Ich drehte mich Richtung Wald um, um zu sehen, was Maria Götz tat.

Sie kam auf uns zu. Neben ihr, kaum in der Lage, selbst zu laufen, und sich auf Maria Götz aufstützend, schleppte sich eine weitere Person in unsere Richtung.

Lukas.

Kapitel 34

Was machte der denn hier? Der Junge war nur halb bei Bewusstsein. Er murmelte Unzusammenhängendes, als wir ihn zur Hütte trugen. Der rechte Arm schien gebrochen, er hatte etliche Schürfwunden. Seine Kleidung war völlig durchnässt, er war mit Blättern und Schmutz übersät und durchgefroren.

»Ich hab ihn unterhalb dieses Waldstücks dort gefunden«, sagte Maria Götz außer Atem, »als ich abgestürzt bin. Da lag er, zugedeckt mit Tannenreisig.«

Wie war Lukas da unten hingekommen? Wieso war er nicht in Neustadt? Fragen konnte ich ihm immer noch stellen, jetzt musste der Junge erst einmal ins Trockene. Ich half Maria, Lukas zu stützen.

»Wie hast du ihn denn da hochgebracht?«, fragte ich Maria, während wir zum Haus zurückliefen.

Maria Götz sah mich ernst an, als versuchte sie, sich daran zu erinnern. Dann hellte sich ihr Gesicht auf. »Gregor, ich weiß es nicht. Ich habe ihn irgendwie da hinaufgehievt. Er hat mitgeholfen, so gut es ging, aber ich habe mich schon ewig nicht mehr so gut und kräftig gefühlt. Vielleicht noch nie. Ich sag dir, das alles mal auszusprechen, tat so gut, als wäre ...« Sie suchte nach Worten. »Ich hatte schon so lange das Gefühl, als ob ein riesiger Felsbrocken auf meiner Brust läge. Nachts, morgens beim Aufwachen. Als hinderte mich irgendetwas daran, mal richtig zu atmen. Und weißt du was? Der Felsbrocken ist weg. Ich bekomme wieder Luft.« Sie atmete tief ein. Dann beugte sie sich näher zu mir und raunte: »Und das Allerbeste ist das Schießen. Der erste Schuss beim Rausrennen aus der Hütte war schon toll, aber der zweite eben, als ich euch da in der Gewalt dieser Männer gesehen habe, das war das Größte.« Sie kicherte und wirkte um Jahre jünger als noch vor einer Stunde.

»Hast du früher schon mal geschossen?«, fragte ich. »Das sah gar nicht so unbeholfen aus.«

»Mein Vater war Jäger, der hat mich als Kind oft mitgenommen. Der hat es mir gezeigt. Ich hatte seit Jahrzehnten keine Waffe in der Hand, aber das verlernt man wohl nicht.«

»So wie Fahrradfahren.«

»Genau. Fahrradfahren und Schießen.« Sie kicherte. Mir fiel auf, dass sie so gut wie gar nicht mehr zwinkerte.

Wir setzten Lukas auf die Veranda des Hauses.

Betty kam zu uns mit einem Verband am Oberarm.

Ich umarmte sie. »Du solltest doch im Haus bleiben«, sagte ich mit leisem Vorwurf.

»Ging nicht. Hab ich nicht ausgehalten. Nachdem wir das Feuer gelöscht hatten, bin ich raus.«

»Wir haben es geschafft«, sagte ich und wollte sie nicht mehr loslassen.

»Du hast es geschafft, Horvath.«

Ich ließ sie los und kniete mich neben Lukas. »Lukas, hörst du mich?«

Er schlug die Augen auf.

»Warst du seit vorgestern draußen?«

Er nickte.

Mira kam heraus. »Luki?«

Lukas grinste sie schief an. Man sah ihr an, dass sie sich freute, aber nicht ganz sicher war, ob sie nicht lieber sauer auf ihren Freund sein sollte.

Weitere Schüler waren nach draußen gekommen und sahen sich erleichtert und fasziniert um.

»Hat jemand etwas zu trinken für Lukas?«, rief ich.

Ein Schüler reichte ihm eine Flasche. Klassenkameraden umarmten ihn, klatschten sich mit ihm ab, klopften ihm auf die Schulter. Er trank.

»Wir dachten, du wärst in Neustadt?«, fragte ich.

»Wollt ich erst auch«, krächzte er. »Aber als ich fast bei der Straße war, hab ich's mir anders überlegt und wollte zurück. Das alles war irgendwie eine voll blöde Idee. Und plötzlich kamen die Drogentypen aus dem Wald. Ich bin gerannt. Einfach drauflos. Keine Ahnung. Und dann war da dieser Abgrund. Ich bin runtergefallen und war wohl ohnmächtig. Irgendwann bin ich aufgewacht und konnte nicht mehr auftreten. Da war eine Höhle. Da bin ich bis heute Mittag drin gelegen. Dann war mir klar, dass mich da niemand finden kann, und ich wollte näher zurück zum Haus. Also bin ich da unten entlang. Mein Arm ist gebrochen, glaub ich. Deshalb bin ich da nirgends an dieser Felswand hochgekommen. Irgendwann bin ich einfach liegen geblieben. Und dann ist Frau Götz fast auf mich draufgefallen.«

Er war die ganze Zeit in unserer Nähe gewesen. Gott sei Dank hatte sich das alles so gewendet, das hätte auch anders ausgehen können.

Ich nickte. »Gut. Gut, dass du wieder bei uns bist. Neno wird auch froh sein.«

»Wo ist er denn?« Lukas sah sich um und wurde sich wohl erst jetzt gewahr, dass hier Drogendealer mit verbundenen Armen und Beinen am Boden saßen, von Rockern mit Waffen in Schach gehalten. »Und was ist hier überhaupt los?«

»Das sollen Mira und Neno dir erzählen«, sagte ich. »Aber hör mal. Zwei Dinge. Ich bin erleichtert, dass es dir den Umständen entsprechend gut geht. Doch du hast uns hier einiges eingebrockt. Neno zu helfen ist zwar prinzipiell wirklich löblich, du bist ein guter Freund, aber die Art der Geldbeschaffung lässt an deinen moralischen Grundsätzen zweifeln.«

Er nickte betreten. »Freundschaft halt, Herr Horvath. Ich mache alles für meine Freunde.«

Was sollte man dazu sagen.

»Und wie passt das mit dem Mädchen in Neustadt zusammen? Du hast doch eine Freundin. Das passt gar nicht zu dir.«

»Ach, weiß ich doch. Deshalb bin ich ja auch zurück. Hab mich in letzter Zeit vielleicht cooler gefühlt, als ich bin. So gangster irgendwie.«

So, so, dachte ich, Gangster als Adjektiv. Ein überaus anschauliches Beispiel für Sprachwandel.

Einige Mitschüler trugen Lukas ins Haus. Mira hielt seine Hand und lief nebenher. Die beiden würden sich viel zu erzählen haben.

»Und jetzt?« Maria Götz holte mich aus meinen Beobachtungen zurück.

»Es gibt noch ein paar lose Enden, die müssen wir noch verknoten.«

»Na dann.«

Die Rocker hatten sich vor dem Haus am Fuß der Treppe im Gras versammelt.

Ich ging hinunter zu ihnen. »Danke«, sagte ich und streckte Mike die Hand hin.

»Ehrensache«, sagte der und schlug ein.

Ja, dachte ich, die gute alte Ehre. Eine feine Sache.

»Dann wollen wir mal unsere beiden Love Birds da rausholen, was«, sagte Mike. »Dirk, Tatjana!«, donnerte er.

Die Tür öffnete sich, und heraus kam Dirk, immer noch in Amirs Trainingshose, womit er überhaupt nicht mehr rebellisch und wild aussah, sondern eher lächerlich.

»Hi Mike«, sagte er, winkte seinem ehemaligen Chef zu und machte sich auf den Weg die Treppe hinunter, als Tatjana hinter ihm in der Tür erschien.

Mit einer Waffe in der Hand, die sie an Dirk vorbei auf Mike richtete. Dirk trat erschrocken zur Seite, um aus dem Schussfeld zu gelangen.

Tatjana stellte sich auf die oberste Stufe der Treppe, hatte die Augen weit aufgerissen, atmete schnell, ihr Haar hing ihr wirr ins Gesicht. Sie blies es regelmäßig zur Seite, weil es ihr die Sicht verdeckte.

Dirk starrte erst Tatjana an, dann die Waffe. Dabei wusste er genauso gut wie ich, dass es keine echte Pistole war. Zumindest ging ich davon aus, dass es sich um die Attrappe vom Banküberfall handelte, von der Kristina gesprochen hatte. Aber dennoch schien Dirk irritiert vom Verlauf der Ereignisse. Auch ich entfernte mich vorsichtshalber ein paar Schritte.

»Baby, mach doch keinen Quatsch!«, sagte Dirk zu Tatjana. Er hatte sich verändert. Nicht nur äußerlich. Seine harte und coole Fassade hatte einen Riss bekommen.

»Mach keinen Scheiß, Tatjana, du kannst mit dem Ding nicht umgehen«, sagte Mike von unten.

Tatjana blickte hektisch zwischen den beiden hin und her.

»Es gibt einen Grund, warum ich weg bin, Mike«, sagte sie.

»Ja«, sagte er, »das versteh ich sogar. Komm runter, und wir reden darüber.«

»Jetzt tu bloß nicht so verständnisvoll, so warst du doch bisher auch nicht.«

»Ein Mann kann sich ändern.«

Tatjana blickte wieder zwischen Dirk und Mike hin und her, als müsste sie sich in dem Moment zwischen beiden entscheiden, und das alles unter den Augen der immer noch seitlich auf der Veranda sitzenden Marokkaner und Betty.

Auch immer mehr Schüler drängelten sich im Flur und im Gemeinschaftsraum um die Fenster, um ja kein Wort von dem Schauspiel zu verpassen, manche mit dem obligatorischen Smartphone in der Hand.

»Dirk ist keine Lösung«, sagte Mike, als hätte er Tatjanas Gedanken erraten. »Er ist ein Schwätzer, der nichts auf die Kette kriegt, und außerdem fährt er eine Yamaha.«

Raues Lachen aus den Kehlen der Rocker ringsum.

»Und«, fuhr Mike fort, »weißt du noch etwas?«

Tatjana starrte ihn an.

»Willst du wissen, warum wir hier sind?«

»Mike!« Dirk hob die Arme. »Wir hatten doch ausgemacht ...«

Doch Mike unterbrach ihn mit einer unwirschen Handbewegung. »Er hat uns angerufen. Hat uns euren Aufenthaltsort verraten.«

Tatjana brauchte ein paar Sekunden, bis sie diese Information verarbeitet hatte. Sie ließ die Waffe sinken, starrte erst zu Boden, dann langsam zu Mike, danach zu Dirk. Ihre Lippen murmelten unhörbare Worte. Ich dachte daran, wie Dirk mit den Schülern vom Hügel heruntergekommen war. Da musste er Mike angerufen haben.

»Ach daher ...«, flüsterte sie erst, und dann, als sie das alles völlig verarbeitet hatte, schrie sie. Es war ein ähnlicher Schrei wie der von Maria Götz vorhin, der Schrei eines waidwunden Tiers.

»Du Arsch hast mich doch bequatscht«, brüllte sie Dirk an,

»mit deinem Scheiß-Kalifornien und deinem fucking Sonny Barger und dieser ganzen verfickten Scheiße, *komm, Baby, wir besorgen uns Geld, und dann hauen wir hier ab,* wochenlang dieses Scheiß-Blabla, und ich blöde Kuh fall drauf rein, und wir ziehen das durch, und dann klappt auch noch alles, bis deine Scheiß-Yamaha den Geist aufgibt, weil du sie nie anständig gewartet hast, und wir müssen hier mit dieser Schulklasse rumhängen, und selbst das kriegen wir alles geregelt, und dann knickst du so ein, du erbärmlicher Wicht, du bescheuertes Weichei, du verdammte Wurst, du …« Hatte sie die ersten Worte noch aus vollem Halse geschrien, wurde ihre Stimme im Laufe dieser Tirade immer brüchiger und leiser, sodass ihre letzten Worte nur noch geflüstert in ein Schluchzen übergingen.

»Fuck!«, hörte ich die Stimme von Max aus dem Flur in der Hütte. »Dirk ist ein 31er! Ein Snitch. Was für ein Arsch!« Er trat auf die Veranda hinaus, gefolgt von Amir und einigen anderen.

Verblüfft folgte ich dem Geschehen.

Dirk zerbröselte vor meinen Augen. Er war wie der Zauberer von Oz, wie Herr Tur Tur, der Scheinriese. Vordergründig ein harter, schweigsamer Rocker, ein Westernheld, der alles im Griff hatte, in Wirklichkeit ein Pappkamerad und ein Feigling. Hätte er lieber weiter geschwiegen hinter seinem Schnauzbart. *Das Wort ist der Feind des Geheimnisvollen, der Verräter des Gewöhnlichen.* Thomas Mann.

»Baby, ich …«, sagte Dirk, hob die Hände und trat einen Schritt auf sie zu.

»Bleib stehen!« Tatjana riss sich aus der Resignation, die sie ereilt zu haben schien. Sie richtete die Waffe auf Dirk. »Baby, das ist doch gar keine echte ...«

»Ach nein?«, rief sie. »Das ist nicht unsere. Ich würd's nicht drauf anlegen.«

Auch Max blickte nun zweifelnd auf die Waffe, dann zu mir. Ich bedeutete ihm, lieber wieder hineinzugehen. Jetzt wurde ich auch unsicher. War das vielleicht doch eine echte Pistole? Und wenn ja, woher hatte sie die?

»Ja, dein Freund hat alles ausgeplaudert«, fuhr Mike genüsslich und unbeirrt fort, »hat weiche Knie bekommen, nicht mehr geglaubt, dass ihr es wirklich schaffen würdet. Und er hat mir noch etwas Interessantes erzählt.«

Tatjana sah aus, als hätte sie einen Geist gesehen. Sie starrte Dirk an, ein Blick, aus dem Wut, Enttäuschung, Resignation und aller Jammer der Welt gleichzeitig sprachen. Langsam schüttelte sie den Kopf.

»Er hat mir etwas von einem Banküberfall und zweihunderttausend Euro und einer schwarzen Tasche berichtet.«

»Nein, das hast du nicht«, sagte Tatjana tonlos.

»Baby, glaub mir«, erwiderte Dirk und ging einen Schritt auf sie zu, »es war das Beste. Wir hätten doch nie ...«

»Bleib stehen!«, schrie Tatjana. Die Waffe in Tatjanas Hand zitterte deutlich. Ich hielt den Atem an.

Dann ließ sie den Arm sinken und fiel in sich zusammen.

»Los, holt die Tasche«, befahl Mike einigen Rockern, die sich unmittelbar auf den Weg die Stufen hinauf in die Hütte machten, an Tatjana und Dirk vorbei, die mit einem Mal nur noch wie Statisten wirkten.

Betty machte keine Anstalten, die Rocker daran zu hindern, das Geld zu holen. Ich sah sie an, doch ihre Miene war nicht zu deuten.

Schade, dachte ich kurz. Zwar brauchten wir das Geld nun nicht mehr, um Lukas und Neno freizukaufen, wie es bis eben noch Teil meines Plans gewesen war, aber dass die Rocker es jetzt einfach so bekamen, missfiel mir dann doch.

»Mike, es tut mir leid mit deiner Freundin«, sagte Dirk wehleidig, »es war ein Fehler, aber ich hab es doch wiedergutgemacht, oder, wir können doch darüber reden, ich kann doch dabeibleiben?«

Tatjana sah aus wie eine Marionette, der man die Fäden abgeschnitten hatte.

Mike sah ihn ernst an. »Dirk. Einem Mann die Freundin auszuspannen, ist eine Sache. Jahrelang Vollmitglied sein zu wollen, um sich dann aus dem Staub zu machen, auch. Aber das sind alles Dinge, über die könnte man eventuell reden. Aber dann auf halbem Weg einzuknicken, anstatt das Ganze wie ein Mann durchzuziehen. Und die Geliebte auf so niederträchtige Art zu verraten, das …«

Mike schüttelte den Kopf, als suchte er die richtigen Worte, und stellte fest, dass es diese einfach nicht gab.

»Das ist …«

»Einfach abartig«, beendete Max den Satz und spuckte zur

Untermalung auf den Boden. »Dirk hat Tatjana die Ehre genommen.«

Ein Raunen ging durch die Reihen der umstehenden Schülerinnen und Schüler.

Ich musste lächeln. Jemandem die Ehre zu nehmen war schlimm. Viel schlimmer ging es derzeit nicht.

Mike lachte. »Ja, besser kann man es nicht sagen. Wir können dich nicht mehr gebrauchen, Dirk. Du bist charakterlich ungeeignet.«

Ich sah Dirk an, der aussah, als hätte man seine Seele entfernt.

Überall, wo die menschliche Natur am Werk ist, gibt es ein Drama. Aber es geschieht nicht immer da, wo man es vermutet, sagt Poirot.

Fahl und ausgemergelt starrte Dirk in die Dunkelheit. Ein wahrhaft tragischer Fall. Wie ein gefallener Held in einem antiken Drama. Aristoteles hätte seine Freude an diesem Schauspiel gehabt. Ein Mann, der alles hätte haben können. Er war so nah dran gewesen. Wäre die Flucht geglückt, hätte er ein Leben mit seiner Geliebten verbringen können, sein Idol in den USA treffen, eine Bar in Mexiko eröffnen, das Ganze mit zweihunderttausend Euro abgesichert. Vielleicht hätte er sogar irgendwann eine Harley-Davidson besessen. Aber nun hatte er nichts mehr, nicht einmal mehr seine Yamaha, mit der die Einbrecher gerade das Höllental hinunterfuhren. Er hatte Tatjana verraten und seine eigenen Träume. Warum, war schwer zu sagen. Angst vor der eigenen Courage, könnte man sagen. Angst vor der Ungewissheit. Vielleicht hatte er auch vorhergesehen, dass alles zum Scheitern verurteilt war, dass die Flucht nicht gelingen konnte, und hatte den vermeintlich sicheren Weg gewählt. Hatte gehofft, wieder in den Hafen der Caballeros zurückkehren zu können. Dirk hatte versucht, seinem Schicksal zu entkommen, und das Schicksal hatte ihn am Ende doch ausgetrickst. Nun stand er da und hatte alles verloren. *Das Schicksal ereilt uns oft auf den Wegen, die man eingeschlagen hat, um ihm zu entgehen.* Es war mir entfallen, von wem dieser Satz stammte.

Die Rocker kamen aus der Hütte zurück. »Keine Tasche, Chef. Wir haben alles durchsucht.«

Mike starrte sie an. Dann Dirk. Wieder sah ich zu Betty, deren Gesicht wie so oft ein Rätsel war.

Er wedelte mit dem Zeigefinger in Dirks Richtung. »Dirk, du bist fertig«, sagte er.

Mehr brauchte es nicht mehr. Kein shakespearehafter Monolog über Ehre und Verrat. Dirk erkannte das, wollte es aber noch nicht ganz wahrhaben.

»Aber Mike, das kann doch nicht …. das Geld muss doch … lass mich doch …«

Mike ging zu Tatjana und streckte den Arm aus. »Komm, Baby«, sagte er.

Tatjana blieb einen Augenblick reglos stehen. Sie wog ihre Optionen ab. Es gab nur eine. Wie ferngesteuert ging sie zu Mike.

Pech in der Liebe, dachte ich. Wieder einmal. Wenn Mike sie zurücknahm, war das vermutlich das Beste, was ihr passieren konnte. Sie hatte keine Wahl, denn sie hatte nichts mehr. Nicht einmal mehr ein Motorrad, denn das hatte ich auf dem Gewissen.

Kapitel 35

Der Regen und der Sturm hatten nachgelassen. Vom Feldweg oben bei der Einbrecherhütte her sah man Lichter im Dunkeln auf und ab hüpfen. Dann Stimmen. Da kamen Menschen in unsere Richtung.

Wir leuchteten ihnen entgegen. Eltern.

»Herr Horvath!« Ein Mann und eine Frau, die sich als Lukas' Eltern zu erkennen gaben, stürzten auf mich zu. »Was ist los? Wo ist Lukas? Geht es ihm gut?« Ich zeigte zum Haus. »Er ist da drin. Alles in Ordnung.«

Sichtlich erleichtert eilten sie hinein.

»Herr Herrwagen hat einen Rundruf gestartet, dass hier Schüler verschwinden«, sagte eine Mutter.

»Die Telefonsituation war etwas kompliziert hier oben«, sagte ich. Ich hoffte, das würde fürs Erste genügen. Zeit für Details war später immer noch.

Weitere Eltern erreichten die Hütte. Darunter auch Herrwagen senior, der fassungslos auf die sich ihm darbietende Szenerie starrte. Er sah vier vor dem Haus am Boden sitzende Männer, verletzt und am Ende ihrer Kräfte. Eine Gruppe Rocker. Und eine Schulklasse, die teils mit Trainingshosen und Sweatshirts im strömenden Schneeregen stand, teils sich noch in der Hütte aufhielt und munter durcheinanderplapperte.

Eltern schlossen ihre Kinder in die Arme. Die Anspannung löste sich bei den Schülern in Form ausgelassenen Lachens und Redens. Max führte sich schlimmer auf als an einem gewöhnlichen Schultag in der sechsten Stunde. Er schrie und stellte einzelne Szenen der letzten Minuten mimisch und vor allem akustisch für interessierte Zuschauer nach. Nicht wenige Schüler hatten die Handys gezückt und filmten und fotografierten, was immer sie vor die Linse bekamen, immer wieder natürlich auch sich selbst, allein oder mit anderen wild in die Kamera posierend. Sie waren völlig außer sich, hatten sie doch gerade einen Gangsta-Rap in der Wirklichkeit erlebt.

»Was ist denn hier los?«, fuhr Herrwagen mich an und baute sich vor mir auf. Er war einen Kopf kleiner als ich, versuchte aber so zu wirken, als sei er größer. Sein Gesichtsausdruck erinnerte mich an den späten Mölders vor einigen Monaten.

Inhaltlich, kam ich jedoch nicht umhin zu denken, war das aber natürlich eine durchaus berechtigte Frage, zu der ihn der durchaus bizarre Anblick, der sich ihm hier bot, bewog.

Was war hier eigentlich los?

»Nun, das ist nicht ganz leicht zu erklären«, begann ich, doch er hatte offenbar kein Interesse an meinen Ausführungen.

»Das werden Sie aber müssen, das sag ich Ihnen! Sie werden sich erklären müssen. Sie werden sich verantworten müssen. Ich werde den Vorgängen hier auf den Grund gehen!«

»Friedemann«, versuchte eine Mutter, den Aufgebrachten zur Besonnenheit zu gemahnen, »jetzt lass Herrn Horvath doch erst mal …«

Doch er schien nicht gewillt, sich in seinem emotionalen Aufruhr unterbrechen zu lassen, und schüttelte sie unwirsch ab. »Nix da, mein Sohn hat mir von ungeheuerlichen Vorgängen hier berichtet, ich werde …«

Mein Blick auf Herrwagen wurde abgelenkt von etwas, das sich hinter seinem Rücken abspielte. Ein Mann türmte sich hinter ihm auf. Mike. Er klopfte ihm auf die Schulter.

»Melanie, ich hab dir eben schon gesagt …«, keifte Herrwagen.

Mike klopfte ihm weiter auf die Schulter.

Herrwagen drehte sich um, den Blick auf Mikes Brust gerichtet, wo er vermutlich Melanies Kopf erwartet hatte. Er hielt inne, trat einen Schritt zurück und sah nach oben. In dem Moment schlug Mike zu.

Mir fiel auf, dass ich nie zuvor gesehen, geschweige denn gehört hatte, wie jemandem eine Faust ins Gesicht geschlagen wurde. Es klang anders als im Film. Unspektakulärer und weicher.

Herrwagen fiel einfach nach hinten auf die Erde und rührte sich eine Weile nicht.

»Der ging mir auf den Sack«, brummte Mike. »Sorry, Studienrat, aber ich hoffe, das war in deinem Sinne.«

War es. In der Tat, dachte ich. Ich war nie ein Freund körperlicher Gewalt gewesen, selbst Tai-Chi war ja eine seltsam körperlose Kunstform, zumindest kam man mit fortgeschrittener Fertigkeit immer mehr an den Punkt, an dem man seinen Körper gar nicht mehr wahrnahm und der Geist alle Bewegungen steuerte. Aber das eben, das hatte gutgetan.

Die Eltern liefen zu ihren Kindern, erkundigten sich, ließen sich alles erzählen, sprachen mit Maria Götz und Betty.

Es sah so aus, als wären wir tatsächlich heil aus dieser Sache herausgekommen. Sogar so heil, dass alle Versäumnisse und schulrechtlichen Fahrlässigkeiten keine Rolle mehr zu spielen schienen.

Plötzlich stand Dr. Kroll vor mir, der Schulleiter. Fassungslos sah er sich um. »Horvath, Frau Götz, was um alles in der Welt ...?«

»Ich bin unschuldig«, sagte ich und hob die Hände.

»Schüler vollzählig?«, fragte er.

»Ja«, sagte ich, »zwei Leichtverletzte, aber die werden versorgt.«

Er nickte. »Das ist die Hauptsache, dass keiner fehlt.« Dann streckte er mir die Hand entgegen. »Respekt, Horvath, Respekt.« Er schüttelte auch Maria Götzens Hand. »Und keine Presse, ausgezeichnet.«

Kroll drehte sich um, um mit Schülern und Eltern zu sprechen.

Eine Hand legte sich auf meine Schulter. Mike, mal wieder.

»Hör zu, Studienrat. Wir machen uns auf den Weg. Ich habe mein Mädchen wieder, deshalb sind wir hergekommen, und das war, was wir wollten.«

Dann beugte er sich vor, damit ihn niemand außer mir hören konnte.

»Gut, die Tasche mit dem Geld spielte schon auch eine gewisse Rolle, aber sei's drum. Irgendwo wird sie schon sein, und irgendjemand wird auch wissen, wo sie ist, oder?« Er zwinkerte mir verschwörerisch zu. »Wir haben noch das Diebesgut in der Hütte oben, das ist ja auch was. Aber dafür hab ich einen gut bei dir, okay?«

Ich sah ihn fragend an.

»Irgendwann demnächst werde ich dich kontaktieren. Ich brauche dich für eine Sache. Alles klar?« Er legte sich den Zeigefinger über die Lippen und wandte sich zum Gehen.

Ich nickte zögerlich. Mir wäre lieber gewesen, Mike wäre einfach aus meinem Leben gefahren. Er drehte sich noch einmal um. »Das war groß, was du da heute Abend abgezogen hast, Studienrat. Das zeugt von strategischem Geschick, Weitblick und Mut. Großes Kino!« Er legte Tatjana den Arm um die Schulter und rief: »Männer, wir brechen auf!«

»Danke, Tatjana«, rief ich ihr nach. Sie blickte mich ausdruckslos an, dann stolperte sie Mike durch den Matsch hinterher. Sie würde eine Weile brauchen, bis sie die Wendungen des Abends verarbeitet hatte.

Herrwagen senior erhob sich mithilfe seines Sohnes. »Das wird ein Nachspiel haben!«, nuschelte er. Offenbar fiel ihm das Sprechen nicht ganz leicht. Möglicherweise ein Fall für ein paar Logopädiesitzungen, dachte ich.

Kapitel 36

Einige Eltern traten an mich heran und bedankten sich bei mir und Maria Götz.

Na also, dachte ich, mehr will man doch gar nicht. Ein Wort des Dankes am Ende einer Klassenfahrt. Hatte sich die ganze Aufregung doch gelohnt.

»Meine Tochter hat mir alles erzählt.« Emmas Mutter trat mit einem Lächeln an uns heran. »Das muss ja alles ganz fürchterlich gewesen sein. Aber Sie beide«, sie sah mich und meine Kollegin an, »haben hier Großartiges geleistet. Solche Lehrer müsste es mehr geben.«

Maria Götz strahlte. Es ging ihr offenbar richtig gut. Ich gönnte es ihr von Herzen.

Tim näherte sich mir und streckte die Hand aus. »Danke, Herr Horvath.«

»Gern geschehen, Tim«, sagte ich.

»Ich weiß, das war dumm, da rauszurennen, aber Sie wissen ja …«

»Sturm und Drang?«, sagte ich.

»Sie sagen es.«

»Was genau machen Sie eigentlich hier?«, fragte ich ihn. »Schwänzen Sie etwa die Schule, so kurz vor dem Schulabschluss?«

»Der Dienst ist der Liebe Tod«, sagte er grinsend.

Mit einem Mal wurde die Nacht von der Einbrecherhütte her blau beleuchtet.

Die Polizei war eingetroffen. Es mussten etliche Fahrzeuge sein, ich erkannte auch Krankenwagen. Im Schein der Blaulichter sah ich Bewegungen unzähliger Menschen.

Ich spürte, wie der letzte Rest Anspannung von mir abfiel.

Aus der Dunkelheit tauchte Martin auf, mein Zwillingsbruder, in seiner ewigen, abgewetzten Lederjacke.

»Kleiner Bruder, was machst du denn für Sachen?«

Martin war eine Minute älter als ich. Immer schon schien er Jahre älter, reifer, erfahrener und souveräner zu sein als ich.

»Großer Bruder, pünktlich wie immer. Was hätten wir bloß ohne euch angestellt?«

Er lachte und klopfte mir auf die Schulter. »Alles okay?«

Ich nickte und zeigte auf die vier gefesselten Männer am Boden.

Martin sah sie sich genauer an und pfiff leise durch die Zähne. »Omar, bist du das?«

Omar sah ihn düster an. »Wir ham nichts gemacht, Bruder, ich schwör!«

»Natürlich nicht«, sagte Martin grinsend.

Er sah Betty. »Schlimm?«, fragte er mit Blick auf ihre Verletzung am Arm.

»Geht schon.«

Er pfiff laut durch die Finger. »Sani, hier rüber.«

Ein Notarzt kam und kümmerte sich um Betty. Ein zweiter besah sich die Schusswunden der Männer am Boden.

»So, was haben wir hier nun eigentlich?«, fragte Martin Betty und mich schmunzelnd.

Wir erzählten ihm die Kurzfassung der Ereignisse.

Er schaute uns verblüfft an. »Gregor, willst du nicht den Beruf wechseln? Und Betty, du arbeitest gezielt auf eine Beförderung hin, richtig? Ich fass mal zusammen: Wir haben hier eine Gruppe mittelgewichtiger Drogendealer, die wir mit dem Tatbestand versuchter Nötigung und versuchter Körperverletzung festgesetzt haben. Dann haben wir vier Personen auf dem Weg hier hoch angehalten, die mit Motorrädern unterwegs waren, welche bei dem Banküberfall vor drei Tagen in Freiburg verwendet wurden. Und die außerdem keinen Führerschein haben. Wir halten die also mal als potenzielle Bankräuber fest. Das Geld aus dem Überfall habt ihr nicht auch noch zufällig?« Er wartete keine Antwort ab, weil er wohl davon ausging, einen Scherz zu machen, und sprach weiter: »Dann gibt es noch die Caballeros da oben, aber die haben, soweit ich das eurer Geschichte entnehme, hier keine Straftat begangen, richtig?«

»Nein, die wollten nur die Freundin des Präsidenten zurück und haben uns außerdem gegen die Drogenhändler geholfen«, sagte ich.

»Sehr gut. So kennt man die. Schlüpfrig wie die Aale. Immer unschuldig wie Madonna im Video von *Like a Vir-*

gin, was?« Er lachte heiser. »Betty, du hast hier gerade mehrere Kriminalfälle auf einmal gelöst, weißt du das eigentlich?«

Und dann tat Betty etwas Ungeheuerliches.

Sie lächelte.

Kapitel 37

Die Schüler hatten ihre Sachen gepackt und waren bereit, um mit ihren Eltern zu den Autos zu laufen, als ich noch einmal streng werden musste. So konnten wir diesen Ort nicht verlassen. Von der angekokelten Vorderwand und dem kaputten Fenster einmal abgesehen, lag einfach viel zu viel Müll herum. Die Schüler hatten sich, da das Abendessen ausgefallen war, immer wieder in der Küche selbst bedient, aber in der Aufregung vergessen, Verpackungen und Essensreste zu entsorgen. Auf den Zimmerböden verteilten sich die letzten Chipstüten und Plastikflaschen. Es war genauso albern wie nötig, aber ich wollte diese Hütte, trotz allem, besenrein hinterlassen.

Bei nicht wenigen Schülern wurde schnell klar, dass sie wenig Erfahrung mit Besen, Handfegern und Schaufeln hatten, es war fürchterlich mit anzusehen und führte zu nichts. Innerhalb weniger Minuten putzten die Mütter und Väter, während die Jugendlichen sich ihren Handys widmeten.

David kam mir strahlend entgegen. »Herr Horvath, beste Klassenfahrt ever, ehrlich.«

»Was macht dein Fuß?«, fragte ich.

»Welcher Fuß?«, antwortete er.

Lukas wurde von zwei Sanitätern zu einem oben am Feldweg bereitstehenden Krankenwagen befördert, emotional unterstützt von Mira, die ihren Freund nicht mehr loslassen wollte.

»Weißt du was, Gregor?«, sagte Maria Götz, bevor sie ging. »Mit dir fahr ich noch mal auf Klassenfahrt. Das war super.«

Ich nickte lächelnd.

»Martin«, rief ich meinem Bruder zu, der sich gerade an den Rückweg machte.

»Dieser Satz mit dem Schnee im April. Was sollte das heißen? Wolltest du mir damit irgendetwas sagen?«

Martin grinste. »Oh, Gregor, sei nicht immer so intellektuell, es ist einfach ein Lied von Prince.« Und dann zwinkerte er mir mit einem Auge zu, und wieder wusste ich nicht, was er mir damit sagen wollte.

Die Rocker waren unbehelligt zurück ins Tal gefahren, ich stellte mir vor, wie Tatjana auf dem Rücksitz von Mikes Motorrad saß und nicht glauben konnte, dass sie nun wieder da war, wo sie hergekommen war und von wo sie eigentlich weg wollte. Dirk war spurlos in der Nacht verschwunden. Niemand hatte ihn weggehen sehen.

Ich stand mit meinen Sachen vor der Eingangstür auf der Veranda und blickte zurück in die Hütte. Betty kam die Stufen aus dem Obergeschoss nach unten.

In der Hand trug sie eine schwarze Tasche, die mir bekannt vorkam. Zweihunderttausend Euro befanden sich da drin.

Ich musste lachen.

»Das müsste reichen für ein Sabbatjahr, oder?«, fragte Betty.

Ich ging davon aus, dass sie scherzte. »Wir können das nicht behalten, oder?«

Sie legte den Kopf schief. »Nein, natürlich nicht.« Ihre Augen lächelten schelmisch. »Wir nehmen das Geld jetzt einfach mal in Gewahrsam.«

Ich dachte darüber nach. Es war im Grunde fast zu einfach. So viele Kriminelle kamen infrage, dieses Geld irgendwo versteckt zu haben, allen voran Dirk, niemand würde glauben, dass wir es hatten. Aber ausgeben konnten wir es ja sowieso nicht. Die Scheine waren wahrscheinlich nummeriert.

Wir mussten das nicht jetzt entscheiden, man konnte ja erst einmal eine Nacht darüber schlafen. Mir war das im Moment auch wirklich egal.

Ein paar Minuten später liefen wir zu Bettys Mercedes, der auf dem Parkplatz stand, wo uns vor zwei Tagen der Bus abgesetzt hatte. Zwei Tage, die sich im Rückblick anfühlten wie eine Ewigkeit.

Schwer zu glauben, wie sich alles gefügt hatte. Fast war es ein wenig kitschig. Eine Einbrecherbande wurde wegen eines Banküberfalls verhaftet, den sie nicht begangen hatte. Dadurch könnte Tatjana, die eigentliche Bankräuberin, davonkommen. Vielleicht auch nicht, aber möglich schien es momentan. Lukas und Neno konnten wahrscheinlich das unterschlagene Geld behalten und Nenos Vater helfen, denn Omar und seine Männer waren derzeit nicht in der Position, das Geld weiter einzufordern.

Maria Götz hatte, zumindest kurzzeitig, ihren Zwinkertick verloren. Die 11c hatte sich unter existenziellen Umständen zusammengerauft. Sie waren in den Genuss von Erlebnispädagogik gekommen, die den Namen verdiente. Sie hatten gelernt, zusammenzuhalten, füreinander einzustehen, hatten in Dirk einen tragischen Helden als lebendiges Anschauungsobjekt und Anlass für ein kathartisches Erlebnis, das ihnen möglicherweise einiges über das Leben und die ewige Frage »Was für ein Mensch möchte ich sein?« verriet. Also genau genommen hatte diese Klassenfahrt genau das erfüllt, was wir geplant hatten, wenn auch auf andere Art als vorgesehen. Einen Leitfaden für Interessierte würde man daraus eher nicht herstellen können.

Korbinian Herrwagen würde, dessen war ich mir sicher, künftig eine andere, weniger dominante Rolle in dieser Gruppe spielen. Er hatte durch sein feiges Verhalten seinen Nimbus verspielt. Man würde abwarten müssen, wie sein Vater den Schlag, den er hatte einstecken müssen, verarbeiten würde, es war mit dem Schlimmsten zu rechnen, aber davor war mir nicht bange. Nur schade, dass wahrscheinlich niemand so richtig glauben würde, was sich hier oben wirklich zugetragen hatte. Ich würde es nicht.

Und: Wir trugen gerade eine Tasche mit zweihunderttausend Euro, von der niemand wusste, dass wir sie hatten, was auch immer damit geschehen würde.

Es schien, als seien alle Rätsel gelöst. Alle, bis auf eines, das größte. Und das lief neben mir.

Epilog

Die Aufregung ist groß, seit wir zurück sind. Die Medien berichten seit Tagen ausgiebig, auch wenn der Held des Schwarzwalds wieder einmal jede Auskunft verweigert. Dafür sind die Schüler und Eltern umso gesprächiger. Herrwagen senior versucht sein Möglichstes, das Ganze juristisch aufarbeiten zu lassen, man wird sehen, was dabei herauskommt. Eine Untersuchung wurde angekündigt, um herauszufinden, wie wir unsere Aufsichtspflicht verletzt haben. Sicher, es werden Dinge ans Licht kommen: dass ich viel zu lange gewartet habe, bis ich die Eltern über Lukas' Verschwinden informiert habe, ja, es genau genommen nicht einmal selbst war. Dass mir eine mehr oder weniger Kriminelle bei der Suche nach Lukas geholfen hat. Dass Maria Götz um sich schießend durch die Landschaft gerannt ist. Man wird sehen, wie die zuständigen Herrschaften all das ins Verhältnis rücken.

Die Meinung im Kollegium ist einhellig: Wir sind Helden. Kollegen, mit denen sonst kein Gespräch möglich ist, klopfen mir auf die Schulter.

Es ging allerdings noch eine Anzeige ein, die Bauer Löffler bei der Polizei wegen des zerstörten Schuppens gemacht hat. Kroll hat sie mir kommentarlos ins Fach gelegt. Es gab Zeiten, da hätte mich das eine Menge Schlaf gekostet. Jetzt nicht mehr. Ein Vorteil von solch dramatischen Erlebnissen: Man wird stressresistenter. Es ist alles eine Frage der Relation. Irgendwann werde ich mich darum kümmern.

Eben hat Tim mir einen Zettel mit einer Internetadresse in die Hand gedrückt.

»Schauen Sie sich das mal an«, meinte er grinsend.

Ich gehe in den Lehrerarbeitsraum der Schule, setze mich an einen der Computer und gebe die Adresse ein.

Ich lande auf der sagenumwobenen Instagram-Seite. Dort öffnet sich eine Fotogeschichte der letzten Tage mit dem Titel *Showdown im Schwarzwald: Herr Horvath und Frau Götz unchained.*

Ich klicke mich durch eine Fotostrecke. Von der Busfahrt das Höllental hinauf über die Ankunft, das erste gemeinsame Abendessen, das Improtheater, meine Befragungen am nächsten Tag, Bettys Ankunft bis zum Showdown am Ende und zur Ankunft von Eltern und Polizei ist alles dokumentiert.

Ich sehe mich bei Befragungen von Schülern, mit Betty draußen vor der Hütte durch ein Fenster fotografiert. Dann ich im Türrahmen, Betty hinter mir, die Waffe im Anschlag. Ich sehe Schüler vor den geschlossenen Fenstern in ihren Zimmern, mit Besen und Hanteln bewaffnet und stolz in Kameras blickend. Maria Götz während ihres Monologs mit Waffe in der Hand. Das sieht gut aus, kann aber natürlich gegen uns verwendet werden. Dann Lukas, der in gebückter Haltung gestützt von Maria Götz in Richtung Kamera läuft.

Die gefesselten Drogenhändler am Boden. Die Ankunft der Eltern. Herrwagen am Boden, von Mike ist auf dem Bild nichts zu sehen, dafür von mir, es sieht beinahe so aus, als hätte ich Herrwagen zu Boden geschlagen. Die beleuchtete Hütte, menschenleer, nachdem alles vorbei war.

Die Bilder wurden einigermaßen geschmackvoll bearbeitet und mit teilweise sogar amüsanten Kommentaren versehen. Ich klicke mich fasziniert durch die Unmengen von Fotos.

Ich bin unschlüssig, was ich von alldem halten soll. Das alles ist wirklich geschehen. Ohne diese Fotos würde uns niemand diese Geschichte glauben. Vermutlich wir uns nicht einmal selbst. Schon jetzt, wenige Tage danach, würde ich glauben, meine Erinnerung spielte mir einen Streich. Aber so wurde schon während der Geschehnisse klar: Wir werden erlebt haben. Die Schüler waren die ganze Zeit optimistischer als ich. Vielleicht auch einfach argloser. Jedenfalls kann man doch etwas lernen von dieser Jugend von heute. Optimismus und Unerschrockenheit.

Ich sehe auf die Uhr. Es ist Zeit. Ich schalte den Computer aus, ziehe meinen Mantel an, verlasse den Raum und trete aus dem Haupteingang der Schule.

Auf der gegenüberliegenden Straßenseite parkt ein alter Mercedes. An die Fahrertür gelehnt, wartet eine schwarz gekleidete Frau mit roten Lippen.

Sie wartet auf *mich*.

Jetzt. In diesem Moment.

Nur das zählt.

Mein Dank geht an:

Thomas Karpf für sachdienliche Hinweise, Kai Gathemann für umfassende Betreuung, Regine Weisbrod und Carolin Graehl für ihren gestrengen Blick und ihre guten Ideen, Pascal, Nikita, Klajdi und Zoë für Nachhilfe. Britt Schilling und Zoë für Film- und Fotounterstützung.

Und: Anne für alles!

Tote Lehrer geben keine schlechten Noten –
die neue Lehrer-Krimireihe mit wenig
Blut und schönem Humor!

MARC HOFMANN
DER MATHELEHRER UND DER TOD
GREGOR HORVATHS ERSTER FALL

Gymnasiallehrer Gregor Horvath stolpert eines Morgens auf dem Schulhof beinahe über die Leiche eines Kollegen: Der Mathelehrer Michael Menzel ist offenbar aus einem Fenster gestürzt. Die überlastete Polizei legt den Fall bald als Selbstmord zu den Akten, doch Hercule-Poirot-Fan Horvath wittert Ungereimtheiten. Zusammen mit einigen Schülern aus seinem Deutschkurs beginnt Horvath zu ermitteln – immerhin gibt es zahlreiche Verdächtige: Lehrer, Schüler, Eltern … Nur dem wahren Täter sollte Horvath lieber nicht zu nahe kommen!

Wie jagt man einen Schatten? Immer der Nase nach!

ANNE VON VASZARY
SCHATTENJAGD
EIN NEUER FALL FÜR NINA BUCK

Nina Buck steht vor gleich zwei verzwickten Problemen: Ihr Mentor, Kommissar Koller, ist seit seiner Suspendierung regelrecht besessen vom »Schattenmann«, einem Serienmörder, der nie gefasst wurde. Und auch der Fall, an dem Nina als Praktikantin bei der Berliner Polizei mitarbeitet, scheint unlösbar zu sein: Ein Mann wird vor die einfahrende S-Bahn geschubst, und die einzige Spur ist ein Taschendieb, der mit der Brieftasche des Täters im Gedränge verschwunden ist. Eine Sackgasse also – wäre da nicht ein auffälliger Duft nach Mandarinen …

> »Eine originelle Krimi-Reihe mit leichtem Witz, großartigen Figuren und einer Ermittlerin mit besonderem Talent – ein großes Lesevergnügen!«
> *Vincent Kliesch*